Stille Tage in Hsin-Chu

AF281697

Stille Tage in Hsin-Chu
無所事事在新竹

Peter Schroer

FSC
www.fsc.org
MIX
Papier aus ver-
antwortungsvollen
Quellen
Paper from
responsible sources
FSC® C105338

© 2023, Peter Schroer
Herstellung und Verlag: BoD – Books on Demand,
Norderstedt
ISBN: 9783756881918

Inhaltsverzeichnis :

Kapitel I.

Austernschmaus

生蠔盛宴

„Peter, du musst schon wieder verreisen?" Meine taiwanesische Freundin Lin-Lin schaut von den dutzenden, der bratenden Eieromeletts zu mir auf.

„Die Fahrt dauert diesmal nur fünf Tage. Ich bin spätestens am Freitagabend wieder zurück", antworte ich und streife über meinen kurz geschorenen Hinterkopf und den darunter liegenden Nacken. Die Haut fühlt sich blättrig an. Schrumpelige Fasern bleiben an meiner schweißnassen Hand kleben.

„Aber du warst doch gerade erst für zwei Wochen drüben, auf dem chinesischen Festland?" Lin-Lin lächelt dem Koch der Garküche vor uns zu und wechselt einige Sätze auf Chinesisch mit ihm.

Die kugelrunde Silhouette unseres taiwanesischen "Chef de Cuisine" ist aus jeglicher Form geraten. Er schwitzt und schmort in den körpereigenen Ergüssen seiner übergewichtigen Sumoringerfigur. Er schwitzt, weil er den ganzen Tag gebeugt über der heißen Pfanne steht. Ich schwitze, weil ich mit dem örtlichen Klima nicht im Ansatz zurechtkomme.

„Ja, aber die Fahrt ging nach Wuhan, jetzt muss ich nach Ninghai", wehre ich ihren Vorwurf ab.

Ich blinzele Himmelwärts. Die taiwanesische Sonnenglut hat in der letzten Stunde ganze Arbeit geleistet. Der fernöstliche Helios, der taiwanesische >tai-jang< meint es nicht gut mit mir.

„Die beiden Städte sind für mich einerlei. Das sind irgendwelche Häuseransammlungen, irgendwo tief im chinesischen Hinterland.

Verstehst du mich?" Lin-Lins Handbewegung ist mir mittlerweile Vertraut.

„Komm lieber zu mir in den Schatten, du siehst jetzt schon aus, wie ein feuerroter Hummer." Den Arm leicht gesenkt, bewegt sie das Handgelenk, als ob sie sportlich mit einem Basketball trippeln würde. Die global verbreitete Geste, näher zu treten.

„Mir können diese beiden Orte nicht gleichgültig sein! Wuhan und Ninghai sind vor allem die Produktionsplätze zweier unserer Kunden. Die kann ich nicht einfach durcheinander würfeln", antworte ich undiplomatisch, rein den technischen Fakten gehorchend.

Der Omelettmeister brutzelt auf seiner riesigen, ranzigen Pfanne unbeirrt und emsig weiter seine Verkaufsschlager. Das Geschäft muss fantastisch laufen, die Pfanne hat gut und gerne den Umfang eines soliden Hula-Hup-Reifens. Ein gutes Dutzend der Omeletts schmoren gleichzeitig in der Gewalt des Gasfeuers. Leider spritzt das Öl und Fett nicht nur nach allen Seiten, sondern vor allem auf meine Hose. Ich weiche zurück und stehe unversehens wieder in der heißen Sonne.

„Nein, du hast mich nicht verstanden." Lin-Lin streicht sich die Haare zur Seite. Auch sie besitzt, wie unser Gourmetkoch und meine Wenigkeit, keinen natürlichen Schutz gegen diese tägliche Hitze. Trotzdem wirkt ihr Gesicht leicht unterkühlt. Ich sollte mich in Acht nehmen!

„Peter, wenn du wieder zum chinesischen Festland gehst, dann bist du nicht hier, hier bei mir. Hörst du, egal wohin du reist, du bist fort von mir. Du solltest dich vorsehen. Du solltest deine Reisetätigkeiten überdenken, sonst bin ich diejenige, die fort ist und nicht du!"

„Was?" Meine Hand drückt, einem Scheibenwischer gleich, eine Welle wässrigen, nassen Schweißes von Stirn und Augenbrauen. Das Unhaltbare platscht, als psychologisches Tintenfleckenmuster, auf mein T-Shirt. Ich bin mit Fett, Öl und Schweiß besudelt von oben bis unten.

„Schau unsere Omeletts sind fertig. Schnell, da vorne ist gerade ein Tisch frei geworden." Lin-Lin trippelt los. Sie trägt die beiden fertigen Eiergerichte auf zwei Pappschälchen vor sich her.

Ich taumele ihr willenlos hinterdrein. Nicht nur unser Essen ist fertig, ich bin es ebenso!

„Lin-Lin, was soll das? Das Reisen gehört zu meinem Beruf. Ich kann diese Stelle nicht einfach wechseln, wie andere Leute ihre Hemden."

Was ist das? Der Tisch, ein billiges weißes Plastikprodukt, kippelt in alle Richtungen. Das ganze Gestell schwankt und schaukelt, wie ein ruderloser, leckgeschlagener Frachter.

Wir können den Tisch aber wenigstens unser eigen nennen. Der Ellbogen des Essnachbarn verfehlt nur knapp meine Eierspeise.

„Davon rede ich nicht." Lin-Lin schnippelt mit den Essstäbchen ihr Omelett geschickt in mundgerechte Stücke: „Anstatt jedes Mal selber los zu rennen, könntest du einen deiner taiwanesischen Ingenieure schicken. Du weißt das! Ich weiß das! Peter, dein Job ist nicht, andauernd und jederzeit in den nächsten Flieger zu springen!"

Na Prima, Lin-Lin ist jetzt nicht mehr zu halten. Sie hat sich zielsicher auf mich eingeschossen. Was kann ich nur tun? Ich schweige und lasse sie gewähren. Soll sich die Gute einfach mal wieder ihren Frust vom Leib reden.

Moment Mal, das ist doch nicht nur ein gemeines, gewöhnliches Omelett? Ich meine nicht, dass sie dem Ei jede Menge Salat beigemengt haben. Ich beschwere mich auch nicht darüber, dass sie die gesamte Mixtur in einer braunrötlichen Soße ersäuft haben. Ich will wissen, was in Dreiteufelsnamen schimmert denn da, so hässlich Graubläulich, unter der gelblichen Hühnernatur hervor?

Oh gottgütiger Buddha, Lin-Lin wirft mir ihren Frust direkt ins Gesicht, die Hitze ist mir zu Kopf gestiegen und jetzt soll ich etwas essen, das aussieht, wie eine aufgedunsene Wasserleiche!

„Peter, hörst du mir überhaupt zu! Seit einem halben Jahr sehe ich dich nur, um entweder "Hallo" oder "Tschüss" zu sagen. Ich gewinne langsam den Verdacht, gar nicht mehr deine Freundin zu sein. Die Flughäfen und Hotels in China sind deine eigentlichen Geliebten."

Lin-Lin zuckt resigniert mit den Schultern. Sehe ich da eine Träne in ihrem Auge?

„Wieso auch nicht", fährt sie fort: „Wie lautet doch das Lebensprinzip der Matrosen? In jedem Hafen eine andere!"

Ein Gehilfe unseres Gourmetkochs unterbricht Lin-Lins temperamentvollen Ausbruch. Er serviert eine kalte Sojamilch für sie und eine kalte Coca-Cola für mich. Ich erkenne die Coca-Cola nicht an den taiwanesischen Schriftzeichen. Der bekannte, globale Coca-Cola Weihnachtsmann trotzt dem Hochsommer in der asiatischen Fremde. Er grinst mit geblähten Backen seinen neuen Besitzer an.

Wie ich ihn beneide!

„Sag mal, könntest du dir vorstellen, eines Tages nicht mehr zu verreisen? Du verstehst doch? Ich meine, das du hier bleibst, hier bei mir!" flüstert Lin-Lin.

Ich schweige weiterhin. Ich schweige, weil ich über diese Frage noch nie ernsthaft nachgedacht habe.

„Verstehst du, wieso tun wir uns das nur an?" Sie schaut mich eindringlich an.

Wieso tun wir uns das nur an? Ich habe auch über diese Frage noch nie nachgedacht? Sie ist mir nicht einmal im Entferntesten in den Sinn gekommen! Könnte ich wirklich eines Tages mein Leben derart umkrempeln?

„Ich weiß, Peter, Reisen ist dein Leben. Aber musst du denn unbedingt ein Leben lang reisen? Ich meine, verstehe mich bitte nicht falsch, aber bist du dir sicher, das du auf immer und ewig so weiterhetzen willst?" Lin-Lin schaut weg zur Seite. Sie neigt ganz leicht ihren Kopf. Ihre Haare fallen ihr über die Stirn. Sie entzieht sich meinen Blicken.

Moment Mal, was ist jetzt los? Mein Körper versteift im Schauer eines Schweißausbruches, die Muskeln und Sehnen verspannen unter einer kribbelnden Gänsehaut. Ich verkrampfe, wie in der Erwartung eines eisigen, eines polaren Windhauches.

Sind das die ersten Zeichen eines soliden Sonnenbrandes oder gar eines handfesten Sonnenstiches? Habe ich mir in diesem Ort, am anderen Ende der Welt, eine hässliche Pestilenz, eine Seuche eingefangen? Etwas von dem Namenlosen, Unaussprechlichen, welches in keinem Bertelsmannlexikon oder gar in einer ärztlichen Enzyklopädie aufgelistet wäre?

„Schau nicht so missmutig, das Essen ist wirklich gut hier", deutet Lin-Lin meine Gesichtszüge falsch ein: „Mein Lieber, du musst nur ein bisschen, ein >i-dien-dien< Mut investieren."

„Ein Krümelchen Mut riskieren? Du weist nicht, was du von mir verlangst. Ich meine, was essen wir hier?" Ich ergreife ihren dargebotenen Strohhalm. Oder sollte ich in diesen Breiten lieber sagen, ich greife zum rettenden Reiskorn? Wie auch immer. Das Thema muss gewechselt werden. In meiner Verfassung stehe ich keinen Streit mit Lin-Lin durch.

„Du weißt nicht, was das ist?" Sie deutet mit ihren Essstäbchen auf ihr Omelett.

„Nein, deshalb frage ich ja. Das Omelett ist gelb, das sehe ich. Der Salat ist grün, dagegen ist nichts einzuwenden. Die Soße ist feuerrot, vielleicht eine geeignete Warnfarbe." Ich atme tief durch: „Meine Frage zielt auf das grässliche und hässliche Graubläuliche darunter ab."

„Weißt du, wo wir hier sind?" antwortet Lin-Lin mit einer Gegenfrage. Ihre Essstäbchen vollführen eine angedeutete kreisende Bewegung.

„Wir sind in dem alten und ehrwürdigen Tempel Cheng-Huang, wir sind in der Altstadt von Hsin-Chu." Ich zucke mit den Schultern und schaue sie fragend an: „Willst du meinen Orientierungssinn testen?"

Was will sie von mir? Für den Rückweg nehmen wir ein Taxi. Das weiß sie so gut wie ich. Noch einmal tue ich mir diesen Wüstenmarsch nicht an!

Wir sind vom Lakeshore Metropolis Hotel im labyrinthischen Zick-Zack durch die Innenstadt Hsin-Chus geirrt. Wir sind immer tiefer, in diesen Stadtdschungel marschiert. Zu meiner Verwirrung hat die Kleine keine Verzweigung ausgelassen.

Lin-Lins Pfadfindertrip endete hier, am historischen Cheng-Huang Tempel der taiwanesischen Stadt Hsin-Chu. Wer kennt diesen Tempel? Wer, in Buddhas Namen, interessiert sich für dieses alte Gelump?

„Weist du auch, weswegen wir hier sind?" Lin-Lins Augenschlitze verengen sich ein wenig, kaum merklich. Oh, oh, da brodelt etwas unter der hauchdünnen Fassade!

„Ich dachte, wir nehmen einen kleinen, gemütlichen Snack ein?"

„Nein, deshalb sind wir nicht hier", antwortet Lin-Lin kurz und knapp.

Soweit also zu unserem fröhlichen Frage und Antwort Spiel!

Hoppla, ich werde am Rücken unsanft angestoßen. Ein weiterer Gast drückt und ruckelt sich an mir vorbei. Die zähflüssige rote Soße schaukelt stoßweise zum anderen Papprand.

„Ganz schön voll hier", versuche ich schwach, einen neuen Gesprächsfaden aufzugreifen und weise nach hinten, „zudem auch ein wenig stressig!"

„Ganz im Gegenteil. Wir haben momentan Glück. Die letzten Male durfte ich im Stehen essen. Du müsstest mal während unseres >que-üä< hier sein! Dann würdest du verstehen, was wir Taiwanesen unter Quetschvoll verstehen."

„Euer was?"

„Unser >que-üä<, unser >Ghostmoon< (Geistermond), für dich auch >Ghost-month< (Geistermonat), mein Lieber. Das ist die Zeit, in der wir uns ganz unseren verstorbenen Ahnen widmen. Ihr habt doch auch so etwas?"

„Ja, wir nennen das Fronleichnam." Ich lifte mit den Essstäbchen ein wenig das Omelett an. Nein, der eklige Schleim ist nicht attraktiver, sondern eher fronleichner geworden. Wer kann das nur essen wollen?

„Das ist eine Delikatesse. Die gibt es nur hier auf Taiwan. Unser berühmter Cheng-Huang Tempel ist bekannt für diese einzigartige Spezialität", frohlockt meine Freundin vergnügt.

Soviel zu dem Bekanntheitsgrad dieses Tempels, er ist eine gelungene und ausgewogene Kombination aus kulinarischen Spezialitäten und religiösen Glauben.

Ich pieke vorsichtig in das leicht zuckende und vibrierende Ungemach: „Könntest du für mich ein wenig präziser werden, Darling? Mit wem oder was habe ich hier zu rechnen?"

„Das sind Austern. Ich sagte dir doch, dass das eine Besonderheit dieses Tempels ist! Für dich: Wir nennen es >o-a-tzen<. Na los, nur nicht so zaghaft. Ich bin mir sicher, dein kleiner Snack wird dir gefallen."

„Mögen mir eure verstorbenen Ahnen beistehen, Lin-Lin! Ich weiß,
wir sind hier auf einer Insel. Aber muss deshalb unbedingt auf
deinem Speiseplan Fisch immerzu ganz oben stehen?"
Autsch, ich wollte doch nur das Thema wechseln! Ich wollte nicht
den schlafenden Drachen in ihr wecken. Herumjammern und nör-
geln kann ich mir für ein anderes Mal aufsparen.
„Du isst das jetzt! Du kannst dich nicht Wochenlang von Fastfood
und Hotelkost ernähren!" Na Prima, genau das meine ich!
„Ich kann Eieromlette auch in München essen", nein, so auch nicht:
„Ich meine, die Austern wirken auf mich etwas ungewohnt!"
„Ich war noch niemals in München, genauso wie du noch niemals
wirklich auf Taiwan warst!" platzt es aus Lin-Lin heraus.
„Was?"
Meine kleine taiwanesische Freundin ist nicht wieder zu erkennen.
Ihr Gesicht hat jede Freundlichkeit und Offenheit verloren. Sie fi-
xiert mich aus bösen, harten Augen.
„Entschuldige, aber ich werde ja wohl sagen dürfen, was ich den-
ke!" versuche ich mich, dem entfachten Taifun entgegenzustem-
men.
„Darum geht es gar nicht!"
„Ach ja! Sprich dich aus! Was passt dir jetzt schon wieder nicht?"
„Was heißt hier schon wieder. Habe ich mich jemals beschwert?"
„Nein. Das meine ich doch auch nicht."
„So, was meinst du denn?"
„Ich meine, was willst du von mir?"
„Ich will mit dir nur hier sein!"
„Hier sein! In diesem Tempel! Lin-Lin, ich meine, was? Ja, wieso
sind wir denn überhaupt hier?"
„Das weißt du immer noch nicht?"
„Nein."

Wieso habe ich das Gefühl, in allen Punkten klar den Kürzeren gezogen zu haben?

So geht das nicht weiter!

„Also, ich werde ohne Vorurteile, von unserem Austernomelett naschen. Du wirst mir im Gegenzug anvertrauen, wieso wir jetzt in diesem Tempel sind. Bist du einverstanden?"

„Du fängst an", flüstert Lin-Lin kalt.

Ich nicke, habe ich doch noch einen Fuß in der Türe!

Ich schaue auf mein Essen.

Mein Omelett und ich!

Jetzt nur nicht klein beigeben! Ich gebe mir einen beherzten Ruck: „Hier sind also meine Essstäbchen. Nun ein anständiges Stück Omelett, mit dem herrlichen Austernschlei ..."

„Mh..., das schmeckt ja richtig gut!" Ich bin wirklich überrascht.

„Ich nehme mir gleich noch eine kleine Kostprobe."

„Siehst du, war doch gar nicht so schwer!" Lin-Lin prostet mir mit ihrer Sojamilch zu.

Ich erwidere mit meiner Cola.

Vielleicht hat Lin-Lin doch Recht und ich sollte häufiger meinen Imbiss in den hiesigen Straßen suchen.

„Jetzt aber noch einmal von vorne. Wie sagtest du, heißt diese Tempel-Spezialität?"

„>o-a-tzen<, für dich im Einzelnen: >o-a< bedeutet "Austern" und >tzen< heißt "Braten". Also zusammen gesagt, du isst gerade gebratene Austern", erklärt Lin-Lin im besten Oberschullehrerinnen Stil.

„Das Eieromelett und der Salat werden nicht erwähnt?" hake ich nach.

„Nein, das war alles", schließt Lin-Lin.

„Na dann, guten Appetit!"

„Guten Appetit."

Unsere Essstäbchen langen in den Austernschmaus, zerteilen und zerkleinern, sortieren und verpacken die Partien neu. Ich habe schnell Lin-Lins Methode kopiert. Zu einer guten, mundgerechten Portion gehört ein kleiner Happen von allem, von der Auster, von dem Omelett und von dem grünen Salat. Das ganze wird mit den Essstäbchen zusammengehalten und mit einem Tüpfelchen der scharfen, roten Soße zum Mund geführt.

Endlich kann ich durchatmen und mich entspannen, die Sinne beruhigen und die Seele neu austarieren. Ich fühle mich frei und ungezwungen, zu keiner Verpflichtung verdammt und zu keiner Order verdonnert.

Wendet sich das Blatt!

Meine Stimmung steigt. Neuen Mutes schaue ich mich um. Wo bin ich hier nur gelandet?

Natürlich, das ist er also, der Cheng-Huang Tempel der taiwanesischen Stadt Hsin-Chu! Der zentrale Mittelpunkt der Altstadt. Eines der ältesten, wenn überhaupt, das älteste Bauwerk weit und breit. Ein unbedingtes Muss für alle Reisenden, die sich jemals hierher verirren.

Die schweren, althölzernen Pforten des Gotteshauses sind geöffnet. Chinesische Laufschrift, flinke rote LED Pünktchen huschen über den Einlass und verkündet die Öffnungszeiten sowie diverse Veranstaltungshinweise.

Lustige Lindwürmer und verspielte Drachen ringeln sich an den Türsäulen hinab. Sie sind in bleiches Schwarz gehüllt und weisen auf das Höhere, das nicht Sichtbare, das immer Anwesende hin.

Goldene Fabelwesen wandern über die schwarzen Tür -und Dachbalken. Welchen Weg weisen sie? Ich folge dem Blick eines dieser kleinen, verspielten Kobolde und lande wieder bei meinen Füßen.

Der nicht überdachte Vorplatz ist schutzlos der Sonne preisgegeben. In seiner Mitte glänzen zwei monströse, brusthohe Ascheurnen. Den Urnen dienen fußballgroße, bronzene Frösche, als simple schmucke Füße. Oder sind die Frösche weitere Chimären und Götzen, Anhängsel einer fremden, einer den Urzeiten entsprungenen Religion?

Den runden dicken Bäuchen der Ascheurnen entsteigen rußige, grauschwarze Rauchschwaden, eher Rauschschwaden. Ein aromatisierender, narkotisierender und einlullender Qualm, der aus hunderten der unzählbaren Räucherstäbchen kokelt und glimmt. Wenn der Wind sich drehen würde, er würde nach mir greifen, mich packen, wie in einem Alp, aus alkoholisierten Träumen und fiebrigem Wahn.

Zwischen den Urnen steht ein Grillgestell. Das metallische Gerippe sieht aus, wie die Rippenknochen eines verstorbenen, eines ausgeweideten und auf den Rücken gedrehten Tieres. Weitere Räucherstäbchen qualmen in und aus seinem Leib.

Überall hängen gelbe oder rote Papierbänder und Papierstreifen. Schwarze chinesische Schriftzeichen sind auf ihnen zu sehen. Wünsche und Bitten, Gebete und Hoffnungen stehen dort in einer anderen, einer doch so fernen, meinem Verständnis sich verschließenden Sprache, festgehalten in ihren eigenen Bedeutungen und Symbolen.

Über dem Vorplatz, an mir vorbei, zieht ein nicht abreißender Strom von Tempelbesuchern. Die Flut dieser kleinen, schwarzhaarigen Wesen ist immer in Bewegung. Ein Betrieb ist das in diesem Gotteshaus, ganz so, wie in den Metrostationen so mancher modernen Großstadt.

Ob alt oder jung, ob arm oder reich, die einen verbeugen sich hier, die anderen schauen mit gelangweilten Gesichtern auf ihren Uhren. Die einen halten Räucherstäbchen in ihren Händen, die anderen drücken die Auslöser ihrer Digitalkameras. Die einen schreiten im respektvollen Gang, im Gebet versunken, die anderen prüfen die

Zeit und pressen die Mobiltelefone an ihre Ohren. Die einen huldigen ehrfürchtig ihren Göttern, die anderen gehorchen ihren Magen.

Die Zeit der Garküchen gehört der Vergangenheit an. Fastfood-Buden wäre die nähere, die treffendere Beschreibung. Das Personal, ob Koch oder Kellnerin, ob Lauf, -oder Reinigungskraft, sie alle stecken in den eigenen, der Küche firmeneigenen Uniform. Die Fastfoodketten unserer Welt, haben auch an diesem entlegenen Flecken, Grund und Boden gewonnen.

Taiwan liegt nicht am Ende der Welt. Taiwan liegt auf der anderen Seite der Welt. Wieso sollte die Welt auf der anderen Seite anders sein?

Das Mahl ist beendet und die Essstäbchen ruhen, wie weggeworfen, in der Pappschachtel. Ich räuspere mich: „Also, Lin-Lin, ich habe meinen Teil unserer Abmachung erfüllt!"

„Du hast überhaupt keine Ahnung?" Lin-Lin presst ihre Lippen zusammen und schaut mich aus traurigen Hundeaugen an.

„Ich weiß, ich bin zu häufig fort!" Ich zucke mit den Schultern. Hätte ich die Wahrheit leugnen oder verschweigen sollen?

„Du bist seit einem Jahr hier, auf Taiwan! Du arbeitest und du wohnst hier, du isst hier und du schläfst hier!" Lin-Lins Stimme klingt blechern und mechanisch.

„Ja, ganz genau", antworte ich fröhlich, hoffend auf meine positiven Wellen.

„Nein, du bist nicht wirklich hier auf Taiwan!" Lin-Lins Stimme ebbt ab, sie klingt immer müder, sie schwindet, wie aus weiter Ferne.

Sie wendet ein zweites Mal ihr kleines Köpfchen von mir ab. Ihr Blick ist tief in ihr Inneres gerichtet. Ich kann die Zahnräder knacken hören. Die Gute sammelt ihre Gedanken.

Sie hat Recht!

Die Zeit ist uns gestohlen worden!

Sollte ich mir an ihr nicht ein Beispiel nehmen? Wo ist nur mein Verstand hin? Hat der taiwanesische >tai-jang<, das Sonnenauge, mein Hirn ausgetrocknet?

Anstatt endlich einen gemütlichen Nachmittag zu zweit zu verbringen, zanken wir uns um jede Kleinigkeit. Wo bleibt die Wende? Geht das so weiter, können wir uns die nächsten Omeletts gleich an die Köpfe werfen!

Meine Nase rebelliert. Nicht des stinkenden Tofu wegen, nicht des alles überlagernden Fischgeruches wegen und auch nicht der Räucherstäbchen wegen. Sie verweigert sich der faulenden, der gärenden Ausdünstungen des Dschungels und der unvermeidbaren, der unliebsamen Mitbringsel hunderter Menschenleiber, die sich zwischen die schmalen Passagen der Buden hindurchdrängeln und stupsen.

Verdammt, die Sonne hat sich ebenso weiter gedreht. Ihre ersten Strahlen tasten über meine Arme und über mein T-Shirt!

Wieso mir?

Ich überhitze total. Die Frequenz dieser Welt lässt mich rund und hohl laufen. Die Pulsgeschwindigkeit überdreht mich. Ich brenne aus, ein Leuchtturm im Taifun, den entfesselten Naturgewalten hilflos ausgeliefert.

Meine überreizten Sinne heben meine Schädeldecke, das Gehirn will zerspringen und bersten. Ich werde von der Klaustrophobie, der Platzangst gepackt. Ich rücke tiefer in den Schatten und will mich in Sicherheit bringen, ich will raus in die Freiheit, ich will fort laufen und mich verstecken.

Was geht hier nur vor? Wen, um Himmelwillen, habe ich böse auf den Fuß getreten?

Welcher Logik folgt der heutige Nachmittag? Die Sonne hat mich geröstet, der elendige Qualm hat mich betäubt, die taiwanesischen

Horden trampeln mich tot, der Gestank schreit zum Himmel und wenn ich glaubte, das könnte nicht noch schlimmer kommen!

Verflixt, was ist das?

Was passiert dort vor mir?

Das darf doch nicht war sein!

Sind das die ersten Fieberphantasien, die mich närrisch werden lassen? Ich beobachte, wie ein weißes Pferd, ein richtiger, ausgewachsener Schimmel aus den Garküchen vor mir emporsteigt. Seine vorderen Läufe, seine Hufen erheben sich, wie zum Sprung, es bäumt sich vorne auf. Ich traue meinen Augen kaum. Was für ein Trugbild, was für eine Fata Morgana!

Was ist das? Ein Hunnenkrieger, nein, hier ist das eher ein wilder, mongolischer Steppenreiter im zügellosen Ritt. Mit einem gewagten Sprung schweben Ross und Reiter hinüber zur nächsten Garküche. Das Gespann ist mit einem heißen Schrei nach Freiheit, den mannigfaltigen Töpfen, Kesseln und Woks unseres Sumoringers entronnen. Sie schweben vor mir, getragen und eingehüllt in einer Wolke aus Wasserdampf. Das ist ein gasförmiges Irrwesen, nicht gebunden in seinen Atomen und Molekülen. Das ist ein Wesen, erweckt aus Wahnvorstellungen und Halluzinationen!

Ich folge seinem dämonischen, geisterhaften Galopp über die Garküchen hinweg. Das kann doch nicht wahr sein! Was treibt der Krieger dort? Er hält seinen Bogen vor sich. Er zieht einen Pfeil aus seinem Köcher und legt an. Ich bin das Ziel seiner Attacke. Das Geschoss schwirrt ab in meine Richtung, genau auf mich zu.

Aus, alles ist vorbei! So schnell, wie der Sturm ausbrach, so rasch ist er auch wieder verflogen. Eine darauf folgende Stille findet nicht statt. Im Cheng-Hang Tempel von Hsin-Chu, mit seinem nicht abreißenden Besucherströmen und seinen dutzenden von Garküchen, herrscht niemals Ruhe.

Mir rinnt der kalte Schweiß ein x-tes Mal die Schläfen entlang. Niemand außer mir hat das flüchtige Spektakel über den Garküchen bemerkt. Weder den Köchen und Kellnern, noch den Gästen oder den Tempelbesuchern ist irgendetwas aufgefallen. Nicht einmal Lin-Lin hat etwas registriert.

Ich benötige keinen Arzt mehr, ich kann direkt zu einem Irrendoktor gehen. Ich bin reif für das Engelkostümchen, die Wände aus weichen Kunststoffen, auf das ich mir nichts Böses antue.

Wie hoch ist die Wahrscheinlichkeit, dass Wasserdampf rein Zufällig die Gestalt eines stürmischen Steppenreiters annimmt, der ein Pfeil auf mich abschießt? Ich atme tief durch.

Ich habe gesehen, was ich gesehen habe!

„Peter, alles in Ordnung mit dir?" Lin-Lin betrachtet mich besorgt.

Sehe ich wirklich schon so schlimm aus? Ich muss mich ablenken und versuchen, wieder mit beiden Beinen auf dem Boden zu landen.

„Wie müssten also unsere Fragen lauten?" Ich nippe von meiner kalten Cola und lasse das letzte Viertel meines Omeletts ruhen: „Wieso sind wir hier? Also, ich meine, wieso war ich noch niemals auf Taiwan? Auch nicht, wie soll ich deiner Meinung nach meine Geschäftsreisen reduzieren?"

Lin-Lin beginnt zu kichern. Als gut erzogene taiwanesische Tochter bedeckt sie dabei ihren Mund mit einer Hand. Lin-Lins Augen werden groß und kugelrund. Das ich das heute noch erleben darf!

„Bravo, bravo, ich sehe, du fängst endlich an, mich zu verstehen."

Die Kleine klatscht begeistert in ihre Hände.

Ich weiß nicht wie, aber ist mir doch noch das Kunststück gelungen, das Ruder herum zu schmeißen? Wenigstens bei Lin-Lin ist die Welt wieder in Ordnung.

Nein, nicht schon wieder! Wie zur Antwort zischen und brodeln die Elemente in den Garküchen aufs Neue los. Stechender Schweiß

läuft mir in die Augen. Neue Dampfwolken erheben sich himmelwärts. Ich bin verdammt. Was für ein grausiger Fluch lastet auf
mir?

Meine Augen müssen jetzt auch im Durchmesser zugenommen
haben, geradezu Untertassen groß, aber nicht vor Freude, sondern
in totaler Panik. Ich kontrolliere jeden, der davon schwebenden
Blasen aus Wasserdampf. Puh! Dschingiskahns Männer verzichten
auf ein weiteres Stelldichein.

Der Spuk muss doch ein Ende finden! Nur, der Bursche auf dem
Gaul hat bestimmt keinen armorschen Liebespfeil auf mich abge-
schossen! Wer oder was, führt hier was im Schilde?

„Peter, was ist mit dir?" reißt mich Lin-Lin zurück in die Gegenwart.

„Wo waren wir stehen geblieben?"

„Wir waren bei unseren drei Fragen." Lin-Lin ist meinen Blicken
über dem Chaos der Tempelgarküchen gefolgt.

„Nun, meine Liebste, mit welcher Frage fangen wir an?" trete ich
die Flucht nach vorne an.

„Ach, deine Liebste? Dann erzähl mal, wer sind denn all die anderen?" Meine Kleine strahlt mich an, wenigstens von ihrer Seite
muss ich mich nicht mehr in Acht nehmen.

„In welcher Reihenfolge hättest du sie gerne?" entgegne ich.

„Ganz wie dem Herren beliebt!"

Ich fange an, mit meinen Essstäbchen herum zu spielen. Lin-Lin
stupst leicht an ihren Handyanhänger, einem Wackelkaninchen. Ich
hatte ihr das Tierchen geschenkt, als sie mir verriet, dass sie im Jahr
des Kaninchens geboren wurde.

„Ich werde fragen, wie mir der Sinn steht!"

„Wie du willst."

„Also, wieso bin ich nicht auf Taiwan?"

„Weil du nicht bei mir bist!"

Ich schüttele verständnislos meinen Kopf. Kann sie nicht endlich auf den Punkt kommen!

„Nein, rede nicht um den heißen Brei! Sag endlich, was du von mir willst!"

„Wirst du mich auch verstehen?"

„Woher soll ich das wissen! Ja, natürlich werde ich dich verstehen."

„Versprichst du mir das?"

„Ja, was denn noch?"

„Du musst mir das versprechen."

„Ja."

„Peter, ich möchte, …", Lin-Lin stoppt für einen Atemzug.

„Ja."

„Ich möchte, dass du für mich auf eine Reise gehst!"

„Was?"

„Keine Angst, du benötigst kein Flugticket, keine Hotels, keinen Reiseführer und keine Taxis."

„Ich verstehe nur Bahnhof."

„Auch den kannst du links liegen lassen."

Was will Lin-Lin von mir? Reisen, zuerst Nein, jetzt Ja! „Entschuldige, ich meine, ich kann dir nicht folgen."

„Das sollst du auch gar nicht! Du sollst deiner eigenen Nase folgen, deinen Instinkten, deiner Laune, deinen Füßen und ach, was weiß ich."

Ich soll mich durch diese Affenhitze schleppen!

„Las dich schwerelos durch die Straßen treiben. Wie der Wasserdampf dort vorne über den Garküchen. Einfach, wohin der Wind dich weht."

Und Luftpfeile auf ahnungslose Passanten abschießen. Erneut läuft mir der kalte Schweiß den Rücken hinab. Der traumatische Reiter im weißen Gewand lässt grüßen!

„Benutze alle deine fünf Sinne. Schüttele die Klimaanlagen, das Fastfood, die Kneipen und Bars von dir ab.“

Kein Problem, ich werde mir die Haare schwarz färben und meine Haut gelb anmalen!

„Atme die Luft ein und spüre die Sonne auf deinem Körper, schau dich um und probiere die vielen, kleinen Garküchen und trau dich, Gespräche mit den Einheimischen zu führen.“

Taiwanesisch für Anfänger, versuchen sie sich am anderen Ende, auf der anderen Seite der Welt!

Ich hebe leicht meine Hand, um Lin-Lins Redefluss zu unterbrechen: „Lin-Lin, das hört sich alles schön und gut an. Ich werde durch die Straßen deiner Stadt schlendern und wie ein Spion jedes noch so kleine Detail festhalten und notieren.“

Ein erneuter Schweißausbruch bahnt sich an. Lin-Lin hilft mir, mit einem guten Dutzend, weißer Papierservierten: „Betrachte deinen Gang, als eine Expedition, als eine Reise in das dir unbekannte Land Taiwan.“

Ich räuspere mich: „Ich werde also für dich eine Reise durch die Straßen deiner Stadt unternehmen. Ich denke, das habe ich dir versprochen.“

Lin-Lin nickt mir schweigend zu. Sie beachtet nicht mehr die Mailbox ihres Handys, das in wilder Folge SMS's vermeldet.

„Und deshalb sind wir hier! Du hast mich zu dem alten Cheng-Hang Tempel geführt, weil du dir vorstellst, dass dieser Platz der ideale Startpunkt für meine Reise ist!“

Lin-Lins Gesicht ist eine Maske, aber ihre Augen verraten sie. Sie leuchten, wie die Nebelscheinwerfer eines LKWs. Ich muss auf der richtigen Fährte sein!

„Kommen wir zur unserer nächsten Frage! Wenn wir ein Alpha haben, dann haben wir auch ein Omega. Wie stellst du dir das Ende meiner Reise vor?“

„Du kennst das Ende!" Lin-Lins Stimme ist nur noch ein seidenweiches Flüstern.

„Ja, aber was ist mit dir? Wie wirst du wissen, …", ich stocke, der letzte Schluck Coca-Cola kann den Kloß in meinem Hals nicht lösen.

„Nur nicht so zaghaft, Herr Ingenieur! Das letzte Mal, als du ein bisschen, ein >i- dien-dien< Mut investierst hast, das hat sich doch gelohnt!"

Ich nicke. Der Tisch unter meinen Ellenbogen kippelt immer noch. Ich sollte mich vorsehen, nicht im eigenen Schweiß abzurutschen.

„Ich weiß, das ist nicht fair. Ich habe dir ein Versprechen abgerungen und du hast mir geantwortet, du würdest mich verstehen."

Lin-Lin verstaut ihr Handy in ihrer LV Handtasche. „Alles was ich dir nun vorschlage, ist eine Idee!"

„Ich höre!"

„Ich möchte, dass du für mich nicht einfach auf eine Reise gehst. Ich möchte, dass du für mich auf eine spezielle Reise gehst. Ich möchte, dass du verstehst, dass die wirklichen Reisen eines Menschen nicht zu irgendwelchen, entfernten Punkten auf der Landkarte stattfinden. Ich wünsche mir, das du feststellst, das die wirklichen Reisen, nur zwischen den Menschen stattfinden."

Lin-Lin leert ihre Sojamilch: „Peter, du wirst diese Reise nur für mich antreten. Dementsprechend werde auch nur ich wissen, ob du das Ziel deiner Reise erreicht hast."

Lin-Lin schaut auf ihre Uhr. Ich weiß, das Geschäft ruft. Sie muss noch einmal zurück ins Büro. Die Zeit des Aufbruchs ist gekommen.

„Du bist das Ziel meiner Reise."

„Ich höre, dass meine Botschaft angekommen ist."

Kapitel II.

Schmetterlingsglück

蝴蝶好運

Die Luft flimmert träge über der ockergelben Lackierung der Taxi-karosserie. Der Fahrer wirft seine brennende Zigarette aus dem Seitenfenster und rastet das Taxameter ein. Das Gefährt startet mit einem kräftigen Ruck und schert in den Verkehr ein.

Lin-Lin wirft mir durch die Heckscheibe einen Handkuss zu. Ich beschirme meine Augen und winke zurück.

Ihr Taxi hat die Nummer 357. Im Chinesischen ausgesprochen: >zan, wu, tschi<. Die drei Zahlen leuchten in einem hellen, hei-schendem rot. Wie verspielte Schmetterlinge tanzen sie vor meinen Augen.

Eine Gruppe Motorroller (englisch: >Scooter<) schließt auf und bedrängt das langsamere Gefährt. Unser Blickkontakt wird unter-brochen.

Ein weiteres Taxi folgt. Das KFZ horcht auf den Namen 612. Im Chinesischen ausgesprochen: >liu, i, a<. Die Zahlen schwingen in einem eleganten, rötlichen Zug auf der Beifahrertür.

Ich flüstere die Zahlen ohne die Lippen zu bewegen. Ich spreche die Namen der drei Schmetterlinge auf deutsch, auf englisch und auf chinesisch aus. Ich hatte diese praktische Lernübung aus dem einzigen, englischsprachigen Radiokanal (ICRT International Community Radio Taipei) der Insel erfahren. Ein italienischer Eng-lischlehrer plauderte aus dem Nähkästchen über seine Inseljahre.

Ich gönne mir diese kleine Pause. Eine willkommene Zerstreuung im Schatten eines dunklen, schmalen Seiteneinganges zum Tempel.

Ich lasse die Minuten verstreichen und etliche Taxis passieren. Ich muss den Hals nicht recken. Die roten Schmetterlinge blinken vom weiten im grellen Sonnenlicht. Die Zahlen reflektieren, sie schlagen mit ihren Flügeln die Zeit fort.

Ich weiche zur Seite und lasse eine Schar japanischer Touristen, mit ihren mattschwarzen Digitalkameras, in den Götterpalast eintreten. Ein Taxi aus vergangenen Tagen, ein älterer Herr, knattert und hustet vorüber. Seine Nummern sind das Ergebnis einer selbstgeschnittenen Schablone und tröpfelnder Ölfarbe. Aus seinem Auspuff blubbert träge ein bläulicher Qualm. Seine jüngeren Kollegen, ebenfalls Söhne aus dem Hause Tokio, bevorzugen Abziehaufkleber.

Die landesüblichen Kennzeichnungen bestehen aus meistens drei Zahlen und ein oder zwei Buchstaben. Die immer roten Schmetterlinge am Bug, den Flanken und dem Heck stimmen natürlich mit den amtlichen, behördlichen Kennzeichen überein. Was hat bloß das taiwanesische Taxifahrervolk, zu diesem bienenfleißigen Rundumnummerierungswahn bewogen?

Ein tattriger Greis, in Begleitung seiner philippinischen Alterspflegerin, erscheint aus dem Inneren des Tempels. Inselgroße Leberflecke schauen nervös unter seinen lichten, strohgelben Haaren zu mir hinauf.

Ein übergewichtiger Inselbewohner, im grünengelben gestreiften T-Shirt, schwitzt aus einem Taxi heraus. Das Fahrwerk ächzt quietschend unter der aussteigenden Last. Der Greis und seine Leberflecken nehmen federleicht hinten Platz.

Wieder hält ein Taxi und noch mehr Taxis, allesamt über und über mit flatternden roten Schmetterlingen bemalt.

Findet ihr nicht, dass ihr mit eurem Nummernreichtum ein wenig übertreibt?

Ganz im Gegenteil, die Antwort fällt nicht schwer: Wer gerne Nadeln im Heuhaufen sucht, der ist hier richtig aufgehoben. Wer zum

Handy greift und eine motorisierte Droschke ruft, der will auch nur in dieses bestellte Gut einsteigen. Aber um das Gerufene im ockergelben Meer aufzuspüren, dafür langten die kleinen, amtlichen Kennzeichen nicht mehr aus. Die taiwanesische Taxigilde musste nachhelfen.

Aber wieso muss bei einer derartigen Taxidichte überhaupt das Handy (das >scho-dschi<) bemüht werden?

Diese Antwort ergibt sich ebenfalls von alleine! Meine Firma hat natürlich mit einem Taxiunternehmen ein Abkommen. Das heißt, eigentlich hat auf dieser Insel jede Firma mit irgendeinem Taxiunternehmen ein Abkommen. Ein jeder auf dieser Insel besitzt ein Handy. Ach, was sage ich da, der Trend geht eindeutig zum zweiten oder dritten mobilen Telefon. Der arme Wicht, der keine Taxinummer abgespeichert hat.

Ja, so einfach ist das in unseren heutigen Tagen.

Die Fahrer kennen mich, ich kenne die Fahrer und ihren dreistelligen Code. Sie können von weitem nach ihrem westlichen Gast Ausschau halten, ich kann chinesische Schmetterlinge zählen, bis ich einsteigen darf.

Ja, so einfach ist das in unseren heutigen Tagen.

Sie wissen um die Orte meines Handelns. Ich grüsse nicht das tägliche Murmeltier. Ich muss ihnen nicht jedes Mal mühsam und nervtötend die gewünschten Adressen unter die Nasen reiben.

Halt, stopp, so einfach ist das nicht!

Die Taxifahrer können meinen Namen, das Hotel, die Firma und die wenigen Kneipen in einem Atemzug nennen. Sie könnten mein Revier mit einer Handvoll Sticker auf dem Stadtplan markieren. Ausnahmen sind ausgeschlossen.

Ich trete mit plötzlicher Rastlosigkeit aus dem Schatten des Tempels und gehe über einen kleinen, mit parkenden Scootern überfüllten Platz, hinüber zur anderen Straßenseite.

Mein Gott, ich habe nicht nur die Zeit vergessen!

Die Schmetterlinge sind nichts mehr wert. Die chinesische Zahlenwelt versinkt in die Annalen der unnötigen Zeitbeschäftigungen.

Die Kompassnadeln in meinem Hirn haben die Pole umgedreht.

Ein stickiger, miefiger Schleier liegt über den Straßen. Gesättigt und durchdrängt mit den rastlosen Aktivitäten eines vergehenden taiwanesischen Tages.

Die orangenen Dachziegel des Tempels glühen im Licht der untergehenden Sonne. Die Stadt Hsin-Chu liegt nur einen Steinwurf vom nördlichen Wendekreis (Wendekreis des Krebses) entfernt. In diesen Breiten schickt sich die Sonne nicht langsam und gemächlich hinab. Sie fällt förmlich vom Himmel. In keiner halben Stunde wird die Nacht den Tag ablösen.

Was hatte Lin-Lin gerade eben gesagt?

Ich wende dem orangfarbenen Feuer meinen Rücken zu. Die Straße vor mir weist stetig und gerade zum ehemaligen alten Nordtor der Stadt Hsin-Chu. Das Tor müsste genau dort stehen, an der nächsten, an der übernächsten Kreuzung. Ein aus Stein gemauertes Ziel, für Touristen und Stadthistoriker. Vorausgesetzt, das antike Gemäuer aus Kaisers Zeiten, wäre nicht der Bauwut moderner Städteplaner zum Opfer gefallen.

Woher weiß ich das denn jetzt mit einem Mal? Ich weiß doch nicht einmal, wo ich hier bin! Natürlich, ich stehe irgendwo in der Altstadt von Hsin-Chu, aber wo genau? Den Rückweg finde ich nur mit Hilfe eines dieser ockergelben Vehikel!

Hat Lin-Lin mir vorhin diese alte Stadthistorie erzählt?

Ein erneuter Hitzeschauer erfasst mich. Die Ursache ist jedoch nicht äußerlicher Natur.

Was hatte Lin-Lin vorhin gesagt? Konzentriere dich endlich, so schwer ist das doch gar nicht!

Was hatte Lin-Lin im Tempel versucht mir mitzuteilen? Sie hatte eine klare und eindeutige Botschaft für mich: Entweder ich schränke meine Reisetätigkeiten ein, oder sie beendet unsere Beziehung!

So einfach ist das!

Das darf doch nicht wahr sein. Soll unsere Freundschaft wirklich so enden? Habe ich sie wirklich richtig verstanden? Oder wirkte ihr "Entweder" zu bestimmend? Oder klang ihr "Oder" zu zaghaft?

Nein, so wird das bestimmt nichts!

Die Linien der Straße werden dunkler. Ich starre auf den von mir gewählten Fluchtpunkt, genau dort muss dieses alte, gammelige Tor gestanden haben. Die Sonne berührt fast die ersten Dächer.

Was sollte eigentlich die Geschichte mit diesen Flughäfen, Hotels und Bars? Nicht jeder Seemann hat in jedem Hafen eine andere. Dieses Gesetz besitzt Gültigkeit, auch auf dem großen, chinesischen Festland. Glaubt sie etwa, meine Reisegründe wären nicht geschäftlicher, sondern menschlicher und insbesondere weiblicher Natur?

Die Schatten kriechen langsam die Straße entlang und gewinnen allmählich die Oberhand. Sie müssen sich aber noch ein Weilchen gedulden, bis sie ihren großen Bruder, die Nacht, begrüßen können.

„Peter, musst du unbedingt ein Leben lang reisen?" Lin-Lins Worte hallen nach. Sie stellt mich vor die Wahl! Heißt das nicht, dass sie mir die Entscheidung überlässt?

Erst einmal ruhig durchatmen, noch ist nichts verloren. Lin-Lin hat lediglich einen Warnschuss abgegeben, leider einen gut gezielten Schuss. Sie hat ihn haarscharf vor meinen Bug platziert!

Die Sonne kriecht blutrot hinter eines der Gebäude. Das Licht des Tages taucht ab, hinter Mauern und Dächern.

Ich fühle eine Kälte. Sie steigt nicht langsam in mir hoch, sie ist einfach da. Der Wechsel trifft mich wie ein Schlag, mein Körper stürzt ungebremst in einen neuen Aggregatzustand. Gerade eben keuchte ich noch unter bedrohlicher Überhitzung und schubartigen

Schweißausbrüchen, jetzt fröstele ich am gesamten Leib. Meine Haut überzieht ein klebriger, getrockneter Schweiß und meine Glieder zittern unter einem leichten, kaum spürbaren Luftzug.

Was ist bloß los mit mir?

Hat ein mieser, hinterhältiger Virus mein Immunsystem ausgetrickst?

Ich muss hier weg! Nein, Lin-Lin hat mich auf eine Reise geschickt! Ich kann nicht, meine Füße bleiben an Ort und Stelle.

Der Asphalt klebt nicht unter meinen Sohlen. Ich drehe mich um mich selber. Wo fange ich an? Ich habe nichts in den Händen. Wann bin ich am Ziel? Mir fehlt ein Plan.

Lin-Lin, wo bist du? Wie würde dein Plan für mich aussehen?

Wie könnte dein Freund, aus dem fernen Europa, die Wege zu deinem kleinen taiwanesischen Herzen erneut einschlagen? Wie lange musstest du diese Frage mit dir herumgetragen haben? Wie lange musstest du dein kleines Köpfchen angestrengt haben?

Du bist nicht in der Lage, ihm die Wanderstiefel auszuziehen. Das Leder ist zu dicht verbunden mit seiner Seele. Er würde dich eher verlassen, als diesen Teil seiner selbst aufzugeben. Ein Matrose, dessen Herz dir, aber dessen Seele der See gehört. Die Wahrheit musste dich schwer treffen!

Wie viele verdorbene Tage musste diese unvermeidliche Erkenntnis, dir eingebrockt haben? Wie viele Nächte musste dieser Gedanke, dir jeglichen Schlaf geraubt haben? Wie lange musstest du grübeln, bis du einen Ausweg aus dieser Zwickmühle fandest?

Wenn dein Matrose des Reisens niemals Müde werden würde, was bliebe als Lösung? Deine Gedanken kreisten lange um diese eine Frage. Du musstest seine Reiselust akzeptieren. Damit musstest du dich unwiderruflich abfinden. Nicht aber mit seiner Art des Reisens! Da war der Hebel, an dem du ansetzen konntest!

Er darf nicht mehr, wie von einer Tarantel gestochen, über den Erdenball hetzen. Seine neuen Routen mussten anderer Natur sein!
In deinem kleinen Köpfchen nahm mit der Zeit, ein Plan Gestalt an: Gib deinem Burschen ein neues Ziel. Zeichne ihm eine Landkarte. Schreibe ihm die neuen Routen vor, deine neuen Routen!
Finde mich, musstest du gedacht haben. Wo aber sollte dein rastloser Freund dich suchen?
Die Antwort war beinahe zu einfach: Hier auf Taiwan sollst du deine Freundin suchen, gehe auf die Straßen ihrer Stadt. Sie wird auf dich warten.
Peter, du benötigst nur ein bisschen, ein >i-dien-dien< Mut! Der Weg zu ihr verläuft durch die Häuserschluchten ihrer Stadt. Öffne deine fünf Sinne, siehe, höre, rieche, schmecke und fühle, das ist alles, was du benötigst! Die Aufgabe sollte doch nicht so schwer sein, oder?
Lin-Lin, du bist das einzige Ziel meiner aller zukünftigen Reisen!
Mein Herz bleibt stehen. Was ist denn jetzt schon wieder los! Die Nacht verweigert sich, die Sonne ruht still im Fluchtpunkt. Aber das darf sie gar nicht! Sie müsste bereits hinter der Betonskyline Hsin-Chus untergegangen sein. Aber sie steht nur ruhig da und wacht bewegungslos in ihrer ganzen Pracht.
Das obere Drittel ihrer runden Scheibe blendet in einer weißen Glut. Die Mitte ihres Sonnenballs wird bestimmt von einem satten, freundlichen Orange und ihr unterer Part zerfließt in einem dunklen Rot über der Straße.
Als wenn das nicht genug wäre! Diese Sonne steht mittig im Bogen eines gewaltigen, mächtigen Steintores. Das blanke Mauerwerk reflektiert das gleißende Sonnenlicht geradewegs in meine Augen und ich hebe schützend meine Hand. Der Rundbogen endet knapp vor der nächsten höheren Etage. Den steinernen Abschluss bildet eine geklinkerte Balustrade mit regelmäßigen Schießscharten. Dar-

über stützen massive Holzpfeiler die spitzen Schwalbenschwanz-dächer. Deren Dachpfannen schimmern in einem goldenen Feuer, dieser doch allzu exotischen, ostasiatischen Abendsonne.

Ach herrje, schon wieder ein Trugbild! Hinter dem Tor steht ein Bambuswald, ich kann meinen Blick nicht losreißen. Ich sehe und höre diesen Bambus.

In einem lebensbejahenden hellen Grün, durchmischt mit einem unscheinbaren matten Graustrich, reihen sich seine Stämme anei-nander. Die Sonnenstrahlen gleiten über sein Blätterwerk, das von einem sanften Wind, wie in einem Meeresrauschen, auf und nieder wogt.

Die leichte Abendbrise lässt die Stämme aneinanderschlagen. Die Hölzer klopfen im Takt, nur sie kennen den Rhythmus, die Melodie ihres Liedes. Der Bambuswald singt für mich. Die einzelnen Bam-busbäume rufen mich. Ich soll näherkommen und das Tor durch-schreiten, ich soll eintreten in ihrem Wald, ihrem Bambuswald. Die einzelnen Stämme, mit ihren Laubkronen winken mir zu, unwider-stehlich und verführerisch. Ich muss mich zusammenreißen und kann ihrer Einladung, nur mit der Anstrengung all meiner Willens-kraft widerstehen. Was geht hier vor sich?

Woher kommt dieser Wald? Ein Gehölz, mitten in der City von Hsin-Chu. Ein Hain, der nur im Licht der untergehenden Sonne erscheint.

Ach ja, woher weiß ich denn das schon wieder? Was heißt der chi-nesische Name >Hsin-Chu< doch gleich? Richtig, >Hsin-Chu< be-deutet >neuer Bambus<.

Na, dann ist ja alles in bester Ordnung. Der abgeholzte Bambusur-wald von Hsin-Chu grüßt mich. Morgen werde ich mit dem letzten Kaiser von China Mah-Jongg spielen und übermorgen gehe ich, mit den tönernen Terrakotta-Jungs aus Xi`an, in die nächste Karaoke Bar.

Ohne Zweifel, die Reihe ist an mir. Das muss der Wahnsinn sein! Oder ist das eine neue Variante des Burn-Out-Syndroms? Vielleicht täten mir ein paar Wochen auf Rezept ganz gut? Oder war Lin-Lins Austernomelett ein Drogencocktail? Das Opium ist außer Mode, ein paar bunte Pillen sind jetzt zeitgemäßer, eine Spezialität des Hauses Cheng-Huang.

Ich wende mich ab, von dem falschen Sonnenball und schlendere langsam zurück zum Tempel. Zuerst ein geisterhafter Reiter aus Pustekuchenwatte. Jetzt ein glitzerndes Spukgemäuer, inklusive Grünanlage. Was für ein Entertainment- Programm lauert als nächstes auf mich?

Ich schaue mich verstohlen um. Natürlich, die Welt ist wieder bunt und schön. Der Fluchtpunkt ist wieder Herr seiner selbst. Rote Schmetterlinge werfen ihre Lichtkegel über die Straße. Der Mond, der >üä-liang<, erfreut sich seiner ovalen Sichel. Die taiwanesischen Völkerscharen streben ihrem täglichen Einerlei hinterher. Niemand außer mir leidet unter Erscheinungen, Trugbildern oder Tagträumen.

Moment mal, leide ich denn wirklich? Ich bleibe stehen. Mein Blick folgt den Lockrufen der Moderne. Die chinesische Kunst der Kaligraphie hat ein neues Heim gefunden:

Zerschnittene Schilfgräser, feinen Pinselstichen gleich, von winzigen chinesischen Kinderhändchen in einem selbstvergessenen Spiel zusammengelegt, leuchten vor mir in allen bunten Farben. Geschnitzte, ebenmäßige Rillen, von metallischen, rasierklingenscharfen Schneiden auf die Panzer der Schildkrötenrücken gekerbt, wecken Verlangen und Begierden in jedem Herz. Vom Winde achtlos gestreute Chili-Schoten, in rot glänzender Formation kleiner Gruppen, gebündelt oder in Fingerzahl, regen Phantasien und Träume an.

Für mich sind die vielen, leuchtenden Reklameschilder, mit ihren chinesischen Schriftzeichen, ein Buch mit sieben Siegeln. Wieso habe ich mich ihrer Sprache in all der Zeit nicht genähert?

Da ist der Eingang zum Tempel Cheng-Huang. Wenige Schritte und ich betrete die Haupthalle des Götterhauses. Der Raum ist getränkt vom Weihrauch und dem Atem hunderter Tempelbesucher. Meine Lungenflügel ächzen unter einer verbrauchten, stehenden Luft. Das tropische, feuchte Klima liegt wie eine feste Kuppel über dem Tempel. Nicht die kleinste Brise frischer Luft verirrt sich in diese Hallen.

Was suche ich hier eigentlich?

Die Wände sind aus weißen Backsteinen. Vor ihnen thronen übergroße Götter, beheimatet in riesigen Plexiglasvitrinen, die gläubige Masse unter sich wissend. Die durchsichtigen Scheiben sind umrahmt, eingefasst in rot lackiertem Holz. Die roten Holzlatten schweben wie bluttriefende Lanzen schützend vor ihren Hoheiten. Unzählige, pechschwarze Betonsäulen ragen wie Marterpfähle in die Dunkelheit der Decke. Wie die äußeren Träger des Vorplatzes, so werden auch diese Pfeiler von Fischen und Schlangen, von drachenartigem Gewürm und wer weiß was umringelt. Im flackernden Licht der Kerzen und der Digitalkameras erwachen ihre Schattentänze, zu einem dämonischen Reigen. Andere Säulen tragen vergoldete, chinesische Schriften, die sich wie magische Runen entlang der Säulen ins dunkle nichts der Decke emporziehen. Sie füllen das gesamte Firmament des Tempels aus, unterstützt von der bereits bekannten namenlosen Gemeinschaft handgroßer, tanzender Figürchen. Die Farbe des kostbaren Edelmetalls funkelt majestätisch zu den Menschen herab.

Was will ich bloß in diesem Tempel?

Die Mitte der doch kleinen Halle ist für die Gabentische bestimmt. Die Bescherung ist im vollen Gange. Die Geschenke sind reichlich.

Die Götter müssen zufrieden sein. Alle Präsente sind sauber und akkurat auf den Tischen aufgereiht und in durchsichtigen Plastikfolien verpackt. Ein jedes wurde mit Namen, Adresse und wahrscheinlich auch mit der Kontonummer des wohlwollenden Spenders versehen.

Die Durchgänge sind schmal und eng. Alle Tempelbesucher, ob mit Räucherstäbchen oder mit Digitalkamera, quetschen, drängeln oder schubsen aneinander vorbei.

Ich reihe mich ein und gelange zu dem kleinen Vorplatz des Gotteshauses. Ich bleibe stehen zwischen dem großen Eingangstor und den unzähligen Tempelgarküchen. Meine beiden Seiten flankieren die zwei mächtigen, bronzenen Ascheurnen. Wirklich nicht dutzende, sondern hunderte dieser Räucherstäbchen versprühen ihren Feinstaub.

Wieso bin ich zurückgekommen? Ich schaue mich ratlos um. Ein blauweißes Schildchen verrät den Weg zur Notdurft. Der Sumoringer wendet weiterhin seine Austernomeletts. Zwei junge Mädchen verbeugen sich mit ihrem Räucherwerk. Vor mir, auf einer kleinen Bühne, bereiten sich fingerdick geschminkte Akteure auf eine taiwanesische Volksoper im Hinterhofstil vor. Diese Männer und Frauen vollführen ihre Künste für die Götterwelt des Tempels. Schließlich wollen diese auch ein wenig Entertainment genießen.

Wer hatte mir die Geschichte erzählt? Wer mag das glauben? Auf jeden Fall dürfen die Akteure hin und wieder für die Götter nackt auftreten. Natürlich nur, um niedere, göttliche Gelüste zu befriedigen. Wehe dem armen Touristen, der dieses freizügige Theater mit einer züchtigen Pekingoper verwechselt!

Jetzt entsteht Bewegung auf der Bühne. Das Spiel kann beginnen. Nein, nur eine weitere Schauspielerin strebt auf das Parkett.

Heiliges Blechle, wie Gott dich schuf, so möchte ich dich auch einmal sehen! Du bist ja nicht einmal geschminkt. Jetzt musst du dich aber beeilen, die Show beginnt gleich. Nein, du hast keine Lust. Gehörst du etwa zu den gewöhnlichen, normalen Bühnenarbeitern? Ja sage mal, was schaust du mich eigentlich so an? Ich meine, ich gaffe dich ja auch an, das gebe ich offen zu. Aber wieso tust du es mir gleich? Ich meine, du bist eine Frau, das gehört sich nicht. Ja, ich bin ein Mann und ich bilde mir so einiges ein. Aber du vertauschst die Rollen. Ich bin es jetzt, der nackt vor dir steht, nicht du vor mir. Was fällt dir ein! Ja, ich gestehe, ich bin das nicht gewohnt. Frauen gieren mich normaler Weise nicht so an. Also lass das bitte und höre endlich auf damit!

Ja, komm erst einmal runter von der Bühne. Ich meine, nein, was willst du bei mir? Wieso kommst du auf mich zu?

„Hallo, ich heiße Bin-Ching." Sie streckt mir ihre rechte Hand zur Begrüßung entgegen: „Ich bin der Grund, weswegen du zum Cheng-Huang Tempel zurückgekehrt bist."

„Damit wäre also diese Frage geklärt", erwidere ich völlig verdutzt. Wie kann sie wissen, was ich gerade gedacht habe? Woher kennt sie die Antwort auf meine Frage?

Nein, das ist der falsche Ansatz! Peter, jetzt denke nach! "What's the point! >Bringen wir es auf den Punkt!<" würde der Amerikaner sagen.

Ich nehme ihre dargebotene Hand an: „Angenehm, Peter, was verschafft mir die Ehre?" Vieles ergibt sich von alleine. Soll die Kleine erst einmal erzählen, was ihr auf dem Herzen liegt.

„Ich möchte dir dein Ticket geben. Ich weiß, das du schon lange darauf gewartet hast", erfüllt sie auch prompt meinen stillen Wunsch.

Unsere Blicke finden sich. Ein kecker Augenaufschlag genügt und ich bin hin und weg. Sie wirft ihr verführerisches Lächeln nach mir und ich gehe ihr prompt ins Netz. Ich stolpere willenlos in ihre

Arme. Was könnte schöner sein, als sich einer bezaubernden Frau zu ergeben?

Was würde in meinem Logbuch des heutigen Tages stehen? Von Hitze -und Kälteschocks geschwächt, von Trugbildern und Erscheinungen in den Wahnsinn getrieben, von seiner Freundin mit Entscheidungen gepeinigt, so gab er sich einem atemberaubendem Hormonfieber hin. Einem alten Iren nach den Mund zu reden, das Ganze hätte noch viel schlimmer kommen können.

„Was für ein Ticket? Ich weiß von keinem Ticket", stammele ich.

„Das Ticket, Peter, das Ticket!" Bin-Ching zieht aus ihrer Gesäßtasche einen roten Briefumschlag. Ein rotes Kuvert, mit dem sie sich spielerisch ein wenig Luft zufächelt.

Mir fällt keine andere Erklärung ein, sie muss mich mit jemanden verwechseln! Etwas anderes kommt für mich nicht in Betracht. Was hatte einmal ein älterer Reisender zu mir gesagt? Nicht nur wir haben unsere liebe Not, die ganzen schwarzen Haare und die schlitzigen Augen auseinander zu halten. Auch die Taiwanesen haben so ihre Mühe, unsere Wuschelköpfe mit den langen Nasen und den Drei-Tage-Bärten einzuordnen.

Die einfachsten Erklärungen sind meist die Besten. Leider hat die süße Bin-Ching einen Haken. Ihre Anziehungskraft, sie lässt mich bereits in ihrem Orbit kreisen.

Flirtet sie mit mir? Flirte ich mit ihr? Ein Neider, der schlechtes dabei denkt.

„O.K. my Darling, Bin-Ching, damit wir uns richtig verstehen! Ich weiß von keinem Ticket und von Fremden nehme ich sowieso nichts an!"

„Sind wir uns so fremd?" Sie reicht mir mit großen, erwartungsvollen Augen das rote Kuvert.

Wo sie Recht hat, da hat sie Recht! Nimm niemals etwas von Fremden an, hörst du mein Junge! So warnte mich meine Mutter. Damit hatte sie bestimmt freundliche, ältere Herren gemeint. Von blutjungen, bildhübschen Mädels war niemals die Rede gewesen.

„Danke für das kleine Geschenk. Aber hätte das hübsche Fräulein vielleicht die Güte, sich mir endlich vorzustellen. Schließlich kenne ich bisher nur ihren Namen."

Das rote Kuvert! Das rote Kuvert! Da war doch was? Die Informationen fließen nur Tröpfchenweise. Ich wende und drehe den Umschlag in meinen Händen. Was verbirgt sich wohl unter dieser roten Hülle?

„Ich bin hier, um deinen Traum wahr werden zu lassen." Bin-Ching deutet einen Knickfuß mit leichter Verbeugung an.

Was ist das für eine Antwort? Ich knistere weiter an dem Briefumschlag herum. Das rote Kuvert, wie ein alter Mönch im halbdunklen Kerzenschein, so versuche ich mich mühsam an den Zeilen eines breiten Wälzers.

„Alles klar! Du bist eine gute Fee und ich habe jetzt drei Wünsche frei."

„Weder noch, verwechsele mich bitte nicht mit Feen, deren Substanz ist ganz anderer Natur." Bin-Ching schüttelt verneinend ihren Kopf. „Ich rede zudem von deinem Traum und nicht von irgendwelchen Wünschen."

„Dann erzähl, was hast du mit meinen Träumen zu tun? Bist du vielleicht ein Engel?" Ich tappe weiter einfallslos das Reich der Fabelwesen ab. Das Papier zwischen meinen Fingern ist dünn und stark angeraut. Mein Daumen und mein Zeigefinger reiben über grobmaschige Fasern. Feine Kanten unter dem Stoff verraten ein quadratisches Kärtchen als Inhalt. Das Ticket?

„Zuerst Feen, nun Engel! Nein, mit der ganzen Flügelschar habe ich nichts gemein." Bin-Ching muss kichern und beschirmt, wie Lin-Lin, ihren Mund mit einer Hand. Die Bewahrung einer positiven Grundstimmung führt manchmal zu seltsamen Blüten. Ich habe das Gefühl, die Konversation verläuft nicht so, wie meine schöne Unbekannte es sich gedacht hatte.

„Peter, ich rede nicht von deinen Träumen in der Nacht. Ich rede nicht von irgendwelchen flüchtigen, schlafdurchtränkten Hirngespinsten. Ich rede einzig von dir, ich rede von deinem Traum des Lebens."

Unser Gespräch stockt. Die Räucherstäbchen glimmen im Auf und Nieder des Abendwindes. Die Gesichter und Fratzen der Götter und Götzen flackern im Schein der unzähligen Kerzen. Ein alter Mann kehrt mit einem Besen, den Glauben des heutigen Tages, zu kleinen Haufen zusammen.

„Greifst du nicht ein wenig zu hoch, my sweat darling? Wir kennen uns gerade einmal fünf Sätze."

Endlich ist der greise, halbblinde Mönch fündig geworden. Die Informationen zündeln, wie eine gut leitende Lichterkette.

Das rote Kuvert, nach gutem altem Brauch ist das rote Kuvert immer zugegen. Seien die Anlässe Hochzeiten oder Geburten, Geburtstage oder die Präsente während des Neujahrsfestes, Geldgeschenke werden immer in diesem roten Kuvert überreicht.

Der alte Mönch schlägt die nächste Seite um. Seine trüben Augen blinzeln und er hebt im gelehrten Meisterstil mahnend den rechten Zeigefinger: Gebt Acht, die beigesteuerte Summe wird vor Ort akribisch und genauestens notiert, der Tag wird kommen, an dem sich der Beschenkte revanchieren darf. Nicht auszudenken, wenn sich ein jemand aus Versehen selber übervorteilt!

Moment Mal, was heißt das? Würde Bin-Ching eines Tages von mir ein rotes Kuvert verlangen wollen? Wer würde über dessen Inhalt richten?

„Du würdest mir nicht glauben wollen. Ich spiele lediglich in meiner Liga." Bin-Chings Hüften wiegen verführerisch, während sie weitere zwei Schritte auf mich zukommt. Unsere Körper schließen fast auf.

Die Spitzen ihrer Haare umwehen mich. Ihr Duft löscht meine Erinnerungen. Die Vergangenheit, die Gegenwart und die Zukunft werden zeitlos. Der Raum, die Weite des Horizontes und der grenzenlose Himmel werfen ihre Entfernungen ab. Das Licht blendet, alles Leben wird eins. Der Tod wurde nie geboren. Außer uns beiden existiert nichts mehr.

Ich stolpere zurück. Was war das? Der alte Mönch klopft an die Hintertüre meines Unterbewusstseins, nein, jetzt bitte nicht.

"That ist the point." Ich sehe endlich klar, das heißt, meine Gedanken sind frei und rein, geordnet und sortiert, frisch und ausgeruht, gestärkt und zielgerichtet, keine Ablenkung und keine Hintergedanken, keine Labyrinthe und keine Abzweigungen. Das Geschehene liegt hinter mir, der Blick zeigt Vorwärts, ich weiß was ich will, ich lebe in mir selber.

„Peter, entschuldige, alles in Ordnung mit dir?" höre ich aus weiter Ferne eine besorgte Bin-Ching fragen: „Ich wollte dich nicht erschrecken! Aber wie könntest du mir sonst glauben?"

„Vielleicht indem du dir ein wenig mehr Zeit mit mir nimmst", entgegne ich und gebrauche das rote Kuvert nun meinerseits als Fächer.

„Was möchtest du gerne wissen?" lenkt Bin-Ching dankend ein. Die Erleichterung ist ihr deutlich anzusehen. Unsere kurzzeitige Nähe, das heißt, die Verselbstständigung ihrer Haare war nicht vorgesehen. Der wirkliche Schrecken ist nicht mir, sondern ihr in die Glieder gefahren.

Ich frage mich wieso? Aus welchem Erfahrungsschatz schöpft sie? Nein, das muss warten. Der richtige Zeitpunkt für diese Fragen wird sich finden.

Ich sollte die gewonnene Energie aus Bin-Chings Berührung nutzen und mich auf das Hier und Jetzt konzentrieren. Mein Gott, ich könnte Bäume ausreißen, so viel Kraft steckt in mir. Ich könnte alle Fragen dieser Welt klären. Wenn ich, ja was? Wenn ich nicht selber so viele Fragen hätte!

Nein Mönch, jetzt nicht!

„Soweit ich mich entsinnen kann, waren wir bei den Engeln stehen geblieben. Aber du sagtest, in deren Liga spielst du nicht.“

„Gut aufgepasst.“

„In welchen Kreisen pflegst du dich denn zu bewegen?“

„Du solltest die Antwort wissen.“

„Erhelle mich mit einem Beispiel.“

„Würde dir ein schwereloser Reiter weiterhelfen?“

„Der Luftikus und seine Rosinante gehören zu deinem Freundeskreis?“

„Ein alter Streiter, wir kennen uns seit Ewigkeiten.“

„Keine faulen Tricks, meine Liebe. Lügen haben kurze Beine, mit einem Zufallstreffer gebe ich mich nicht zufrieden.“

„Wie du willst! Wie denkst du über das alte chinesische Stadttor? Es ist so alt und doch so jung, so jung wie meine eigenen Jahre.“

„Was ist mit der Grünanlage vor den Mauern?“

„Du meinst den singenden Bambuswald?“

„Du weißt, wovon ich spreche.“

„Du bist herzlich eingeladen.“

„Das waren keine Träume, keine Einbildungen und keine Wahnvorstellungen?“

„Du hast gesehen, was du gesehen hast. Waren das nicht deine eigenen Worte?“

„Alles ist real, so real wie du und ich?“

„So real wie der Tempel Cheng-Huang, in dem wir gerade stehen.“

„So real wie seine Götter?“

44

Bin-Chings Augen leuchten: „Ich sehe, du verstehst, oder möchtest du, das ich dich noch einmal berühre?"

„Nein Danke", wehre ich Kopfschüttelnd ab, „das eine Mal reicht fürs erste."

Nein alter Mönch, ich habe jetzt wirklich keine Zeit!

Gottgütiger Himmel, sie weiß Bescheid! Ein Irrtum ist ausgeschlossen. Sie kennt den fliegenden Steppenreiter, sie kennt das Stadttor im Sonnenuntergang und sie kennt den Sirenengesang aus dem Bambuswald.

Die Blüten des Wahnsinns, in welchen Farben leuchten sie? Wieso weiß sie, was ich denke? Was ist das für ein alter Mönch, der sich in meinem Unterbewusstsein herumtreibt? Was ist das für ein rotes Kuvert in meinen Händen?

Der Pfad, der sich durch das Land der Träume schlängelt, er ist den Sterblichen unbekannt. Und doch, wir schweben durch unsere Träume jede Nacht. Mein Traum, wie lange wird er dauern? Oder bin ich gerade wach?

Was geschah, als Bin-Chings Haare mich umwehten? Was geschah, als ihre Spitzen mich nur leicht streiften?

Das sind mir zu viele Fragen auf einmal. Ich muss einen Anfang finden, einen Startpunkt. Ich benötige den richtigen Ansatz! Das ist die Lösung: "What's the point! >Bringen wir das Rätsel auf den Punkt!<" Im guten, alten amerikanischen Stil, so gehen wir vor, Mädchen!

„Bin-Ching, höre", ich muss mich räuspern. Ist das der richtige Weg? „Durch deine Adern fließt kein königliches, sondern göttliches Blut, soviel ist mir mittlerweile aufgegangen. Unsere Zusammenkunft im Tempel Cheng-Huang ist von dir geplant und vorbereitet worden, soviel steht für mich ebenso fest."

Ich habe angefangen, an meinen Fingern aufzuzählen: „Punkt Drei ist, das ich kein Tagträumer bin. Meine erste, chinesische Erfahrung war, dass absolut alles, wirklich alles im chinesischen auf ein Geschäft hinausläuft!

Also, Bin-Ching, meine holde göttliche Schönheit, auf was für ein Geschäft gedenkst du dich mit mir einzulassen?

Oder sollte ich lieber fragen, wieso gerade ich?"

„Weißt du das denn nicht?" Bin-Ching betrachtet mich neugierig, abschätzend und forschend, bevor sie fortfährt: „Ich habe dich wegen deines Traumes aufgesucht."

„Den du mir auch prompt erfüllen willst."

„Ganz recht."

„Ihrer Göttlichkeit müssen ganz besonderen Quellen nachgegangen sein." Nun vollführe ich einen angedeuteten Knicksfuß. „Mensch Mädel, von was für einen Traum sprichst du die ganze Zeit?"

„Von deinem großen Traum. Na, kannst du dich entsinnen?"

„Nein, nicht die Spur."

„Du reist für dein Leben gerne. Ist das nicht so?"

„Und weiter."

„Ich werde dir deinen Traum erfüllen! Dein Leben soll eine immerwährende, niemals endende Reise werden. Du kannst reisen, egal wohin du willst. Du kannst reisen, egal wann du willst. Du kannst reisen, egal wie lange du willst. Du bist frei wie der Wind. Lass dich tragen von den Wolken. Die Erde ist rund, du wirst kein Ende in ihr finden. Was sagst du dazu?"

Ich sage gar nichts. Ich bin sprachlos. Natürlich kann ich mich an Lin-Lins Worte erinnern. "Du reist für dein Leben gerne." Bin-Ching, diese kleine Spionin, sie hat Lin-Lins Worte begierig aufgegriffen und in ihrem Interesse umgestrickt.

Das darf doch alles nicht wahr sein!

Bin-Ching möchte, dass ich mein Leben bis zum Ende aller Tage in der Diaspora verbringe.

Lin-Lin will, das ich langsam sesshaft werde und nicht, dass ich meine Wanderjahre auf die göttlichen Ewigkeiten ausdehne.

Ja, könnt ihr Weiber euch denn niemals einig sein! Jetzt ist guter Rat wirklich teuer.

Leider ist meine Energie aufgebraucht. Die göttliche Energiespritze war nur von kurzer Dauer. Sämtliche Kräfte sind erloschen. Meine Konzentration spielt Ping Pong im Vakuum.

Bin-Ching sieht mir die Erschöpfung wohl an: „Peter, ich sollte jetzt besser gehen. Ich denke, du könntest eine Nacht darüber schlafen und alles gründlich überdenken."

Bin-Chings Stimme klingt wie aus weiter Ferne: „Die Entscheidung liegt natürlich bei dir."

„Danke, danke", brumme ich. Moment mal, wo ist denn meine Göttlichkeit hin? Ja wunderbar, sie hat sich einfach aus dem Staub gemacht! So schnell geht das bei denen!

„Ist das so üblich bei euch Göttern?" flüstere ich.

„Vergiss dein Ticket nicht, Peter!" Ihre letzten Worte erahne ich mehr, als dass ich sie vernehme.

„Kennst du den Kinderreim "wieso, weshalb, warum"? Du könntest ruhig ein wenig offener sein."

Nein, sie ist weg, sie ist tatsächlich weg!

Nein, ich meine ja, alter Mönch, was ist denn? Du gehst mir langsam auf die Nerven.

Ach, du warst fleißig? Du hast noch eine weitere Seite gefunden? Ja, dann lass mal hören.

Der rote Umschlag dient nicht nur als Geschenkverpackung! Er fungiert ebenso als Heiratsanzeige. Von mir aus, sollen sie doch alle glücklich werden.

Die Eltern stellen diese Anzeige aus. Na komm, das ist eine Heiratsanzeige und kein Preisschild im Sommerschlussverkauf.

Die Eltern gebrauchen diese Methode ausschließlich für ihre Töchter. Über die Vermittlung von Söhnen mittels roter Kuverts ist nichts bekannt. Du willst mir also mitteilen, dass ich noch einmal Glück gehabt habe.

Die Art der Verkupplung entspringt einem uralten, taiwanesischen Aberglauben. Ach ja, fliegende Pferde und singende Bambuswälder gehören zur neuen, taiwanesischen Geisterwelt.

Wer sich in seinen Gefühlen und in seinem Herzen angesprochen fühlt, der kann das rote Kuvert an sich nehmen und in die Verlobung einwilligen. Findest du nicht auch, alter Mönch, das Verfahren entbehrt ein wenig der Romantik?

Was?

Die Braut ist verstorben?

Die Eltern möchten sie dennoch, post mortem, an den Mann bringen?

Ich schnappe nach Luft.

Das wird ja immer toller.

Ist Bin-Ching göttlicher Natur oder nur ein drittklassiger, taiwanesischer Straßengeist, der mich gefoppt hat? Halt, das rote Kuvert ist zweitrangig, was zählt, das ist das Ticket! Nur das Ticket zählt! Wenn ich nur wüsste, was für Geheimnisse das Ticket in sich birgt!

Ich schaue mich verstohlen um, und werde langsam der Umgebung wieder gewahr.

In den beiden riesigen Ascheurnen kokeln nach wie vor, ganze LKW-Ladungen dieser Räucherstäbchen vor sich hin. Auf der Bühne stehen sich zwei dick geschminkte und bunt kostümierte Schauspielerinnen gegenüber. Wie weit ist ihre Darbietung vorangeschritten? Oder haben sie noch gar nicht angefangen?

Ich drehe mich zum Tempeleingang. Drei blutjunge Töchter des Landes verbeugen sich mit ihrem Räucherwerk.

Der Omelettmeister hat eine Pause eingelegt und raucht mit missmutigen, zusammengekniffenen Augen eine Zigarette.

Alles qualmt, alles ist beim Alten. Niemand ist etwas aufgefallen. Niemand schenkt mir Beachtung. Niemand außer mir hat Bin-Ching gesehen. Nichts Neues im Tempel zu Cheng-Huang.

Oder doch? Ein altes Muttchen stiert in meine Richtung. Ihre Augen sind gläsern und milchig weiß. Sie sind dem Licht des Tages schon seit Ewigkeiten abgewandt.

Ihre Haare sind licht und weiß, aus ihrem Mund tropft ein Faden des dunkelroten Betelnussschleims. Kann sie die Bilder in der Nacht sehen? Die Pfade der Träume erklären? Hat sie das zweite Gesicht?

Sie hält drei qualmende Stäbchen in ihren streichholzdürren Fingern:

Ein Stäbchen ist für den Himmel, für die Götter, für die Geister und für die Engel.

Ein weiteres Stäbchen ist für die Hölle, für die Teufel, für die Dämonen und für die verstorbenen Verwandten.

Das letzte Stäbchen ist für uns, die Lebendigen, die Nächsten, die Nachbarn, die Freunde und die Arbeitskollegen.

Die Arbeitskollegen! Das hätte ich doch fast vergessen. Unsere Firmenleitung bittet zu Tisch. Japanisch ist heute Abend angesagt.

Ein totes Augenpaar folgt meinen Schritten aus dem Hause der Götter. Drei rote Schmetterlinge beleuchten meinen Weg durch die Nacht.

Kapitel III.

Drachensilber

銀龍新喜

Das japanische Restaurant empfängt mich freundlich und zuvor-
kommend. Ich betrete die Hallen eines neuen Universums.
Gedämpfte Bambusklänge und verträumtes Flötenspiel verzaubern
die Stille in einen Hort der Ruhe und Meditation. Ihre Melodie, eine

unsichtbare Brandung in Raum und Zeit, dringt sanft und wohltuend in mein Bewusstsein.

Ein mächtiger silberner Drache, ein südostasiatischer Gabelbartfisch, dreht uhrwerksgleich und in ewigen Schleifen seine Runden. Sein grünsilbernes Kleid, geschmiedet in der tropischen See, schimmert im hellen Schein des Aquariums. Er sorgt und wacht, im Auftrag des Feng Shui, für ein gutes Gelingen. Er ist ein unfehlbarer Garant, ein Garant für spendierfreudige Kunden und wetterfeste Kreditkarten.

Mein Blick fällt auf einen, in der Wand eingefassten Flachbildschirm. Japanische Kirschblütenbäume, (jap.) Sakura, wiegen ihre Äste im Wind. Ihre rosigen Blütenblätter treiben, einem winterlichen Flockenmeer gleich, über immergrüne Wiesen. Ein verträumtes Liebespaar wandelt am Rande, Hand in Hand.

Die perfekt justierte Klimaanlage tut ihr Übriges. Ich richte mich unmerklich wieder auf. Die schwülen und warmen Breitengrade der Insel werden jenseits ihrer Mauern verwiesen. Hsin-Chus fortwährende und stets hektische Betriebsamkeit darf diese Pforten nicht passieren.

Das japanische Speiselokal entpuppt sich als wahrer Jungbrunnen. Was gewesen war, das ist nicht mehr. Ich fühle mich wie neu geboren. Ich starte in einen neuen Tag. Ich darf endlich, nach den letzten Stunden, wieder aufatmen. Mein Verstand verweist die heutigen Geschehnisse in die Kammern dunkler Traumgewalten. Hsin-Chus Götter und Dämonen besitzen hier keine Rechte.

Eine junge taiwanesische Kellnerin nimmt sich meiner an. Sie geleitet ihren anvertrauten Gast zielsicher durch das Innere dieser japanischen Oase. Ihr Äußeres ziert ein rabenschwarzer Karate-Kampfanzug. Die figurbetonte Ninja Imitation steht der kleinen Insulanerin ausgezeichnet. Ihr Körper bewegt sich verführerisch unter dem schwarzen Stoff. Ihre Haare sind braun getönt und mittellang geschnitten. Sie hat sie zu einem losen Zopf nach hinten gebunden. Er wippt bei jedem Schritt im Gleichtakt mit ihren Hüften.

Weitere Kolleginnen von der Zunft der "Verborgenen" eilen an uns vorbei. Selbstverständlich nicht als "ehrlose Gesellinnen", wie wir sie aus Film und Fernsehen kennen, sondern als eifrige Kellnerinnen. Sie nutzen weder tödliches Gift noch geschärfte Klingen, sondern Sprechfunk und Lippenstift, was zweifelsohne nicht ungefährlicher sein mag.

Mein weiblicher Ninja, mein (jap.) Kunoichi, führt mich in einen breiten Gang. Dieser wird zu beiden Seiten von japanischen Raumteilern (jap.) Shoji begrenzt. Sie werden in einigen Abständen von Schiebetüren (jap.) Hikishöji unterbrochen. Beide, die Raumteiler sowie die Schiebetüren, bestehen aus einem regelmäßigen, quadratischen Gitter senkrechter und waagerechter Holzstreben. Zwischen dem hellen Holz wurde das weiße, durchscheinende (jap.) Washi-Papier gespannt.

Ich habe nur wenig Zeit für einen weiteren Blick ins Umfeld. Meine süße Wegweiserin steuert geradewegs eine der vielen Schiebetüren an. Nanu, was ist das? Mein wachsames Samuraiauge zählt lediglich vier paar Schuhe!

Bin ich doch noch nicht zu spät? Oder werden sich einige der Herrschaften im letzten Augenblick entschuldigt haben?

Der Hikishöji gleitet geräuschlos zur Seite.

">Ni-hau, ni-hau<, (hallo, hallo), Peter. Sie wollen uns aus ihrem Paradies vertreiben", ruft mir mein deutscher Landsmann Gerd auf der Stelle entgegen.

„Nein, ganz Falsch, du hast mal wieder nicht zugehört", versucht Jacky ihn zu berichtigen: „Wir möchten lediglich wissen, wann euer taiwanesisches Visum abläuft. Das ist alles."

„Setzt dich hierher", bedeutet mir Chen und klopft mit einer einladenden Handbewegung auf den für mich freigehaltenen Platz.

Ross herrscht im Befehlston meinen Ninja an. Diese brüllt ungehemmt zurück und entschwindet in der Dunkelheit aller Schatten.

Herrje, Ruhe und Beschaulichkeit ade, das hätte mir klar sein müssen!

„Erst einmal ein fröhliches >ni-men-hau< zusammen", begrüße ich die versammelte Runde und gehe in die Knie: „Entschuldigt die Verspätung, aber ich bin in der Rushhour stecken geblieben!"

Ein Königreich für leichte Slipper mit Laschen! Ich lockere Schnürsenkel um Schnürsenkel, um aus den Schuhen schlüpfen zu können.

Das fängt ja gut an. Wieso bekomme ich den Knoten nicht auf?

Ich darf gar nicht daran denken: Diese kulturellen "Opfer" müssen sein! Bin ich nicht deshalb in die Fremde gezogen?

„Na bitte, geht doch." Ich richte mich wieder auf.

„Peter, deine Matten!" Ich folge augenblicklich Chens erneuter Aufforderung Platz zu nehmen. Zwei daumendicke Sitzkissen haben sie für mich bereit gelegt, wie nett!

Ich spüre die Struktur der japanischen Reisstrohmatten (jap) Tatami unter meinen Füßen. Meine langen Gräten brechen und zersplittern in Kniehöhe. Dass heißt, was hatte ich gerade über kulturelle Opfer gedacht? Für mich ist diese Schneidersitzhaltung eindeutig die Rache der Kurzbeinigen.

„Wo sind eigentlich die anderen?" frage ich neugierig in die Runde.

Mir fällt auf, das unser Tisch, unser >dschang-dschur-tze<, allenfalls sechs Gäste zulässt.

„Du meinst, wenn unsere Global Players nicht, wie du, in der Rushhour stecken geblieben sind", scherzt Gerd. Er sitzt als Ältester und weißhaariger Konfuzius unserer Runde, am Kopfende des Tisches.

„Unsere Damen und Herren Projektleiter fliegen im Überschall. Ein kleines Ideechen schneller und sie würden ihre eigenen E-Mails einholen." Jacky schüttelt resigniert den Kopf. Er sitzt mir neben Gerd an der Längsseite des Tisches gegenüber.

„Die ganze Bande checkt heute Abend in Soul ein. Sie fliegen übermorgen nach Beijing, Shanghai und so weiter", ergänzt Chen neben mir.

„Die hätten doch auch morgen Früh abreisen können", bemerkt Ross, der wie Chen, am anderen Ende des Tisches, vor der Schiebtür aus dem durchschimmernden Washi Papier hockt.

„Da kannst du einmal sehen, wie wichtig du bist", lacht Jacky und tariert eine braune Erdnuss zwischen seinen Essstäbchen aus. Die Erdnuss ist mit winzigen Sesamkernen bestreut und findet ihr Ende zielsicher zwischen seinen Backenzähnen.

„Wichtig ist, dass die Rechnung heute Abend auf deren Kosten geht", gibt Ross zurück.

Entspricht unsere Sitzordnung den Gesetzen des Feng-Shui? Gerd sitzt am weitesten von der Tür entfernt. Als Stammdruide steht ihm dieser Platz zu. Jacky und meine Wenigkeit folgen ihm an den Längsseiten des Tisches. Meine Position ließe sich mit der Gerds erklären, in dieser Ordnung sitzen die Langnasen zusammen. Jacky beherrscht, von unserem taiwanesischen Dreiergestirn, die englische Sprache am Besten. Als Mittler sollte er einen zentralen Platz einnehmen. Chen und Ross bilden nur auf den ersten Blick das Schlusslicht. Sie können sich, mit der einheimischen Sprache und den hiesigen Gepflogenheiten vertraut, am mühelosesten um die Bestellungen kümmern. Ich verzichte auf das viel beschworene Feng-Shui und gebe den praktischen Notwendigkeiten den Vorzug. Oder mixe und trenne ich gerade, was doch eine Einheit bildet?

Die Schiebetür fährt auf und eine neue Ninjaprinzessin lächelt hinein. Herrje, kann die Kleine strahlen! Fünf große Bier finden ihre neuen Besitzer. Ross brüllt lautstark irgendwelche chinesischen Kasernenbefehle und meine neue Freundin empfiehlt sich hastig.

„Lass sehen, wer ist denn unser heutiger Gastgeber?" Gerd hält sein Glas schräg über sich, als ob er einen kostbaren Tropfen Wein einschätzen würde.

„Das ist gutes Orion Bier", verlautbart Jacky: „Abgefüllt an den Palmenstränden Okinawas und direkt zu uns verschifft."

„Die Mädels von den südlichen japanischen Inseln sind phantastisch", gluckst Chen über sein Glas hinweg.

„Als wenn du das wüsstest", fährt ihn Ross an.

„Natürlich weiß ich das, ich hatte mal eine", setzt Chen bissig zurück.

„Im Internet vielleicht, ich meine eine aus Fleisch und Blut, du Jungspund", lässt Ross nicht locker.

„Schluss jetzt ihr Streithähne", unterbricht Jacky das kurze Scharmützel: „Prost zusammen, ein Prost auf unsere Gastgeber, ob aus Fleisch und Blut oder nur als E-Mails."

„Prost, Prost, Prost", murmeln wir die beschwörende Formel. Die Gläser klirren und die vorübereilenden Ninjas fliegen, als schwarze Schattenflecken, über die papiernen Washi-Wände hinweg.

Jacky setzt das Bierglas ab und streicht über sein Besteck. Ein Fisch mit gebogener Schwanzflosse dient als Essstäbchenhalter. Über dem schwarzen Holzkörper kräuseln und schnörkeln sich schwungvolle, vergoldete Linien in vollendeter Grazie. Die schlanken, schwarzen Holzstäbchen reiben aneinander. Vergoldete exotische Schriftzeichen rollen über ihre glatte Oberfläche. Türkisfarbene Wellen brechen an weißen Stränden unter Kokosnüssen. Die japanischen Tropeninseln Okinawas grüssen die taiwanesischen Reisefelder in einer knappen Flugstunde. Chens Schwärmereien sind nicht aus der Luft gegriffen.

Ich greife ebenso zu meinen Essstäbchen und tatsche erst einmal ins Leere. Wieso befindet sich das Besteck nicht an seinem gewohnten Platz? Ach so, natürlich deshalb, weil wir japanisch essen und nicht chinesisch! In Japan werden die Essstäbchen quer zum Speisenden gelegt, ganz so, wie bei uns die Löffel. In China werden die Essstäbchen längs gelegt, ganz so, wie bei uns die Messer und Gabeln. Toll, haben sie Fragen zu Essstäbchen, rufen sie bei mir an!

Was haben wir denn für Vorspeisen? Ein Schälchen mit (jap) Bettarazuke, dem asiatischen weißen Rettich (jap) Daikon. Mundgerechte Happen, fingerlang und in der Form gleich unseren ordinären Pommes, kommt dieser Leckerbissen nicht aus der Fritöse, sondern als eingelegter Daikon aus Tokio, mariniert mit Zucker, Salz und Sake.

Ich probiere einen dieser erfrischenden Leckerbissen. Genau das Richtige nach diesem völlig überhitzten Tag. Egal was sie sonst noch auftischen, mir würde dieser Bettarazuke-Snack für den Rest des Abends langen. Ein anderes Schälchen enthält Gurkenscheiben und das letzte Schälchen beherbergt so etwas wie kalten Schweinesaumagen. Auf einem kleineren Teller werden weitere Sesamnüsse serviert. Ich lasse die anderen Vorspeisen da, wo sie sind. Dass heißt, auf der anderen Seite des Tisches. Auch in einem japanischen Restaurant muss niemand wirklich alles essen!

Mich durchfährt ein erneuter Schauer. Als ob ich deren heute nicht schon genug erlebt hätte!

Was hatte Ross gesagt? Eine Freundin aus Fleisch und Blut! Ich schaue verstohlen in unsere Runde. Wir sind eindeutig zu fünft und doch sehe ich wieder Bin-Ching vor mir. Sitzt sie vielleicht heimlich mit am Tisch?

Bin-Ching, du solltest ein wenig mehr Diskretion wahren, denn sonst erhältst du von mir kein rotes Kuvert, sondern die rote Karte!

56

Leider ist das leichter gesagt, als getan! Ich werde meine Freiheit, mit dem Slogan "aus den Augen aus den Sinn" nicht wiedererlangen. Sie hat ihren göttlichen Willen, wie mit einem langen Stachel, tief in meine Gedankenwelt hineingestoßen. Sie ist über mich gekommen, wie ein böser Alb. Wieso gerade ich?

Wie komme ich aus dieser Hexerei je wieder heraus?

Ich schaue erneut in die Runde. Mir ist der Betrachtungswinkel in allem neu und gänzlich fremd. Die Not wählt ihre eigenen Perspektiven.

Ich brauche eine Atempause!

„Apropos Palmenstrände, was war das eigentlich vorhin für eine Paradiesfrage?" setze ich meine Gedanken direkt in die Tat um.

„Was habe ich gesagt, Jacky, unserem jungen Freund ist noch nicht die Puste ausgegangen", folgert Gerd aus meiner Frage.

„Nicht so voreilig! Wie lange bist du hier?" dreht Jacky die Frage-Antwort-Richtung zu mir zurück.

Was soll das denn jetzt schon wieder? „Seit einem Jahr", antworte ich bereitwillig: „Aber jetzt lasst mich nicht dumm sterben! Was hat das mit eurem Paradies und den Palmenstränden zu tun?"

„Gesetze gelten nicht für jeden. Trotzdem dürfen wir ihnen einen statistischen Wert beimessen", orakelt Jacky munter.

„Was?" platze ich verständnislos heraus.

„Er meint, das Ausnahmen immer die Regel bestätigen", ergänzt Gerd altklug und schaut interessiert zwischen Jacky und mir hin und her.

Chen und Ross beobachten uns ebenso neugierig, während sie emsig aus den Schälchen mit den Vorspeisen naschen.

„Ja sagt mal, habt ihr den ganzen Tag Betelnüsse gevespert. Jetzt schwatzt mal nicht, wie unsere Herren Chefmanager, sondern kommt zur Sache!" fordere ich die Beiden in härterem Ton auf. Was wollen die von mir?

„Du sprichst vom Paradies, Peter?" mimt Jacky meine unschuldige Frage nach.

„Ganz recht, wir haben nicht das Thema gewechselt!" entgegne ich in gleicher Manier.

„Du weißt, dass wir Taiwan meinen?" bohrt Jacky weiter.

„Und wieso sollten wir Taiwan verlassen?" frage ich zurück.

„Weil Jackys These seine Ausnahmen sucht!" Gerd klopft Jacky sanft auf die Schulter: „Ich gratuliere dir zu deinem Lieblingsthema."

„Eine These?" echot Chen und schaut fragend von einem zum anderen.

„Sein Lieblingsthema!" raunt Ross und knackt mit offenem Gebiss, an einem der bestimmt leckeren öligen Schweinemagenringe herum.

„Das sind ja ungeahnte Größen aus deinem Munde. Na, dann spann uns mal nicht zu lange auf die Folter", fordere ich Jacky auf.

Die Schiebetür fährt lautlos auf und weitere Ninjagirls, mit hochgesteckten Haaren und manikürten Fingernägeln, drängen herein. Ein blauer Ohrring blitzt auf und der rote Lippenstift wirkt frisch aufgetragen.

Runde, handgroße Essteller und kleine, viereckige Schälchen für die Sojasoße werden verteilt, dazu kleine Reisschüsselchen.

Die Sojasoße kommt in einer einfallslosen, braunen Mehrwegflasche auf den Tisch. Das (jap) Washabi, der japanische Meerrettich, wird in einer dünnwandigen, grünen Zahnpastatube serviert.

Eine große, schwere Glasschüssel wird auf unseren Tisch gestellt. Ich zucke unmerklich zusammen, nicht schon wieder, hört das denn niemals auf! Meine Augen täuschen sich, der heutige Tag hat mich das gelehrt. Aber ich kann nicht jeden Lichtreflex, jede Farbtönung und jeden Schatten an den Fenstern, als Tagtraum oder Sinnestäuschung abtun. Deren sind heute zu viele gewesen.

Aber wieso muss diese Schüssel aus transparentem, grünen Glas sein? Wieso muss sie in diesem leuchtenden, hellen Grün mir in die Augen fallen? Wieso gerade dieses Grün? Wieso gerade dieses Grün, dieses jenen gleich, gleich dem grünen Bambuswald vor den Toren Hsin-Chus?

„Sashimi, rohes Fleisch aus den Tiefen unserer See. Du magst doch hoffentlich Fisch?" Chen zeigt auf den Inhalt der großen grünen Glasschüssel.

„>I love the moments, the animals have to die for me< Ich liebe die Momente, wenn Tiere für mich sterben", bejahe ich Chens Frage.

Die Dekoration hat Stil, die Netze der Fischer waren voll. Was am Morgen noch lebte und schwerelos in den Tiefen jagte, das liegt nun vor uns, roh geschnitten und zerteilt. Die Totenbahre ist grob zerstoßenes Eis, das zu zwei Dritteln die Schüssel füllt.

„Auf dem Eis liegen fünf Sorten Fisch", lehrt Jacky, „die tiefroten saftigen Stücke sind vom Thunfisch, (jap.) Toro. Die rosa-weißen Partien daneben stammen ebenfalls vom Thunfisch (jap.) Maguro. Die ganz weißen glänzenden Scheiben stammen vom Kalmar (jap.) Ika. Weiter, die orange Aussehenden, mit den dünnen weißen Linien gehören zum Lachs, (jap.) Sake. Die letzten auf unserem Eis sind die Riesengarnelen, (jap.) Ebi. Alles was du siehst, ist in japanischer Manier, zu mundgerechten Filetstückchen hergerichtet worden. Als weiteres, das ist der zu langen Fäden geraspelte, japanische Rettich oder auf Japanisch, Daikon."

Daikon, Daikon, ich nicke Jacky wissend zu.

„Mit dem Soja musst du nicht sparen, aber pass auf, bei diesem Washabi, das Zeug ist wirklich höllisch scharf", ergänzt Gerd, während er unsere Schälchen füllt.

„>Hen-la, hen-la< (sehr scharf, sehr scharf)", ermahnt Ross ebenfalls und entscheidet sich für einen der dunkelroten Fischstreifen.

„Du balancierst die Essstäbchen in deiner Hand aus!" Jacky ist wieder ganz in seinem Element: „Bist du soweit? Nun, du hast die Qual der Wahl, nimm dir einfach eines der Stückchen. Genau so! Jetzt tust du etwas Daikon oben drauf. Nein, die erste Portion isst du ohne Soja und Washabi. Nur so erhältst du den Originalgeschmack."
Ich befolge und tue, wie mir geheißen wurde.
„Und, wie schmeckt dir unser Sashimi?" Jacky wischt sich den Mund mit einer Serviette ab und schaut erwartungsvoll zu mir herüber.
„Das Sashimi schmeckt sehr gut, ausgezeichnet", antworte ich wahrheitsgemäß und suche bereits nach einem zweiten, der eiskalten Leckerbissen: „Vor Gräten und dergleichen, muss ich mich nicht in acht nehmen?"
„Nein", Chen schüttelt verneinend seinen Kopf, „du wirst keine Fischknochen finden."
„>Bin, bin-quei<, (Eis, Eiswürfel)", höre ich Ross, der mit seinen Essstäbchen einige Eisbrocken von seinem Fischhappen streicht und sie anschließend mit dem Finger gegen die Washi Wand schnippt.
„>I-bin-ping-pitscho< (eine kalte Flasche Bier), >bin< heißt "kalt". Sag nicht, das wusstest du nicht?" lacht Gerd vergnügt.
Das darf nicht wahr sein! >Bin-bin-bin<, rauschen mir Ross`s Worte durchs Hirngebälk. >Bin-bin-bin< (kalt, kalt, kalt), denke nie gedacht zu haben, darauf hätte ich doch selber kommen können!
Bin-Ching, du heißt mit Vornamen "kalt"! Mein Gott, wie lautet dann erst dein Nachname? Ach was, ihr Taiwanesen kommt doch von einem anderen Stern. Lin-Lin sage bitte nichts! Ich sollte mich was schämen, gelacht zu haben, als ich mitbekam, das >lin< der taiwanesische Name für "Null" ist. Du bist halt meine gute Freundin mit der Doppelnull.

Aber was heißt "Ching"? Kann ich einfach so meine taiwanesischen Kollegen fragen? Oder ich gehe am Besten gleich zu Lin-Lin. Mein Liebes, du hast eine göttliche Nebenbuhlerin, mit dem Namen Bin-Ching. Sage mal, mein liebes Doppelnüllchen, was heißt eigentlich "Ching"?

Was ist das? Ich habe nicht aufgepasst! Der japanische grüne Meerrettich treibt mir die Tränen in die Augen. Meine Nase rebelliert und meine vier Kollegen reagieren mit einem allgemeinen Gelächter. Die Farbe Grün bringt mir heute kein Glück, weder als lockender Bambuswald, noch als würziges Washabi. Mein Gott, das Zeug ist aber wirklich scharf! Das nächste kulturelle Opfer hat zugeschlagen.

„Bitte, bediene dich, diesmal ist der Fisch heiß", lässt mich Chen wieder auf den Tisch aufschauen. Die grüne Sashimischüssel ist abgeräumt. Eine große, ovale Keramikschale hat ihren Platz eingenommen. Diesmal steht ein ganzer Meeresbewohner auf der Speisekarte. Das schlanke, blassgraue Tier ist eine gute Elle lang und wurde sichtbar gebraten. Kopf, Rumpf und Schwanzflosse schauen knusprig und leicht verbogen aus einer rotbraunen Soße, die mit roten und grünen Chiliringen durchsetzt ist.

Ross klickt die Spitzen seiner Essstäbchen im Rhythmus eines steinzeitlichen Trommelalphabetes zusammen, während er geschickt einen teelöffelgroßen Brocken aus der Mitte des Fischleibes herauszieht. Feinste Fischgrätchen stieren nicht wie moderne, sondern wie vermodernde, rostige Fernsehantennen in alle Himmelsrichtungen. Das kann ja heiter werden. Mir schwant ein neues, unausweichliches Opfer!

Meine Essstäbchen bergen winzige, brotkrummengroße Happen aus dem gebratenen Fischgetier. Chen und Jacky erweisen sich als wesentlich geschickter. Weiße Schälchen mit Reis werden serviert. Okinawas Frische betört uns mit weiteren fünf Gläsern.

„Nun, Jacky", greife ich unser Gesprächsthema des heutigen Abends wieder auf, „die Bedenkzeit ist abgelaufen, lässt du uns an deiner These teilhaben? Prost zusammen!"
Wieder klirren die Gläser im altbekannten Klang.
Jacky leckt sich kurz mit der Zunge über die Lippen: „Aber nur, wenn du sie verkraften kannst!"
„Ja, was denn nun?" entgegne ich trocken und träufele mit einem bauchigen Löffel etwas von der braunen Chilisoße über meinen Reis.
„Wo fange ich am Besten an", grübelt Jacky und wirft einen nachdenklichen Blick durch unsere Reihen.
„Das musst du wissen", grinst Ross und puhlt sich einige hauchdünne Gräten aus dem Mund.
„Also, beginnen wir mit einer einfachen Frage: Wieso kommt ihr Langnasen zu uns nach Taiwan?" fragt Jacky und nascht genüsslich von dem Fisch.
„Weil uns niemand vor euch gewarnt hat", gähnt Gerd mit betont gelangweilter Stimme.
„Weil euch zu Hause niemand mehr haben will", kontert Ross und verrührt mutig einen fingerkuppengroßen Washabiballen in sein Sojaschälchen.
„Weil wir nichts Vernünftiges gelernt haben", mische ich mit und versuche eine größere Portion des Fisches zwischen meinen Essstäbchen zu halten.
„Weil unsere Frauen so schön sind", quiekt Chen vergnügt und schiebt sich einen pausbackengroßen Klumpen Reis in den Mund.
„>Wor-ze-dau, wor-ze-dau< (ich weiß, ich habe verstanden), so wird das nichts", bremst Jacky unsere Blödeleien und trennt mit einigen, geschickten Knipsern seiner Essstäbchen, den Kopf des armen Tieres ab. Die so enthauptete Beute landet schwungvoll auf seinen Teller. Ross dreht den Torso an der Schwanzflosse herum.
62

Im Nu langen mehrere Essstäbchenpaare in den weichen, freigegebenen Leib.

Lediglich Gerd hat seine Essstäbchen zur Seite gelegt. Seine Gesichtsfarbe büßt sichtbar an Intensität ein, während er die Papierquadrate an der gegenüberliegenden Wand absucht, um nicht an Jackys Genussspezialitäten teilhaben zu müssen. Der Begriff "Headmaster" bekommt unter Jackys Essstäbchen plötzlich eine ganz neue Bedeutung!

„Ihr seid Reisende von der anderen Seite der Erdhalbkugel. Ihr könntet das Thema ruhig ein wenig ernster nehmen", ergänzt Jacky in beleidigtem Ton und zieht die Kopfhaut des Fisches knapp unter den Augen ab.

„Jetzt sag doch auch was", reicht Gerd die Frage an mich weiter und zündet sich seine erste japanische Mild Seven des Abends an: „Wieso haben wir unsere Koffer gepackt?"

Ich zucke fragend mit den Schultern: „Des lieben Geldes wegen?"

„Wegen der Karriere", lacht Ross und stößt Jacky an: „Er will in seinem späteren Leben nur noch von E-Mails und Meetings leben. Ist das nicht so?"

„Quatsch", verteidigt Jacky mich unerwartet: „Peter reist, um der fremden Kulturen willen!"

„Ein Abenteurer und Gelehrter also", spielt Gerd den erstaunten und nimmt einen tiefen Schluck aus Okinawas Inselwelt.

„So etwas wie ein Matrose", gefalle ich mir in Jackys und Gerds Beschreibung. Nein, das stimmt doch gar nicht! Das ist alles nicht das Gleiche. Oder mixe und trenne ich gerade, was doch eine Einheit bildet?

Denke nie gedacht zu haben! Aber genau dieses waren vorhin schon einmal meine Gedanken! Bewege ich mich im Kreis? Der Abend in diesem japanischen Restaurant fängt an, mir zuzusetzen. Die Angst vor irgendwelchen kulturellen Opfern, zwischen

Sashimifischen und grünen Washabibällchen, verblasst im Schein der untergehenden Sonne über dem alten Stadttor von Hsin-Chu. Dämonische Reiter und rufende Bambuswälder dünken mich ein makaberes Vorspiel, die Vorspeise auf das Kommende.

„Nein, Peter, du hast den weiten Weg zu uns weder als Matrose, noch als Kulturbegeisterter angetreten", zwitschert Chen neben mir, „sei Ehrlich, du stehst auf unsere Mädels, du willst bei uns dein Herz verlieren!"

„Er hat doch schon sein Herz verloren", lacht Ross.

>Ching, ching, ching< (Herz, Herz, Herz) läuten die Glocken in meinem Kopf. Natürlich, jeder Dorfnarr weiß doch, das >ching< Herz heißt.

Oh Gottgütiger, meine Göttin schimpft sich "Kaltes Herz". Ich denke, dass sich meine Gesichtsfarbe derer Gerds angleicht. Ich darf gar nicht daran denken, welche Eigenschaften wird die Kleine ihr eigen nennen? Natürlich, eine Spezialität hast du mir ja schon vorgestellt. Jetzt wird mir so einiges klar! Wieso kenne ich mit einem Male so viele japanische und chinesische Ausdrücke?

Danke, lieber Mönch, wie konnte ich dich nur vergessen? Dank deiner unermüdlichen Aufmerksamkeit, erfreuen sich meine nagelneuen Chinesisch, -und Japanischkenntnisse ungeahnter Höhenfluge. Ich kann getrost, sämtliche Mandarinkurse, -und Sushi Abende der VHS, von meiner Liste streichen.

Du sitzt natürlich mit am Tisch. Hast du auch artig vom Fisch genascht? Recht so, nimm dir ein anständiges Bier, das passt schon!

„Also Jacky, wir wissen jetzt, weswegen wir hier sind. Ist das Volk nun würdig genug für deine These?" drängelt Gerd.

„Nicht so hastig", beschwichtigt Jacky, „ob ihr wegen des Geldes oder unserer Mädels hier seid, das ist einerlei." Jacky beginnt zu kichern: „Der Ausdruck Matrose gefällt mir. Aber egal, auf jeden

Fall, die meisten von euch Matrosen erleiden hier auf Taiwan Schiffbruch, Prost."

„Was!" stoße ich mit kauendem Mund hervor: „Du meinst, das wird nichts mit meiner Karriere und den Frauen?"

„Ganz genau, zumindest nicht hier", antwortet Jacky und lässt eines der Fischaugen in seinem Mund verschwinden.

„Was ist mit euren >nü-hei-la-mä< (euren heißen Schwestern)? Habe ich meinen Scharm umsonst verschleudert?"

„Ganz genau, mit der Zeit wirst du dich nach einem Stück Heimat unter dir sehnen." Das zweite Fischauge folgt seiner Bestimmung.

„Was ist mit der selbst von dir beschworenen Kultur?" beginne ich meine dritte Frage und stocke.

Was ist das? Erneutes Gelächter hallt durch unseren kleinen Raum. Der Silberne Drache mag Glück verheißen, das ist seine Aufgabe. Dieser silberne Welcher, dessen kopfloses Skelett vor uns aus einer braunen Soße ragt, ist gänzlich anderer Natur. Seinem Wesen nach Böse und Gemein, so beschert er seinem Gast vor allem eines, Gräten!

Ich muss würgen und prusten, die Opfer des heutigen Abends wollen gezählt werden!

Wie Jacky seine Essstäbchen in der Hand hin und her rollte, so rolle ich jetzt ebenso, leider keine Essstäbchen in der Hand, sondern Gräten mit der Zunge unter meinem Gaumen. Herrje, wer nicht bei der Sache ist, der hat so manche unfreiwillige Zeche zu zahlen. Für diese Weisheit benötige ich weder einen Konfuzius, noch irgendeinen, dahergelaufenen Mönch. Hast du gehört!

„Peter, du solltest beim Essen ein wenig Vorsichtiger sein. Hat dir das deine Mutter nicht beigebracht", höre ich Gerd lachen.

„Unsere Mädels sind Klasse, die haben schon so manchem den Kopf verdreht", höhnt Ross.

„Lin-Lin, so heißt doch deine Freundin", kichert Chen.

„Nein, Peter, unsere Kultur wird dein Interesse nur kurz in Anspruch nehmen", bleibt Jacky diesmal ungerührt beim Thema.

„Wenn die Gräte bereits im Hals ist, kannst du versuchen, sie mit einem heißen Reisballen hinunterzuspülen", rät Chen neben mir und schiebt mir mein Reisschälchen zu.

Ich lehne ab und pinsele haarfeine Gräten an den Rand meines Essstäbchenhalters. Was für ein Tag!

„Sag mal Jacky", krächze ich hervor: „Du willst uns also weismachen, dass nichts bleiben wird?"

„Ganz recht!" Jacky betrachtet zufrieden seinen ausgeweideten Fischkopf.

„Ich meine, bist du dir da so sicher, das wir eines Tages Taiwan Lebewohl sagen werden?" Endlich, ich fummele mir die letzte, dieser unglückseligen Gräten aus dem Mund und wische sie mit ganzem Hass an der Tischkante ab.

„Wie Gerd schon meinte, ich suche meine Ausnahmen", flüstert Jacky spitzbübisch an seinem Bierglas vorbei.

Wir werden unterbrochen. Ein neuer Ninja entfernt die Fischreste. Eine dickbauchige Tonschale, verziert mit mystisch anmutenden chinesischen, -oder japanischen Schriftzeichen, nimmt nun den zentralen Platz unseres Tisches ein. Ein Berg würfelgroßer Fleischstückchen erhebt sich aus einer gleichfarbigen braunen Soße. Ein heimatlicher Duft steigt mir in die Nase. Wenn das mal kein Gulasch ist. Unsere kleinen Japaner sind doch immer wieder für eine gute Überraschung zu haben. Steht jetzt meine Großmutter in der Küche? „Nio-roh >Rindfleisch<", nickt mir Ross zu und deutet auf die braunen Würfelstücke.

„Na dann", murmele ich und fülle mein Reisschälchen mit der braunen Soße und einigen der Fleischrocken. Schlimmer als der Fisch kann das Rind wohl nicht mehr werden!

Bin-Ching, mal zwischendurch etwas Deftiges und Herzhaftes gefällig?

Die Schiebetür schließt sich hinter dem Ninja. Wo waren wir stehen geblieben? Richtig!

„Nein", ich schüttele meinen Kopf, „Jacky, ich kann dir nicht folgen."

„Wir auch nicht, wir auch nicht", lacht Chen und bedient sich aus der neuen Schüssel.

„Was leuchtet dir denn nicht ein?" fragt Jacky mit kindlich naiver Stimme und greift ebenfalls zum Gulasch.

„Also noch einmal von vorne", beginne ich: „Bleiben wir bei deinen Ausnahmen, Jacky. Würdest du uns bitte ein wenig erhellen?"

„Das ist doch ganz einfach. Ihr seid lediglich Besucher unserer kleinen Insel. In eurem Gepäck liegt das Rückflugticket immer griffbereit. Ihr seid Reisende auf Zeit, nicht mehr und nicht weniger." Jacky hat seine Essstäbchen zur Seite gelegt und beginnt seine Brille zu putzen.

„Weil deine wunderschöne Tropeninsel gar nicht unser Ziel ist. Taiwan ist allenfalls so etwas wie eine notgedrungene Zwischenstation", denke ich laut nach.

„Du verstehst, wovon ich spreche. Ihr seid hier, wegen des Geldes und der Frauen. Ihr wollt hier ein wenig berufliche Erfahrung sammeln und etwas für euren Lebenslauf tun. Ihr wollt ein wenig die Welt sehen und mal für kurze Zeit den Abenteurer spielen. Aber ihr habt alle einen entscheidenden Punkt gemein: Ihr kommt auf unsere Insel, um sie wieder zu verlassen!" Jacky stoppt und setzt sich wieder seine Brille auf.

„Was spricht dagegen?" frage ich weiter.

„Prinzipiell spricht gar nichts dagegen."

Ich nicke ihm aufmerksam zu und schlinge den Reis-Gulasch-Eintopf in mich hinein. Bravo, heimischer könnte das Gemisch gar nicht schmecken.

Ross leert den Rest seines Bierglases in einem langen Zug und bestellt augenblicklich eine neue Runde. Gerd zündet sich seine zweite, lebensspendende Zigarette an. Chen sendet verliebte SMS über sein Handy in Richtung Okinawas Damenwelt.

„Irgendwann kommt der Tag, an dem ihr anfangt durchzurechnen, ob eure Ziele und Vorstellungen aufgegangen sind. Oder ihr wacht eines morgens auf und stellt fest, dass ihr auf unsere Insel keine Lust mehr habt. Vielleicht läuft auch nur euer Arbeitsvertrag aus. Wie dem auch immer sei!" Jacky zuckt mit seinen Schultern: „Auf jeden Fall fangt ihr an, euch mental auf die Rückreise vorzubereiten! Ihr sucht und giert nach jedem noch so winzigen Stückchen Heimat, das ihr finden könnt. Ihr flüchtet euch in eure Arbeit, eure Hotels, eure Kneipen und eure Bars."

„Wieso?"

„Weil ihr dort unter euersgleichen seid!"

„Aus die Maus! Wir fallen alle wie die Lemminge ins Meer und müssen elendig ersaufen", unterbricht Gerd Jackys Referat über westliches Herdenverhalten.

„Glaub mir, jeder von euch hat seinen Punkt, seine Grenzen." Jacky seufzt: „Ich könnte die Uhr für jeden von euch stellen, diese Gesetzmäßigkeit kennt keine Ausnahmen."

Ich betrachte nachdenklich die Reste meines Gulasches.

Unser Gespräch wird erneut unterbrochen. Adrette Schönheiten in Schwarz sammeln und sortieren unsere Schälchen neu. Japanische Miso Suppe löst den Gulasch, mein Stück Heimat ab.

Meine Essstäbchen fördern jetzt kleine, weiße Tofustückchen und breite, grüne Seegrasstreifen zu Tage. Ein leichter, angenehmer

Fischgeruch steigt mir in die Nase. Mir kommt das Austernomelett von heute Nachmittag in den Sinn.

Ich sehe Lin-Lin vor mir. Ich sehe sie vor mir, wie wir zusammen unsere Omeletts gegessen haben. Lin-Lins Worte könnten die von Jacky sein. Jackys Gedankengänge, seine These, könnte die von Lin-Lin sein. Ich muss nicht trennen, was eindeutig eine Einheit ist. Nicht nur Bin-Ching und der Mönch sitzen hier am Tisch. Lin-Lin, dein Geist schwebt über uns, in unserem kleinen Raum. Die huschenden Schatten an den Washi-Wänden, bist du das?

„Euer Verfall folgt auf dem Fuße", findet Jacky seinen Faden wieder, „ihr könnt irgendwann einfach nicht mehr."

„Und jetzt prost, Peter, lass dir unser schönes Paradies nicht madig quatschen." Gerd hat sein neues Glas fast zur Hälfte geleert.

Lin-Lin hatte Recht! Mein Aktionsradius beschränkt sich auf die hiesigen Kneipen und Restaurants, die Fabriken und Büros, die Flughäfen und Hotels. >Du reist für dein Leben gerne, aber willst du ein ganzes Leben lang reisen<, waren ihre Worte. >Willst du immerzu so weiter hetzen?< Lin-Lins Frage schmerzt.

>Jeder von euch hat seinen Punkt, seine Grenze<, setzt Jacky im gleichen Stil nach. Werde ich, als ein weiterer Stein, seine These untermauern? Wird mir die Puste ausgehen? Werde ich Puzzleteile meiner Heimat sammeln?

>Dein Leben wird zu einer Reise werden<, nein, lieber Mönch, ich habe Bin-Chings Alternative nicht vergessen.

Jacky sucht seine Ausnahmen. Er sucht den Matrosen, der seine heimatlichen Wurzeln durchtrennt und auf Taiwan sesshaft wird.

Bin-Ching sucht ihre Ausnahme. Sie suchen den ewigen Reisenden. Den niemals Ruhenden, den immer weiterstrebenden Wanderer.

Lin-Lin sucht ihre Ausnahme, sie sucht mich!

Jacky hat erkannt, das Taiwan für mich bis dato nur ein illustres Abenteuer ist. Will Bin-Ching mich für ihre Reisen rüsten?

Lin-Lin schlägt mir eine Kurskorrektur vor: Ich soll Jackys Flucht in die Wagenburgen meines Heimwehs verlassen und in den Straßen ihrer Stadt mein altes und neues Taiwan suchen.

Ja, lieber Mönch, du darfst mich beim Bummeln begleiten!

Kleine Obstschälchen werden über den Tisch gereicht. Unsere Taiwanesen haben ihre Miso Suppe bereits ausgeschlürft. Gerd hat seine Fischsuppe wortlos Jacky überlassen. Ich löffele noch ein wenig an meiner herum.

Wir lassen die Gläser klirren.

>Die wirklichen Reisen finden nur zwischen den Menschen statt.< Lin-Lin gibt mir ein klares Reiseziel vor.

Jacky prophezeit, das auch mir, mit hoher Wahrscheinlichkeit, die Puste ausgehen wird.

Bin-Ching lässt mich noch im Dunkeln stehen. Ich benutze das Wort "noch" bewusst. Wieso sonst hätte sie mir den Mönch mitgegeben? Was sollte das rote Kuvert? Auch Heiratsangebote aus dem Jenseits besitzen Rückgaberechte!

Ross unterschreibt die Rechnung. Er begleicht unser nächtliches Gelage mit seiner Firmenkreditkarte. Als wir uns erheben, knacken und knirschen meine Knie. Die Tatamimatten fühlen sich weich unter den Füßen an.

Die Straße empfängt uns mit schwüler, tropischer Luft. Mehrere Trios roter Schmetterlinge warten auf uns.

Ich entspanne mich im Taxi, das mich zurück zum Hotel bringt. Geht der Tag doch endlich zu Ende!

Kapitel IV.

Zikadenschloss

蟬鳴堡

Das alte Westtor der Stadt Hsin-Chu erwacht. Seine schweren hölzernen Pforten öffnen sich im unsichtbaren mechanischen Spiel. Ein dünner Lichtstrahl zwängt und drängelt sich hindurch. Der anfangs schmale Spalt erweitert sich zusehends. Ich schiebe meine Finger und Hände hindurch, die Oberarme folgen. Ich passiere das alte Tor.

Ich muss mich nicht erst umschauen. Die Gesetze der Natur lassen mich ziehen, sie trauern mir nicht nach. Ihre Herrschaft endet an der alten Pforte. Sie haben jenseits der alten Stadtmauern keine Gültigkeit mehr. Ich bin ihrer enthoben.

Ich wechsele und entschwinde in ein neues, nicht minder phantastisches Reich. Ich tauche ein in das Land der Träume.

Der Bambuswald vor den Toren der Stadt Hsin-Chu, er empfängt mich, er lädt mich ein, näher zu treten.

Sein Bambus sprießt aus dem harten Untergrund, überall, ganz so wie vom Himmel abgeschossene Pfeile. Ihre Stämme sind zu massiv, als dass meine Hände sie umgreifen könnten. Ihre Reihen sind dicht, fast so, als wollten sie sich um mich scharen.

Ihre Blätter leuchten in jenem zwiespältigen Grün, das mich bereits fesselte und lockte, das mich im gleichen Atemzug schreckte und abstieß. Ihre Blätter sind schlank, wie Speerspitzen schauen sie aus dem grünen Geäst. Oder sind sie der Federschmuck wunderschöner paradiesischer Vögel? Oder gleichen sie den Scherenhänden großer kalter Hummer?

Die Sonnenstrahlen branden knapp über mir im Kronendach. Das Licht brennt grell in meine Augen. Ich beschatte sie und muss dennoch blinzeln. Ich taste nach meiner Sonnenbrille, aber wie in der Realität, so auch hier in der Unwirklichkeit, ich muss sie irgendwo verschludert haben.

Ich zögere, meine ersten Schritte sind zaghaft und unsicher. Ich trage Sandalen, sie schrappen und schlurfen über einen schmalen, sandigen Pfad dahin. Wohin wird mich dieser Weg bringen?

Was ist das? Ein Moskito hat mich gestochen. Himmel, Herrjeh und Wolkenbruch, der ganze Wald ist voll mit diesen nervigen Plagegeistern! Was soll das? Ist das nötig?

Das darf doch nicht wahr sein! Ein zweiter Moskito erfreut sich meiner Lebenssäfte. Ich halte an, um mich zu kratzen. Die beiden Stiche tun ja richtig weh!

Moment Mal, seit wann haben Moskitos in meinen Träumen ein Wörtchen mitzureden? Seit wann sind körperliche Schmerzen in Träumen überhaupt spürbar?

Ich tappe entschlossen den sandigen Pfad entlang und gleite tiefer hinein in dieses unbekannte Land einer fremden Phantasie. Ich dringe weiter in den Bambus ein und streife und spüre seine Haut, wie weicher und zarter Vogelschmuck. Ich laufe mit dem Bambus, mit meinen neuen Freunden. Wir starten und heben ab, wir schweben eingehüllt in endlosen grünen Weiten. Wir fliegen und jetten, eingebettet im lebendigen Flaum unserer höchsten Wipfel.

Das ist ein Traum, ein Märchen aus Kindertagen. Ich könnte nicht genug davon bekommen, ich würde niemals satt werden. Wie in einem tollkühnen Karussell, ein irrer Reigen, wir drehen uns um uns selber. Wir werden eins, ich werde ein Bambus sein.

Ich verstehe! >wor-ze-dau<!

Bin-Ching, du bist die unbestrittene Königin in deinem Reich. Du schöpfst aus dem Vollen und schmeißt dein ganzes Repertoire in die Waagschale. Du spielst mit ganzem Einsatz.

Ich bin beeindruckt!

Deine Lieblingsfarbe ist bestimmt das leuchtende, das so herrlich schimmernde Grün, das >lü-ce<, deines Bambusforstes.

Habe ich Recht?

Nun, Bin-Ching, dann lass dir eines gesagt sein: Grün war noch niemals meine Lieblingsfarbe!

Du hast richtig gehört. Wir können die Seifenblase platzen lassen. Ich bin nicht scharf auf deine Traumspielereien. Ich kann ganz gut ohne deine Vorlieben für Bambuswälder auskommen!

Oder muss ich noch deutlicher werden? Bin-Ching, was willst du von mir? Nicht einmal mein Schlaf ist dir heilig. Wie weit wirst du deine Willkür noch treiben? Bist du so blind? Siehst du denn nicht, dass du damit bei mir am Ziel vorbeischießt?

Wie viel verstehst du eigentlich von der menschlichen Seele? Eindeutig zu wenig, um mich zu gewinnen. Allemal zu viel, um mich ein für alle Mal zu vergraulen.

Du bist wie diese lästigen Moskitos. Was mischt du dich in meine Träume ein? Du zwingst mich, du drängst dich mir auf!

Jawohl, das ist dein Fehler. Du willst mich zwingen!

Ich muss lauthals lachen. Jawohl, ich habe endlich verstanden. >wor-ze-dau<!

Moment Mal, was ist das?

Der Bambus, mein neuer Freund geht auf Abstand. Bedrohlich richten seine Bambusblätter ihre Spitzen, ihre Speerspitzen neu aus. Grüne Hummerscheren schnappen böse aus dem Geäst.

Aufgepasst, der Freiflug erster Klasse ist passé. Ich habe meiner süßen kleinen Allmächtigkeit unmissverständlich vor den Kopf gestoßen. Um ein Haar und ich stolpere über meine eigenen Schuhe. Was habe ich erwartet? So etwas wie: Natürlich Liebster, entspann dich und nimm dir einen Keks. Der Wellnesspool steht bereit, gleich links, hinter dem dritten Mikadobäumchen.

Ich drehe mich um mich selber.

Erwartungsgemäß müsste jetzt dieser Traum im Bambuswald enden. Leider tut er mir diesen Gefallen nicht!

Vor mir schlängelt sich der sandige Pfad. Ich folge seinem Verlauf vorsichtigen und langsamen Fußes.

Was hatte ich töricht geglaubt? Dass nach einer durchzechten Nacht alles wieder beim Alten sein würde. Dass mit den ersten neuen Sonnenstrahlen der unselige Spuk ein Ende fände. Alles Nonsens, alle Hoffnungen vergebens, die Geschehnisse hätten mich eines Besseren belehren sollen!

Ich bin ein Gefangener in meinen eigenen Träumen.

Mir bleibt auch nichts erspart.

Wann wird Bin-Ching, das "Kalte-Herz", mich wieder freigeben?

Wie komme ich aus diesem Schlamassel bloß wieder heraus?

Jetzt ist guter Rat teuer!

Wer könnte mir weiterhelfen?

Wer hilft mir denn sonst?

Lin-Lin!

Ja, Lin-Lin, wo bist du?

Du bist jetzt meine letzte Hoffnung!

Was spinne ich da herum?

Wie kann Lin-Lin mir hier nützen?

Gerade heute!

Um ein Haar und du hättest mir den Laufpass gegeben!

Das ist doch Quatsch!

Du hast mir einen Vorschlag unterbreitet!

Das war ein gut gemeinter Rat, einen Tipp, nicht mehr und nicht weniger. Na prima, schlagen sie ein, wir bedanken uns für ihre Kooperation.

Ich sehe uns beide deutlich in diesem Götzenhaus sitzen, in diesem dreimal verwunschenen Tempel von Cheng-Huang.

Wir haben uns nicht auseinander gelebt. Wir haben uns zu selten gesehen, als dass wir uns hätten halten können.

Dein Matrose stach dir zu häufig in See. Wieso kann er nicht bei dir im Hafen bleiben?

Wie müsste die Lösung aussehen? Ich bleibe stehen. Ein weiterer Moskito, ein weiterer >wen-ce<, umkreist mich mit siegessicherem und höhnischen Brummen. Das goldene Band des sandigen Pfades verliert sich hinter der nächsten Kurve. Die Unkenntnis meines Weges lässt mich hadern.

Tote Paradiesvögel und zerborstene Lanzenspitzen rascheln im vergilbenden Laub des Waldes.

Ich hebe eines der achtlos weggeworfenen und wahllos verstreuten Bambusblätter auf. Mein Daumen spürt nach Narben, winzige Verästellungen in der Struktur der Oberfläche, aber deren Flucht weist makellos rein und glatt in Richtung der Spitze. Ihr Weg ist vorgeschrieben, ohne Wenn und Aber, ohne Abzweigungen und ohne Schlupflöcher. Das Ziel der Reise muss nicht genannt werden, das Ziel der Reise bestimmt sich aus sich selber.

Lin-Lin, dein Matrose hat verstanden. Ich weiß, die Läuterung kommt recht spät. Aber du musst verstehen, die Erkenntnis bittet um Zeit. Auch nicht die Not zwingt mich hier, sondern die allmähliche Einsicht. Zur Erschwernis wurden mir die letzten Stunden von einer Göttin geraubt. Zudem benötigt unser Vorhaben meine volle Zustimmung. Ich darf dich zitieren. "Die einzige und wirkliche Reise findet nur zwischen den Menschen statt", ja, ja was denn? Ich bleibe stehen.

Die Hymne des eigenen freien Willens bleibt mir im Halse stecken.

Was schwätze ich denn da?

Vor wem muss ich mich hier rechtfertigen?

Lin-Lin, Bin-Ching, das habt ihr euch aber schön ausgedacht! Ich lasse mich aber nicht so einfach verbiegen. Ihr könnt mich hundert Mal durch die Straßen und Tempel Hsin-Chus treiben. Ihr könnt mich eintausend Mal in diesem moskitoverseuchten Bambusdickicht aussetzen. Ich gehe euch Weibern nicht auf den Leim. Bleibt mir doch einfach nur vom Leib.

Ich wedele einen weiteren >wen-ce< hinfort, der mich im Stile eines weißen, sibirischen Tigers im Genick reißen wollte. Aber wollte ich die beiden Mädels wirklich ebenso wegscheuchen?

Seit wann bin ich so unentschlossen und wankelmütig?

Ich stolpere um ein Haar ein zweites Mal.

Da ist ja jemand!

Wie sieht der denn aus?

Allemal Junge, ich kenne deinesgleichen! Wieso kommst du auf mich zu?

76

Wieso halte ich nicht an?

„Migita Hideki, Offizier Ihrer Kaiserlichen Japanischen Armee", stellt sich die Erscheinung im Bambuswald mit heiterer und leutseliger Stimme vor.

„Grüßgott, Peter!" erwidere ich.

Wir bleiben voreinander stehen. Ein Sohn aus dem Land des Lächelns? Sorgt seine Erscheinung dafür, dass Bin-Chings Traum eine Wende einleitet?

„Ich wurde bereits unterrichtet", erwidert Ihrer Offizier des Tenno und grinst wie ein ungezogener Lausbube.

Ich trete einen Schritt zurück und mustere den kleinen, japanischen Strahlemann etwas ausgiebiger.

Sein Gesicht ist braun gebrannt und halb verborgen im schattigen Schirm seiner hellgrünen Militärmütze. Er hat seine Uniformjacke locker und ungezwungen aufgeknöpft. Ein blütenweißes Hemd blendet faltenfrei. Der extrem hohe Stehkragen weist über sein Kinn zurück auf sein Gesicht und lässt dieses schlanker und schmaler erscheinen. Eine seiner Hände ruht an der Hosennaht. Die andere hält graziös, zwischen Zeigefinger und Daumen, eine mattschwarze Zigarette des neuen, japanischen Typs "Black-Devil". Sie verströmt einen milden und sanften Vanilleduft.

Migita stammt ohne Zweifel aus dem asiatischen Raum. Aber ob seine Wiege wirklich der japanischen Natur entspringt, dafür habe ich kein Auge.

Ich vermag ebenso nicht das Alter dieses Mannes einzuschätzen. Mir fehlt auf ganzer Linie die dafür nötige, asiatische Meßlatte.

Die wenigen Sätze unserer Unterhaltung haben nicht die Spur eines Dialekts zutage gefördert. Aber besitzt mein Gehör überhaupt die Spitzfindigkeit für derartige, sprachtechnische Nuancen?

Verflixt, Lin-Lin, hast du mir diesen Burschen in den Traum geschmuggelt? Ist er eine der vielen Wegmarken, die du für mich gesteckt hast? Wie viele Straßen Hsin-Chus müsste ich durchstreifen, um einen Blick für die Menschen dieser Breiten zu erlangen?

Nein, so komme ich nicht weiter! Aber wenigstens seine Uniform ist mir vertraut. Das heißt, mir ist das Outfit aus den Ergüssen einer weiteren Traumwelt bekannt! Kinofilme wie "River Kwai Marsch", "John Raabe" oder "Briefe aus Ihoshima" erfreuen sich durchaus ihrer eigenen Kostüme.

Nein, so komme ich auch nicht weiter! Doch, so komme ich weiter! Das ist die Lösung! Was für ein Film läuft hier ab? Was für ein Spiel wird hier gespielt? Oder noch besser! Was oder wessen Traum hält mich hier im Bann?

"That is the point!"

Also, Soldat Eurer japanischen Durchlaucht, hast du die alten Stadttore im brennenden Abendrot gesehen?

Reitest du mit dem Mongolen in der Steppe?

Oder um die Frage auf den Punkt zu bringen: Was ist dein Bezug zu Bin-Ching?

Autsch, der wievielte Moskito ist das jetzt?

„Ja, gehen wir besser rein", lädt mich Migita ein, ihm zu folgen: „Oben sind wir geschützter gegen diese lästigen Viecher."

Ehe ich mich versehe, marschiere ich ihm munter hintendrein. Ich will nicht nach "Oben", ich will hier raus. Wann werde ich die Augen aufschlagen? Wann wird diese Nacht ein Ende haben?

„Was soll das", ruf ich ihm nach, „wohin gehen wir?"

„Wir gehen zurück, zurück in meine alte Heimat", lacht der kleine Japaner vor mir.

Was will ich in deiner alten Heimat?

Ich blicke überrascht nach oben. Migita ist bereits einige Schritte voraus, das heißt, er ist bereits etliche Stufen über mir. Bin-Chings Bambuswald ist einer undurchdringlichen, subtropischen Dschungelvegetation gewichen. Das goldene Band des Pfades ist von breiten, hölzernen Stufen abgelöst worden. Die Treppe führt uns Schritt für Schritt einen steilen Berghang hinauf.

Habe ich etwas anderes erwartet?

Der taiwanesische Alpenverein schmettert auch in Bin-Chings Träumen sein markerschütterndes "Echo" tief in die Gipfeltäler. Die wenigen Ausflüge, die Lin-Lin und ich in die höheren Bergregionen unternahmen, hatten mir eine neue Variante dieser sportlichen Tätigkeit offenbart. Die wanderlustigen Scharen der asphaltverwöhnten Großstädter werden, bis in die höher gelegenen Klimazonen, auf eingezäunten Wegen und sicheren Treppen geleitet. Hier muss niemand an Helm, Steigeisen oder Sicherheitsgeschirr denken. Wanderkarten und Verpflegungen werden getrost den immer präsenten Nudelsuppenläden und diversen anderen Garküchen überlassen. Einzig der Regenschirm, der allgegenwärtige, unverzichtbare Sonnenschutz, ist immer mit von der Partie. Für die wirklich anspruchsvollen Bergtouren sind Passierscheine einzufordern und Bergvereine zu konsultieren.

Nein, für die wirklichen Tore dieser Welt sind weitere rote Kuverts zu sammeln und Jackys Ausnahmen aufzusuchen.

Was denke ich da?

„Das meine ich nicht", keuche ich und erhöhe meine Schrittgeschwindigkeit.

„Was willst du denn wissen?"

„Ich meine, wann wird der Wecker klingeln? Wann werde ich die Dusche aufdrehen können? Wann werde ich einen guten, heißen Kaffee trinken dürfen?"

Migita bleibt kurz stehen und lässt mich aufschließen: „Junge, das ist kein Traum."

„Was soll das denn sonst sein?" entgegne ich und bleibe vier Stufen unter ihm stehen.

„Das ist dein neues Leben", lacht er laut und hüpft wieder fröhlich los.

„Du hast meine Frage nicht beantwortet", ich folge ihm bewusst langsameren Fußes.

„Die Entscheidung liegt einzig bei mir. Wie ich bereits sagte: Willkommen in meinem bescheidenen Heim."

„Ach nein, wenn dieses deine Welt ist, wieso führen dann Bin-Chings Moskitos hier das Wort?"

Jetzt, endlich bleibt er stehen! Ich erklimme rasch die wenigen Stufen zu ihm und spüre, wie mein Körper allmählich in Form gerät.

„Dann spitz mal die Ohren >lawei< (Ausländer), deine Moskitos haben das Orchester gewechselt", empfängt mich mein japanischer Bergführer und spielt auf den uns plötzlich umgebenden, infernalen Krach an. Ein irres, wahnsinniges Klappern donnert aus allen Richtungen auf uns ein. Wie heißen doch gleich diese kleinen, lärmenden Insekten?

Zikaden! Die kleinen Tierchen steigern, in kaum wahrnehmbaren Intervallen, ihren trommelnden Rhythmus zu schierer Raserei. Der Dschungel erstarrt unter ihrem Schall. Sie leisten nur ihrem eigenen Wesen genüge. Die bösen Geister dieses Waldes können ihrer nicht habhaft werden.

„Das sollte ich auch tun", presse ich trocken hervor und beschatte meine Augen. Was ist das? Ist das möglich? Ist der Dschungel ein winziges Stückchen, ein kaum merkliches Quäntchen näher gerückt? Ganz so, als wollte er unser Gespräch belauschen, nicht minder, als wollte er an unseren Ideen teilhaben.

Die Zikaden verstummen. Die Klangorgien dieser sechsbeinigen Spezies verebben. Mit dem Instinkt eines Vogelschwarms, den babylonischen Streben der Termiten, den glänzenden silbernen Schutz der Fischverbände, weiß jedes der kleinen Insekten, im allgemeinen Takt innezuhalten.

80

Sie sind wie die Brandungen, das zyklische Aufbäumen und Brechen des Meeres. Jede Welle ist ein Unikat; und doch verstehen sie es, sich der Natur zu fügen, sich niemals ihren Schwestern fremd zu werden.

„Reibe zwei hölzerne Essstäbchen aneinander. Reibe sie so schnell wie du kannst und du wirst staunen: Die schlagenden und knackenden Frequenzen sind sich sehr ähnlich, fast gleich!" unterbricht Migita die Stille.

„Wie würdest du den Ruf der Zikaden beschreiben?" richtet er seine Frage an mich.

„Hat dir Bin-Ching die Zikadennummer eingetrichtert?" frage ich angriffslustig zurück, verstumme aber im gleichen Augenblick.

Schwere Mauern ragen vor uns aus dem tropischen Dschungel. Ruinen einer vergangenen Epoche, geheimnisvoll und düster halten sie ihre Wacht. Der Wald streckt seine Finger bereits nach ihnen aus. Der Efeu umgarnt ihre Spitzen, er legt ihnen einen zweiten Mantel um. Fahne und Moose greifen in ihre feinsten Risse und Spalten. Sie überziehen, zwischen dem schwarzen, dunklen Grün des Efeus, das ehemalige Menschenwerk mit einem beängstigenden Organgerot. Wie Blut, das aus schweren Wunden quillt, so warnen und rufen uns Urinstinkte der Gefahr.

„Ist das unser Ziel?" Ich folge Migita ins Innere seiner "alten Heimat".

„Darf ich vorstellen: Festung Tapung", ruft der japanische Krieger und wirft begeistert seine Arme in die Höhe.

Das soll eine Festung sein? Ich hätte eher auf ein Gebäude getippt, dem die Witterung das Dach gelupft hat. Messen die Längen ihre Seitenwände doch nur um die zwanzig Meter. Ihre Höhe beträgt allenfalls drei bis vier Meter. Ich hatte mir militärische Stützpunkte immer größer und mächtiger vorgestellt. Das ist eher ein verlorener

Außenposten, am Rande der japanischen Gelüste, die Welt zu beherrschen! Aus welcher Zeit überdauerte bloß dieses Bollwerk?

Wir umrunden die dicke, vorgelagerte Brandmauer, die den Eingang in unruhigen Zeiten vor direktem Beschuss bewahrte. Ihr jetziger Aktionsradius beschränkt sich wohl eher auf Mücken, Zikaden und fliegenden Bambusbäumen!

Ach nein, das ist wirklich eine Überraschung!

Migitas Castle glänzt im Zeitalter der Moderne. Er konnte nicht widerstehen, sein "Sweet Home" ein wenig zu modifizieren. Schlanke, leichtgängige Schiebetüren öffnen sich im vollautomatischen Modus. Wo bleiben meine schicken Ninja Girlis? Sanfte Gongschläge und beruhigendes Flötenspiel erfüllen den Äther. Nicht auszudenken, wenn die Zikaden derartige Klänge von sich geben würden. Die Klimaanlage verströmt eine erfischende Kühle. Der Temperatursturz dürfte allen Bin-Chingschen Moskitos einen herben Schlag versetzen!

Wir betreten eine große, quadratische Halle. Gut vorstellbar, dass sie den Ausmaßen des Forts Tapung entspricht. So wären ihre Ausdehnung von zwanzig mal zwanzig Metern als Fläche nicht übertrieben. Migitas Heim ist ein kleines Fort, oder ein großer Saal!

Ich schnalle meine Sandalen ab und folge dem Soldaten zielstrebig zum Mittelpunkt der Festung.

Meine Fersen und Fußballen streifen über glänzendes, schwarzes Laminat. Sie ertasten Rillen und Spalten, sie erkennen die feinen Strukturen ihrer Maserung. Mein Blick schwebt höher und folgt den räumlichen Begrenzungen. Die bekannten japanischen Raumteiler (jap.) Shoji, aus dem Restaurant, verbergen das alte Mauerwerk. Ihre weißen Quadrate muten an, wie lange Reihen und Spalten wartender, unbeschriebener aber hoffnungsvoller Wunschzettel. Mannsdicke Stützbalken aus starker Eiche halten die Decke. Sie verläuft im flachen Winkel zur Mitte des Saales. Rote Laternen hängen dicht, wie umgestülpte Kerzen, sie verströmen schummriges, wärmendes Licht. Gemälde mit Sung-Bergen und Ming-Flüssen verklären vergangene Dynastien. Kaligraphiekünste verstorbener Meister verkünden missachtete, -oder befolgte Lehren und Weisheiten. An der gegenüberliegenden Seite vom Eingang thront die rote, japanische Sonne, siegesgewiss in ihrem Strahlenkranz.

Eine kniehohe Sitzplattform in der Mitte des Saales gebietet uns, gegenüber Platz zu nehmen. Was mir die Realität versagte, das nehme und gönne ich mir in diesem Traum. Meine Knie federn beinahe in den Schneidersitz. Ich wippe leicht und locker zum Test. Migita wählt die traditionelle Sitzhaltung des japanischen >seize< (jap: richtig sitzen), den Rücken durchgedrückt, die Knie spitz angewinkelt, so sitz er auf seinen Fersen, die Zehen liegen leicht gekreuzt übereinander.

Wir sitzen uns gegenüber, ganz so, wie Duellanten. Nein, hier werden keine Schwerterklingen gekreuzt. Hier werden keine Revolver aus der Hüfte heraus, dem Tode gereicht.

Wir sitzen uns gegenüber, ganz so, wie Geschäftspartner. Nein, hier werden keine Beträge in Zahlen gefasst, hier werden keine Liefertermine und Stückzahlen zum x-ten Male auf Hieb und Nagel geprüft.

Wir sitzen uns gegenüber, ganz so, wie der Meister und sein Schüler. Ich gerate ins Grübeln. Bin-Ching, wieso hast du mir deinen Jünger, deinen Laufburschen, deinen Krieger Migita geschickt?

Wir sitzen uns gegenüber, ganz so, wie zu einem Vorstellungsgespräch! Wollt ihr eure Karten offen auf den Tisch legen? Bin-Ching, Migita, ihr wollt mich anwerben! Nein, ihr wollt mich abwerben!

Lin-Lin, sie wollen, dass dein Matrose das Schiff wechselt!

Jacky, sie denken, dass ich eine deiner Ausnahmen bin!

Ich hole tief Luft und räuspere mich: „Migita, weswegen sind wir hier?"

„Wir sind hier, damit du in dein Werk -und Rüstzeug eingewiesen wirst."

„Bitte", ich schüttele verständnislos mit dem Kopf: „Du kannst deiner Bin-Ching ausrichten, dass sie sich das aus dem Kopf schlagen kann. Ich werde weder für sie Frondienste ableisten, noch in irgendwelche Schlachten ziehen."

„Davon ist auch nicht die Rede", lacht Migita.

„Ach, dann komm endlich zur Sache", meine Augen verengen sich im Fluchtpunkt des Strahlenkranzes. Wieso muss Migita genau unter dieser, seiner kaiserlichen japanischen Kriegsflagge sitzen?

„Sprechen wir zum Beispiel über einem Mönch."

„Der Mönch", echoe ich.

„Sprechen wir zum Beispiel von einem roten Kuvert."

„Das rote Kuvert", für wahr, Migita ist im Bilde.

„Also, du Naseweis, dann spitz mal die Ohren!" Migita lacht weiterhin und zaubert eine Flasche Sake hinter einem der Sung-Berge hervor. Zwei Gläser füllen sich mit dem heißen, mittelprozentigen Reisschnaps.

„Fangen wir bei unserem roten Kuvert an." Migita nippt genüsslich von seinem Getränk: „Wie du weißt, sind Reisen nicht nur anstrengend und mühsam, langwierig und entbehrungsreich oder sonst dergleichen, sondern Reisen sind vor allem eines, teuer."

Ich nicke dem Soldaten bestätigend zu.

„Das rote Kuvert löst all diese lästigen, finanziellen Belange sauber und beschwerdefrei. Deine Flugtickets sind gebucht und dein Platz im Flieger ist immer gerade frei geworden. Das teuerste Hotel der Stadt, ob in Tokio, New York oder Paris, hat dir ein Zimmer reserviert und im Voraus bezahlt. Du bist ein willkommener Gast in jedem Schlemmerlokal aller Herrenländer. Du hast immer die passende, stets akzeptierte Kreditkarte dabei, du hast stets das passende Wechselgeld für das Taxi, die Fähre, den neuen Rucksack, die Frikadelle auf der Hand, die passende Strandkleidung und all diese geldtechnischen Lästigkeiten in deiner Tasche."

Migita nickt und prostet sich zufrieden zu. Anschließend genehmigt er sich einen weiteren Sake.

„Desgleichen bist du in Sachen wie Urkunden und Formularen, Dokumenten und anderen Ausweisen, dem Rest aller Sterblichen enthoben. Deine Pässe sind immer auf dem neuesten Stand. Dein Visum ist genehmigt, dein Passbild ist deinem aktuellen Aussehen nachempfunden und den Gesetzen entsprechend gestylt. Dein Führerschein ist International und auf allen Straßen gerne gesehen. Passierscheine sind abgestempelt und die Sozialversicherungen sind in allem zufrieden mit dir. Deine letzte Steuererklärung ist die eines vorbildlichen Staatenbürgers. Alle deine Computerdaten, Dateikarten und Aktennotizen sind gepflegt und abgespeichert, du bist stets und immer der mustergültige Reisende. Kein Zoll, keine Polizei und keine Behörde wird jemals etwas zu beanstanden haben."

Ein Sturmfeuerzeug, mit einer gravierten "Zero", dem damaligen japanischen Jagdflugzeug des Pazifikkrieges, leckt an einer weiteren "Black-Devil".

„Darf ich soweit zusammenfassen", nutze ich Migitas Inhalierpause: „Ich bin immer flüssig, ich habe immer das passende Ticket zur Hand und alle Welt ist glücklich, mich ihren Gast nennen zu dürfen."

In meinen Kopf kreisen die Gedanken: Bin-Ching, was hatte ich dir vorhin noch ins Gesicht geworfen? Du schöpfst aus dem Vollen! Du schmeißt dein ganzes Repertoire in die Waagschale! Du spielst mit ganzem Einsatz!

„Mein junger Freund", raubt mir Migita nachfolgende Gedankengänge und nimmt seinen Redefluss wieder auf: „Damit sind die Fähigkeiten und Talente unseres roten Kuverts noch lange nicht erschöpft: Du wirst dein rotes Kuvert niemals verlieren können. Selbst wenn sie dich ausrauben, du nackt im Krankenhaus aufwachst, das Kuvert absichtlich verbrennst oder beschwert in die Tiefen wirfst, das rote Kuvert wird immer bei dir sein, wie eine zweite Haut, es wird immer an dir liegen und nur für dich sichtbar sein."

Ich nicke ihm zu und greife zum Sake. Die Sung-Berge recken sich steil in die Höhe und die Ming-Flüsse werden zu mitreißenden Strömen. Die mannshohen, japanischen Schriftzeichen verkünden ihre Weisheiten und die Magie des heißen alkoholischen Getränkes beginnt, ihre Wirkung in mir zu entfalten.

Migita ist jetzt nicht mehr zu bremsen: „Du bist jetzt mit allen finanziellen Segen versehen. Du kannst jetzt politische und bürokratische Grenzen aus dem Stand heraus überspringen. Was wäre deiner Ansicht nach die nächste Hürde, die dich am Reisen hindern könnte?"

„Wir sprechen weiterhin über unser rotes Kuvert?" Ich versuche den Schein des aufmerksamen und konzentrierten Zuhörers zu waren.

„Nein, ich spreche von der Geisel der Menschheit und all ihrer verwandten Brut. Ich spreche von der Malaria, Polio und Diphtherie. Ich meine die Influenza, Seuchen, Viren und Bakterien. Ich denke an verdorbene Lebensmittel, an die Hepatitis Arten, an vergiftetes Blut, an Wundstarrkrampf und Tollwut."

Migita schnippt den halb aufgerauchten toten Teufel in die Unendlichkeit des schwarzen Laminats: „Ich denke, ich muss nicht Ausführlicher werden. Du hast verstanden, was ich dir sagen will: Bin-Ching hat dich Immunisiert, nicht ein bisschen hier, nicht ein bisschen dort. Nein, keine Krankheit der Welt brauchst du mehr zu fürchten."

Ich deute auf seine Zigarette: „Was denkt denn unsere gute Bin-Ching so über den Lungenkrebs?"

Migita lacht: „Meine Leber müsste, von dem vielen Sake, schon hart wie Betonstahl sein. Nun gut, mit gelegentlichen Kopfschmerzen solltest du leben können."

„Unfälle und Verletzungen, wie gut sind wir bei Bin-Ching versichert?" hake ich nach.

„Ein Restrisiko bleibt, ebenso ist der Tod etwas Unabwendbares." Migita winkt ab: „Das sind Fragen eines alten Mannes, nicht die eines jungen, japanischen Offiziers."

„Wir sollten unseren Mönch fragen", scherze ich.

„Richtig", Migita fasst sich an die Stirn, „den hätte ich beinahe vergessen. Unseren niemals rastenden und immer fündigen Mönch. Du musst wissen, ich habe bis heute nicht erlebt, dass er mir eine Antwort schuldig geblieben wäre. Er wird dir in allen Sprachen weiterhelfen, du wirst fließend Japanisch, Spanisch oder Arabisch sprechen und lesen können. Kein Dialekt wird dir fremd vorkommen. Unter uns geht das Gerücht um, dass sein Steckenpferd tote, ausgestorbene Sprachen seien. Des Weiteren hättest du mit unserem lieben Mönch ein perfektes, weltweites GPS System. Keine Straße, die du nicht finden könntest, keine Entfernung, die du nicht wüsstest, keine Orte, deren Namen du nicht aussprechen könntest!"

Migita schüttet sich einen neuen Sake nach. Ich halte ihm ebenfalls mein leeres Glas hin: „Prost, Migita, lasst uns keine Zeit verlieren, gleich morgen Früh brechen wir auf nach El-Dorado, den sieben Städten, gebaut einzig aus purem Gold!"

„Bist wohl ein Neunmalkluger, was! Hast du mir nicht zugehört?" Migita schüttelt verständnislos seinen Kopf: „Bin-Chings rotes Kuvert ist allemal jeder der Städten El-Dorados ebenbürtig! Das Geheimnis von El-Dorado besteht jedoch darin, dass sie noch niemand gefunden hat, dass sie in keiner Karte erwähnt wurden. Unter solchen Voraussetzungen steht auch unser Mönch mit leeren Händen da."

„Was?" ich vermag meine Verblüffung nicht zu verbergen.

„Richtig", wiegelt Migita ab: „Aber darüber solltest du in aller Ruhe nachdenken. Heute Abend erzähle ich dir nur das Grundsätzliche. Das Grundsätzliche über unser technisches, unabdingbares Werk -und Rüstzeug. Alles Weitere wird sich finden."

„Ist ja gut, fahre fort", beruhige ich mich wieder.

„Zurück zu unserem Mönch! Du bist stolzer Besitzer eines leibeigenen Almanach, eines Brockhaus, eines Bertelsmann und sämtlicher Wikipedia Links. Du trägst ihn in dir, wie das Wissen sämtlicher Bibliotheken der Menschheit. Die Informationsbeschaffung gewinnt mit ihm ein neues Gesicht! Ob du etwas über Musik, Kunst, Kultur, Politik, Erdkunde, Medizin, Biologie, Chemie und Jura oder weiß der Herrgott, etwas wissen willst, unser Mönch wird dich in allen Fragen erhellen."

Für einen Moment herrscht Stille. Migita schweigt, ich schweige und die Zikaden schweigen. Keine Welle ist ihrer Schwester fremd. Stille, die See hält inne, kein Atemzug kräuselt unser Spiegelbild.

Migita lächelt und strahlt: „Peter, das war alles!"

Das ist alles?

Lin-Lin, was sagte ich zu dir? Die Erkenntnis bittet um ihre Zeit! Eine unsichtbare Sanduhr in unserer Mitte läuft und rieselt. Die Träume stehen über der Natur. Sind sie ebenso der Zeit enthoben? Oder wird die Zeit der Träume, die Traumzeit, irgendwo festgehalten und abgerechnet?

Das ist alles?

Migita strahlt und lächelt.

Lin-Lin, was hattest du mir erklärt? Das Lächeln muss nicht zwangsläufig Heiterkeit und Freude zum Ausdruck bringen. Das asiatische Lächeln kann durchaus auch eine andere Funktion haben. Das Lächeln hilft ebenso beim Überbrücken einer nicht handhabbaren Situation. Sind wir in einer derartigen Lage, so hat die Wahrung einer positiven Grundstimmung die besten Aussichten, dem Dilemma erfolgreich entgegenzuwirken.

Das ist schön und gut, aber wie wird es jetzt weitergehen? Migita sitzt vor mir und strahlt und lächelt, er wartet!

Das ist die Lösung! Migita strahlt nicht, er lächelt nicht, er wartet gespannt und geduldig, ob die Langnase, der >lawei<, auch wirklich alles verstanden hat?

Hat der >lawei< noch Fragen?

Habe ich noch Fragen?

Habe ich noch Fragen zu dem roten Kuvert? Habe ich noch Fragen zu unserem Mönch?

Nein, mein Wissensdurst diesbezüglich ist zur Genüge gedeckt. Migita, du hast ganze Arbeit geleistet. Deine Vorstellung dürfte unter der Rubrik "Lückenlos und Einwandfrei" zu finden sein.

Moment Mal, Migita, was ist mit dir? Wo bleibt deine Vorstellung? Wer bist du eigentlich? Wer ist Bin-Ching?

Ich bin mit einem Schlag hellwach: „Migita, wie viel Zeit gewährt uns dein Traum?"

„Wie ich bereits sagte, solange uns Bin-Chings Moskitos nicht beglücken, bestimme ich über diesen Traum."

Ich schiebe ihm mein Sakeglas zu: „Migita, was ist mit dir? Erzähl mir deine Geschichte. Ich meine, ich würde meine neuen Kameraden, in Bin-Chings Mannschaft, gerne etwas genauer kennen lernen."

„Meine Geschichte? Willst du sie wirklich hören?" Eine kaum merkliche Irritation umspielt seine Wangen.

„Wir fangen bei deiner Uniform an. Bist du wirklich ein Offizier Ihrer, Eurer, also der japanischen Armee?" Ich greife seine Offiziersehre direkt an. Ich versuche die Lunte direkt an einem neuen Gesprächsfaden zu zündeln.

„Wonach sieht das denn aus?" Er zupft sichtbar empört an seiner hellgrünen Uniformjacke.

„Ist ja gut", beschwichtige ich ihn und lasse ihn gleichzeitig nicht zur Ruhe kommen: „Du hast dich also mit deinen tapferen Mannen nach Fort Tapung begeben?"

Endlich strahlt und lacht er wieder. Geht meine kleine Rechnung auf?

„Du musst wissen, Fort Tapung liegt auf dem Berg Lidong, tief in Hsin-Chus Hinterland."

Ich nicke ihm zu. Diese Information ist mir neu. Überhaupt, ich hätte niemals japanische Hinterlassenschaften, in diesen fast unpassierbaren, aller Zivilisationen abgewandten Bergregionen vermutet. Eine schwarze "Black-Devil" zündelt und unsere zwei Schälchen füllen sich mit Sake. Habe ich Glück? Ja, der Funke ist übergesprungen, erleichtert atme ich auf.

„Meine getreue kleine Festung liegt gut 1900 Meter über dem Meeresspiegel. Du benötigst, selbst in den heutigen Tagen, von Hsin-Chu aus mehrere Stunden hierher. Du musst verstehen, du fährst mehrere Stunden über Serpentinen und Haarnadelkurven. Du verbringst die gesamte Strecke auf diesen schmalen und unwegsamen Gebirgsstraßen. Du weißt selber, das kurz hinter der Stadt die englischen Wegweiser rarer werden."

Ich lasse ihn reden und frage mich nicht, wie oft er diese, seine Geschichte, vor anderen auf dem Tisch ausgebreitet hat. Ich wage nicht, das Ersichtlichste zu begreifen. Wie viele Äonen der Zeit mussten verstreichen, bis er sich jemandem anderen offenbaren durfte?

90

„Damals sah die Lage anders aus", Migita nippt von seinem Sake und bläst den Rauch seiner "Black-Devil" übers Laminat: „Unsere kaiserliche Eisenbahn stoppte mehrere Seitentäler entfernt von hier. Das war eine einzige Schinder -und Plackerei. Ich meine, der Marsch durch diese Wildnis, war mehr als nur eine sportliche Wandertour, immer und immer wieder mussten meine Männer und ich irgendwelche Bergrücken hoch und runter klettern. Zum guten Schluss kam der Anstieg auf den Lidong. Uns ist schier die Luft ausgegangen. Ein unleugbares Faktum, Bergwanderungen haben, in tropischen Dschungelgebirgen, ihren ganz besonderen, sportlichen Reiz."

„Migita, darf ich dich unterbrechen?" werde ich meiner eigenen Losung untreu, aber meine geschichtlichen Unkenntnisse verlangen Nachhilfe: „Nur für mein besseres Verständnis, in welchem Jahr spielt deine Handlung?"

„Ja, richtig, frage nur, wenn du nicht mitkommst", lacht, pafft und trinkt er quietschvergnügt in einem fort: „1917."

Also zur besten japanischen Kolonialzeit!

„Als ich in Fort Tapung eintraf, war eigentlich alles gelaufen. Meine Vorgänger hatten den Aufstand der Atayal erfolgreich niedergeschlagen."

Wer sind denn jetzt diese Atayal schon wieder?

„Versetz dich in meine Lage!" Sehe ich einen düsteren Schatten über seinem Gesicht? Oder ist das nur die flackernde Kerzenbeleuchtung über uns?

„Der Krieg war vorbei, ehe ich meinen Fuß in diese Festung setzte. Ein namenloser Ort, ein verlorenes Fort, bekannt nur dem hiesigen Stamm eingeborener Kopfjäger."

Migita hält inne und schaut mich mit verschmitzten Augen an. Ich halte meinen Mund und spüre den heißen Sake in der Kehle. Die holde Generalität in Taipei hatte ihren braven Offizier an das Ende der bekannten, japanischen Hemisphäre beordert!

Seine Augen werden zu dünnen Schlitzen: „Ich bin kein Geheimniskrämer. Meine Vorgesetzten konnten mit mir nichts anfangen und haben mich schlichtweg abgeschoben. Ich habe ihren hohen Erwartungen nicht entsprochen."

Ich werfe einen schweifenden Blick in den Saal: „Nicht immer präsent zu sein, das kann so seine Vorteile haben." Ich muss schmunzeln: „Deine bescheidene Hütte ist nicht von schlechten Eltern!"

„Ja", lacht er laut: „Das System wechseln, ein Ausstieg mit Einstieg, geplant mit Vorsatz, das hätte niemand dem kleinen Migita zugetraut."

Plötzlich hebt er beschwichtigend die linke Hand: „Entschuldige, Peter, jetzt greife ich allen Themen vor."

"Das System zu wechseln", nein, Migita, du greifst nicht vor! "That ist the point", deine Geschichte fängt an, auf den Punkt zu kommen. Bin-Ching und Jacky suchen ihre Ausnahmen. Bist du eine von ihnen? Einer von Bin-Chings nebulösen, mongolischen Steppenreitern, einer von den wenigen Langnasen, die Jacky für Taiwan sucht? Natürlich bist du das! Sonst hätte Bin-Ching uns nicht zum Stelldichein auf Fort Tapung eingeladen.

"That is the point", das ist die große Frage! Wieso komme ich erst jetzt dahinter?

Lin-Lin sucht mich!

Jacky sucht seine Ausnahmen!

Bin-Ching sucht lustige Wandergesellen für ihre Reisen!

Lin-Lin will mich!

Jacky will Ingenieure, die auf Taiwan bleiben!

Aber, Bin-Ching, was ist der Grund deiner Suche?

Bin-Ching, du bist der Schlüssel! Der >ba-jau-sche<!

„Migita, wechseln wir doch einfach das Thema, wenn du nichts dagegen hast?" überlege ich laut.

„Kein Problem", stimmt Migita achselzuckend zu.

„Wo hast du Bin-Ching das erste Mal getroffen?"

„Oh, das war hinter dem alten Nordtor der Stadt Hsin-Chu. Das war einerseits viel früher, bevor die alten steinernen Stadttore abgerissen wurden. Das war aber andererseits viel später, nach der Errichtung der ersten Stadtmauern aus Bambus." Migita wischt unwirsch einen Flusen vom Rand seines Sake Glases.

„Die Tore waren aus Bambus?" frage ich völlig verdutzt und atme einen tiefen Zug Vanille ein.

„Ja, aber das war lange vor meiner Zeit. Falls dich die Geschichte Hsin-Chus interessiert, dann solltest du den Portugiesen fragen. Aber ich denke, den wirst du eh bald kennen lernen."

Migita überfährt mich, ich komme nicht mehr mit! Der Abend ist zu lang, als das ich mir das Bergvolk der Atayal, die Stadttore aus Bambus und nun auch noch diesen Portugiesen merken könnte.

„Migita, ich glaube langsam zu verstehen."

„Wovon sprichst du?" Migita wirft einen sorgenvollen Blick auf mich.

„Die Zikaden, erinnerst du dich? Sie hören sich an, wie hunderte Muschelschalen, die paarweise aneinander geschlagen werden. Verstehst du?"

Migita Hideki, Offizier Ihrer Kaiserlichen Armee strahlt und lächelt.

Kapitel V.

Nudelgeschlabber

麵 條 咕 嚕

„Peter, die Sonne geht im Westen unter, nicht im Norden!" Lin-Lins Blick verharrt im absoluten, gutmütigsten Wohlwollen.

„Sie hat genau zentrisch im Bogen eines eurer alten Stadttore gestanden!" sprudeln die Geschehnisse des gestrigen Tages nur so aus mir heraus.

„Du meinst bestimmt das alte Osttor. Das ist das einzige der vier Stadttore, das hier in Hsin-Chu stehen geblieben ist." Lin-Lins besänftigende Worte dringen nicht bis zu mir durch.

„Nein, im Osten geht die Sonne auch nicht unter." Ich verzweifele an meiner eigenen Logik: „Ich weiß doch, was ich gesehen habe! Zwei gewaltige, schräge Pfeiler, fast Türme, die sie in ihrem oberen Drittel zusammengemauert haben. Ihr Dach bestand aus mehreren Stockwerken eurer Schwalbenschwanzdächer. Das war nicht zu übersehen."

Ich ertaste das nervöse Zucken an einem meiner Augenlider: „Du musst mir einfach glauben! Die Abendsonne hat mich durch dieses Tor hindurch angestiert, wie ein riesiges, überdimensioniertes Auge. Geradezu unheimlich, bis sie in diesem Bambuswald versunken ist."

„Jetzt übertreib mal nicht. Das alte Osttor kannst du vom Cheng-Huang Tempel aus gar nicht sehen." Lin-Lin rümpft ihre kleine Nase: „Wo hast du dich gestern Abend wieder herumgetrieben?"

„Falsch, die Frage sollte lauten: Was haben mir diese Tempelpanscher in das Omelett gemischt?" Ich kontere platt, aber mit gleicher Münze zurück.

„Ich stelle mir das richtig romantisch vor. Nostalgische Stadttore im glühenden Abendrot", schwärmt Lin-Lin und fragt im neckischem Tonfall: „Verheimlichst du mir etwas?"

„Ich bin nur deinem Gebot gefolgt", ich muss lachen und greife zu meinem kalten, grünen Tee.

Jetzt sehe ich mit einem Mal wieder klar! Das kann doch alles nicht wahr gewesen sein! Habe ich zu viel gearbeitet? Habe ich mir gestern Nachmittag einen Sonnenstich eingehandelt? Habe ich gestern Abend zu viel getrunken?

Sind Böse Träume das Resultat eines zu stressigen Lebenswandels? Das ist doch alles Pustekuchen, hinweg mit all den unseligen und kranken Halluzinationen. Ein gesunder und zeitlicher Abstand wird eine natürliche und logische Erklärung bereithalten. Mir werden in ein paar Tagen Bin-Ching und Migita vorkommen, wie zweitrangige Schauspieler eines missratenen Hong-Kong TV Streifens.

Mensch, Lin-Lin, wenn ich dich nicht hätte!

Die Anspannung lässt spürbar nach. Ich fühle mich wieder frei, wie neugeboren. Die Medizin der Zweisamkeit entfaltet ihre ganze

Wirkung. Sich Freireden, das ist der heilsamste Zauber, den ich diesen gestrigen Erlebnissen entgegenstellen kann.

„Du bist nicht weit gekommen. Du hast gerade einmal den Platz zu der Beimen Street überquert", werde ich aus den Gedanken gerissen.

„Na schön, aber diese Erkenntnis bringt uns nicht weiter", merke ich an.

„Vielleicht doch, die Beimen Street führt in nördliche Richtung."

„Du meinst, ich habe doch das nördliche Stadttor gesehen?"

„Wohl kaum."

„Wieso nicht?"

„Weil die Straße einen leichten Bogen vollführt."

„Und wenn schon."

„Weil das West -und das Südtor 1902 abgerissen wurden."

Ich zucke mit den Schultern: „Die beiden Tore sind mir Schnuppe."

Lin-Lin lässt einige Sekunden verstreichen: „Weil das Nordtor 1905 abgebrannt ist!"

„Was nicht meine Schuld wäre." Das Tor brannte! Das Tor brannte!

„Das würde den Radius deines nächtlichen Spazierganges einschränken." Lin-Lin rückt, mit dem Zeigefinger, ihre gerahmte rote Brille zurecht. Ihre Augen, ihre >yen-zing<, werden eine Spur härter. Gesellen sich ihnen die argwöhnischen Spuren von Unglauben und Misstrauen hinzu? Ich sollte mich vorsehen!

„Das Einzige, das meinen Radius gestern Abend eingeschränkt hat, das war gutes, japanisches Orion Bier", gestehe ich, während ich über das brennende Tor grübele und ergänze: „Zudem, was verstehst du unter einem nächtlichen Radius? Du weißt genau, dass ich ohne diese roten Schmetterlinge, ich meine, diese Taxis, keinen Schritt vor das Hotel setze."

„Rote Schmetterlinge? Keine weißen Kaninchen? Peter, wir erfreuen uns gerade des Jahres des Hasen! Oder meinst du ganz andere

96

Häschen?" Lin-Lins Blick rückt eine Nuance weiter in giftige, tödliche Gefilde: „Noch einmal! Wo hast du dich gestern Abend herumgetrieben?"

Peter, aufpassen, wieso erzählst du ihr nicht gleich von Bin-Ching? Schneller und unkomplizierter ließe sich eine Beziehung wohl kaum beenden! Was kann ich nur tun?

Ich werde die Flucht nach vorne antreten! Bleiben wir doch einfach beim Thema: „Die Schmetterlinge, die >hu-wäi< und die Hasen, die >tu-tz<, lassen wir einmal beiseite. Kannst du mir erklären, wieso mich dieses steinerne Stadttor aus der Vergangenheit heimsuchte?"

„Bist du sicher, dass dein Tagtraum aus Stein war?" verblüfft mich Lin-Lin mit einer Gegenfrage.

„Wieso? Woraus sollte ein Stadttor denn sonst beschaffen sein?" frage ich erstaunt zurück.

„Wir sind in Hsin-Chu, dem neuen Bambus. Die Stadt wurde aus einem Bambushain geschlagen. Hast du vorhin nicht selber gesagt, dass hinter dem Stadttor ein Bambuswald stand. Habe ich Recht? Na siehst du! Also, für dein geschichtliches Interesse: Hsin-Chus erste Stadtmauer war komplett, das heißt, einschließlich ihrer Stadttore, aus Bambus gefertigt", referiert meine kleine Lektorin munter drauf los.

„Die Stadtmauer war aus Bambus!" wiederhole ich etwas schwerfällig und muss an meinen gestrigen Flug durch die leuchtenden, grünen Wipfel denken. Ich erinnere mich an den Traum mit Migita. Hatte der japanische Offizier nicht auch derartiges, über Hsin-Chus erste Mauer erwähnt? Natürlich, wo hatte er doch gleich Bin-Ching das erste Mal getroffen?

„Und jetzt spitze deine Ohren. Du bist vom Cheng-Huang Tempel über den kleinen, dreieckigen Platz zur Beimen Street gegangen. Du bist, laut deiner eigenen Beschreibung, an der Kreuzung Beimen Street, Zhonshan Road stehen geblieben. Kannst du mir folgen?"

„Worauf willst du hinaus?" frage ich tonlos zurück, böse Dinge ahnend.

„Dass du genau an der Stelle des ersten Tores, des ersten Nordtores der Stadt Hsin-Chu gestanden hast. Du warst genau an der Stelle, an der auch das alte Bambustor gewesen sein muss", frohlockt Lin-Lin und klatscht begeistert in ihre Hände.

„Ich verstehe nur noch Bambus", schüttele ich resignierend meinen Kopf. Von wegen, ich erinnere mich nur zu genau! Ich stand genau an der Stelle, an der Migita zum ersten Mal Bin-Ching begegnete!

„Ich weiß die Daten rein Zufällig, 1826 wurden die alten Bambuswälle durch solidere Steinwerke ersetzt", belehrt Lin-Lin mich weiter in einer unbekannten, ungeahnten Begeisterung, in einem untrüglichen Wissen über die Historie ihrer Stadt Hsin-Chu.

„Warte einen Augenblick, ich muss dir etwas zeigen!" Meine kleine Freundin verschwindet unter unserem Tisch und fängt an, in ihrer überproportionierten LV-Handtasche herumzukramen.

Ihr Misstrauen war nur gespielt, das steht soweit fest. Wieso aber geht sie überhaupt auf meine Erzählungen der gestrigen Vorgänge ein? Wieso tut sie diese nicht als hirnlose Spinnereien ab?

Wenn Lin-Lin mir mit brennenden Stadttoren im Abendrot kommen würde, wie würde ich darüber denken? Natürlich, das ist ein netter Ulk, ein lustiger Gesprächsaufhänger zur Mittagspause. Sollte ich nicht in die Straßen ihrer Stadt auf Pfadfinderpirsch gehen. Was wäre nicht erwähnenswerter, als das große Osttor, im Herzen der City? Den Rest fügen wir phantasievoll, zu einer amüsanten, abenteuerlichen Nachtwanderung zusammen.

So einfach geht das!

Alles ließe sich nach Herzenslust zusammenreimen. Ich schaue mich leicht betreten um. Unser mittägliches Ziel, Lin-Lins Lieblingsgarküche, ist wahrlich der Tummelplatz der halben Stadt. Ein Tisch für zwei, diesmal nur zu fünft in Beschlag genommen, das muss unser Glückstag sein.

Was hatte Lin-Lin mir bei unserem ersten Besuch dieser Lokalität erzählt? Nicht nur die kleine Insel Taiwan, sondern das ganze, riesige China spiegelt sich in jeder x-beliebigen Nudelgarküche wieder.

Was habe ich darunter zu verstehen?

Ein jeder Gast muss an der verzogenen Schiebetür aus Aluminiumblech und Milchglas ruckeln und stoßen. Ein jeder muss zwischen der Klimaautomatenbox und dem Kühlschrank für die Getränke warten, bis ein Tisch mit genügend Hockern frei geworden ist. Ein jeder kommt mit seiner Gruppe, denn sie alle essen zu Mittag niemals alleine.

Stopp, das ist der Kern von Lin-Lins Aussage. Ein jeder strebt an, in einer Gruppe zu sein. Keiner von ihnen isst hier alleine!

Ich schaue mich ein weniger genauer um.

Die drei Büroangestellten, die mit an unserem Tisch sitzen, schlürfen und lutschen mit ganzer Hingabe an ihren Rinderfleischnudelsuppen. Sie haben ihre Krawatten über die Schultern geworfen und ihre Gesichter glänzen unter den dichten, schwarzen Haaren. Wer behauptet, das Stäbchen die Nahrungsaufnahme drosseln oder erschweren, der wird hier eines Besseren belehrt!

Die Drei sitzen Rücken an Rücken, zu ihren Brüdern in den bequemen T-Shirts von der Handwerkergilde und ihren Schwestern in adretten, hellgrauen Uniformen irgendeiner Inselbank. Weiter hinten sitzen zwei Freundinnen zusammen, gezwungenermaßen am selben Tisch mit vier wissensdurstigen Studenten, aus einer der zwei großen Universitäten der Stadt. Ich klappere die Tische der Reihe nach ab, ich kann aber nirgends einen einzelnen, einsamen Gast erspähen.

Wäre das mein erster Straßenfund für Lin-Lin? Sind das die kleinen Geheimnisse, die ich ihrer Stadt entlocken soll? Oder bin ich einer Binsenweisheit aufgesessen?

Hoppla, da sind ja endlich unsere beiden Nudelsuppen. Eine burschikose, missgelaunte Kellnerin knallt zwei bauchige, braune Schüsseln auf unseren Tisch. Das Mahl ist angerichtet, dicke Bandwurmnudeln kräuseln sich unbekümmert in den Schüsseln. Kleine, zarte Rinderfleischstücke schauen unschuldig aus der Brühe hervor. Zu meinem Glück sind ihre monströsen, sehnigen und zähen Fleischkollegen Relikte der Vergangenheit.

Eine Flasche Soja steht bereit, daneben parkt eine Flasche mit Essig. Ketchup haben sie auch, wie sich die Zeiten ändern. Die Essstäbchen sind schlank und schwarz, versehen mit den Initialen der Nudelsuppengarküche. Sie sind keine dieser rustikalen, selbstgehobelten und plumpen Ungetüme der zurückliegenden Jahre. Die weißen, dünnwandigen Plastiklöffel wurden ebenso ausgetauscht. Die heutigen Löffel haben einen großen, runden Kopf. Sie sind zwar immer noch aus Plastik, ihr Design ist aber einem, auf alt getrimmten, hölzern aussehenden Suppenlöffel gewichen.

Die erste Bandnudel wehrt sich tapfer und flutscht zurück in die Schüssel. Ich setze ihr nach und halte die nun wehrlose Beute selbstzufrieden vor mir.

„Du darfst die Nudeln ruhig essen", Lin-Lin ist fündig geworden und hält eine rosafarbene Kladde vor sich auf dem Schoß. Ein faustgroßes "Hello Kitty" Kätzchen lächelt in die anwesende Tischrunde. Sie hat eines ihrer Pfötchen, zum freundlichen Gruß emporgereckt.

„Schau, ist sie nicht süß?" Lin-Lins Augen leuchten, während sie über die glitzernden Swarovski Steinchen streicht, aus denen das lebensbejahende Kätzchen zusammengesetzt wurde.

„Wie ich sehe, hat der japanische Siegeszug, unserer Kittys, auch vor dir nicht halt gemacht!" beglückwünsche ich sie zu ihrem Neuerwerb.

„War auch gar nicht so teuer", kichert meine Freundin: „Jedenfalls nicht so teuer, wie ich dachte."

„Das Kätzchen wolltest du mir aber bestimmt nicht nur zeigen?" frage ich schmunzelnd und versuche mutig, die zweite Bandnudel zu ergreifen.

„Ach ja", brummt Lin-Lin spielerisch beleidigt und öffnet augenblicklich den weißen Reisverschluss an ihrer Kladde. Im Nu liegt ein nagelneues iPad auf unserem Nudelsuppentisch. Die Augen unserer drei Büroangestellten weiten sich sichtbar, beim Anblick dieses neuen, doch so begehrten Hightech Produktes aus dem Hause Apple, also aus dem Hause >ping-gor<, also das Produkt aus dem Hause des Apfels.

„Ich bin beeindruckt", nicke ich meiner Freundin zu, während eine halbe Bandnudel aus meinem Mund hin und her schlabbert.

„Nicht nur das", frohlockt sie: „Wenn das kein Glück verspricht! Schau, in meiner Verpackung sind drei Essstäbchen." Lin-Lin wedelt triumphierend, mit dem enthüllten Trio über ihrem Rechner.

„Du musst wissen, dass das bei uns Glück verheißt", offenbart mir die Kleine ihren Alltagsaberglauben.

„Du darfst das große Geheimnis lüften", unterbreche ich ihren Freudentaumel und deute mit meinen nudelverschmierten Essstäbchen, auf das superflache Kommunikationsmedium.

„Natürlich, wo habe ich denn die Karte abgespeichert?" Lin-Lin beeindruckt alle Anwesenden, im Multitasking des gleichzeitigen Nudelschöpfens und des Bilddateienscrollens auf der Computeroberfläche.

„Da ist sie!" Lin-Lin schiebt mir das iPad zu.

Ich gönne mir eine weitere Nudel und ein würfelgroßes Stück des Rinderfleisches, bevor ich wieder aufschaue.

Das sind ja zwei Karten! Beide Darstellungen zeigen den inneren Stadtkern Hsin-Chus. Soviel erkenne ich auf Anhieb, auch ohne Kenntnisse der chinesischen Schrift und dem Studium der hiesigen Straßen.

Ich halte inne und betrachte die beiden Grafiken derselben Stadt genauer. Die erste Zeichnung ist älteren Typs und aus braunem Pergamentpapier. Die einzelnen Details sind in filigraner Kleinarbeit, hauchfein und mit Tusche aufgetragen worden. Der Cheng-Huang Tempel bildet unverkennbar den Mittelpunkt der alten Stadt. Von ihm führen breite Hauptstraßen zu den Stadttoren. Dazwischen befindet sich ein unentwirrbares Knäul aus Passagen und Gassen, verästelt und verwinkelt zwischen den Häuserwänden, den maximal zweistöckigen Ziegelbehausungen.

Drei dicke gestrichelte Linien beschreiben die frühere Lage, der mittlehrweile verschwundenen Stadtmauern. Grün ist die erste und innerste der Mauern, den Farben des Bambus nachempfunden. Ihre Ausdehnungen waren klein und bescheiden, ihr Umfang glich der unschönen Silhouette einer Kartoffel.

Rot ist die zweite und somit mittlere Mauer. Die Stadtplaner entwarfen sie großzügig und vor allem gradlinig. Gleich ihrer Vorgängerin besaß sie vier Stadttore, die ebenso jeweils in eine Himmelsrichtung schauten. Von diesen vieren Zugängen hat nur das Osttor die Zeit überdauert.

Die äußerste dunkelblaue Linie sagt mir rein gar nichts. Ich vermag nicht, sie in der heutigen Häuser, -oder Straßenführung wiederzuerkennen. Ihre jenseitigen Flächen sind zudem vom Zentrum weit entfernt und wurden bestimmt erst in den letzten beiden Generationen besiedelt.

Die Positionen der alten Stadttore sind markiert. Die Kartographen haben dicke, grüne Punkte für die Tore aus Bambus; und große, rote Quadrate für die Tore aus Stein in die Zeichnung eingetragen. Genau dort habe ich gestern gestanden. Einer der fetten grünen Punkte liegt auf dem dreieckigen Platz vor dem Cheng-Huang Tempel. Genau dort hat vor ewigen Zeiten das alte Nordtor aus Bambus gestanden!

Ich wechsle zur zweiten Karte. Die moderne Ansicht Hsin-Chus ist mir geläufiger. Die Karte ist eindeutig gröber, die Straßenführungen sind geradlinig und zweckmäßig, einzig bestimmt den motorisierten Verkehr zu leiten. Die Karte des neuen Hsin-Chu wirkt auf mich unpersönlich und anonym. Die einzelnen Straßen verstecken sich nicht nur im Schutze ihres komplizierten, chinesischen Schriftsatzes, von dem ich kein einziges Zeichen zu lesen vermag. Die Straßen sind vor allem alle gleich, wie mit dem Lineal gezogen, ohne Ecken und Kanten.

Auf dieser Karte ist die Stadt Hsin-Chu in drei Farbzonen aufgeteilt worden. Die Altstadt, das "Downtown", ist in einem zarten Rosa gehalten und liegt in der innersten dieser Farbzonen. Das noch existierende Osttor steht bereits in der nächsten, umschließenden ockergelben Zone und ist als touristisches Ziel hübsch, als erkennbares altes chinesisches Tor dargestellt. Der übrige ockergelbe Kreis hat nichts mehr mit der alten Stadthistorie gemein, sondern zeigt eher die Grenzen des neuen Nahverkehrssystems auf. Dazu gehört vor allem der neue Bahnhof, der im unteren Rand der Karte zu sehen ist.

Die Außenbezirke sind in einem hellen Blau gehalten und bilden die dritte Zone. Weder die Bambusumfriedung, noch die steinerne Mauer, sind auf der zweiten Karte wiederzufinden.

„Bitte schmiere deine Nudeln nicht über mein neues iPad", raunt mir Lin-Lin ins Ohr. Die drei Angestellten kichern wie auf Kommando. Ich muss mich mit Gewalt von den beiden Karten losreißen. Haben diese beiden Grafiken Hsin-Chus, doch einen ungeahnten Sog auf mich ausgeübt.

„Alles in Ordnung mit dir?" höre ich Lin-Lin sorgenvoll fragen: „Oder siehst du wieder uralte Tore im Glanze bezaubernder Sonnenuntergänge?"

„Sag mal, könntest du mir die Karten auf meinen USB-Stick speichern?" frage ich zurück.

„Kein Problem >mäi-vunti<", trällert Lin-Lin und zaubert einen kleinen Adapter aus ihrem LV Universum. Ich ziehe meinen USB-Stick aus der Hosentasche und augenblicklich sind die Daten überspielt. Meine gute Lin-Lin erweist sich weiterhin als professionelle iPad-Userin. Während ich mühsam meine breiten Nudeln aus der Suppe fische, huschen ihre kleinen, schlanken Finger nur so über die Touchscreen-Oberfläche des Rechners.

Ich linse etwas ängstlich, zu der alten, bräunlich vergilbten Karte des vergangen Hsin-Chus hinüber. Bin ich noch ganz bei Trost? Habe ich noch alle Tassen >bäi-tze< im Schrank? Seit wann weiß ich mit einem Mal all diese chinesischen Wörter?

Seit wann vereinnahmt mich eine Karte derart? Ist sie wirklich nur ein ordinärer, gewöhnlicher Straßenabriss? Verströmt sie nicht ebenso ihre eigene, geheimnisvolle Magie? Regt sie nicht die Phantasie an, in verträumten Kinderhänden, entstaubt auf dem Dachboden unter Großvaters alten Photoalben? Ist die Karte nicht der Wegweiser für gierige Goldjäger oder hungrige Konquistadoren, um diesen die vergessene Pfade ins Himmelreich, die verborgene Wege ins sagenumwobene El-Dorado zu weisen?

El-Dorado? Ja tritt mich doch ein Pferd >i-pi-ma<! Migita, das rote Kuvert, was hattest du mir gestern Abend geweissagt? Dass das Geld in eurer Welt, in meiner neuen Welt, keinen Pfifferling mehr Wert ist!

„Findest du dich auf den Karten zurecht?“ kichert Lin-Lin neben mir: „Pass ja auf, dass du mit dem Kinn nicht auf meinem iPad klebenbleibst.“

„Unser Cheng-Huang Tempel ist der Mittelpunkt beider Karten“, bemerke ich und versuche damit doch nur, von meiner Entrücktheit, meiner geistigen Abwesenheit abzulenken.

„Ja, dem fünften Tor gebührt diese Stellung“, überrumpelt mich Lin-Lin mit eindeutiger, taiwanesischer Städteplanung.

„Er ist was?“ reihe ich mich brav zurück in das Heer der ewigen, ahnungslosen Langnasen.

„Er ist der Schutzgott unserer Stadt“, lehrt Lin-Lin mit Engelsgeduld.

„Er ist ein Tempel und kein Stadttor“, schüttele ich verneinend meinen Kopf.

„Mein Liebster, du bist gerade in Höchstform, bemühe deine Phantasie“, lächelt meine kleine Taiwanesin zuckersüß.

„Ja, dank dieser Nudelsuppe, garniert mit Rinderwahn!“ Meine Stirn erahnt neue, nie gebrauchte Falten.

„Wohl kaum!“ In Lin-Lin Stimme schwelt ein Hauch Enttäuschung. Vor uns rücken die Stühle. Für unsere drei Angestellten bricht der zweite, der längere Abschnitt ihres Tages an.

Ich nutze die ungewollte Unterbrechung und flüchte mich zu meinen Bandnudeln. Nein, so geht das nicht weiter! Ich gleite immer tiefer ab, in einen nicht enden wollenden Hokuspokus. Mein Leben dreht sich seit gestern Nachmittag nur noch um Stadttore, Tempel und Götter.

Ich schaue rüber zu Lin-Lin. Was hatte ich gestern im Traum erkannt? Sie ist wahrlich die einzige, die mir hier und jetzt weiter helfen kann! Falsch: Sie ist die einzige, die bereit wäre, mir weiterzuhelfen! Aber wie kann sie mir beistehen? Aber wie kann ich ihr, Bin-Ching, ihre Nebenbuhlerin, verheimlichen?

„Tempel sind die Häuser der Götter. Das ist bei uns so, das ist bei euch nicht anders", taste ich nach Lin-Lins ausgeworfenem Rettungsstrohhalm.

„Was folgerst du daraus?" Lin-Lin verharrt still in Bitterkeit und rührt Gelangweilt in ihrer Nudelsuppe herum.

„Wenn dieser Cheng-Huang, unser stadtinterner Schutzpatron ist?" frage ich zurück, mit einem klaren Ziel vor Augen.

„Ja, was dann?" Lin-Lin legt bedächtig ihre Essstäbchen an die Seite.

„Benötigen wir einen Schlüssel, einen >ba-jau-sche<!" flüstere ich im verschwörerischen Ton.

„Einen Schlüssel?" Lin-Lins Augen beginnen wieder zu leuchten. Sie erwacht wie Dornröschen aus einem langen, tiefen Schlaf.

„Ja, wir schleichen uns heute Nacht in den Tempel", hole ich zum großen Phantasiestreich aus.

„Bitte?" Lin-Lin ist mit einem Schlag hellwach, ein wahres Stehaufmännchen!

„Die irdischen Wächter Hsin-Chus sind vergangen. Du hast selber gesagt, dass ihre Tore abgerissen wurden", erzähle ich mich in Fahrt.

„Ja", Lin-Lin nickt begeistert: „Die Japaner haben unsere veraltete Stadt den neuen Zeiten angepasst. Alte Stadtmauern und Tore waren nicht mehr gefragt. Ich glaube das habe ich vorhin schon einmal erwähnt, das war 1902, als sie alles abgerissen haben."

„Gehen wir in unserer Zeit noch viel weiter zurück. Wann haben deine Vorfahren den Cheng-Huang Tempel errichtet?" Meine kleine Taiwanesin hat Recht, ich bin in Höchstform!

„1748, 1748", Lin-Lin applaudiert, selbstverständlich zurückhaltend und schüchtern, wie all ihre Schwestern nun mal sind.

„Das wäre vor über 260 Jahren gewesen", rechne ich laut und denke im Stillen: Ich existiere, laut Migitas Unterweisung, nicht nur
106

Geld, -sondern ebenso Zeitlos. Bin-Ching, Kaltes Herz, die Unsterblichkeit ist den Göttern vorbehalten. Sie ist nichts für uns Sterbliche!

„Der Tempel ist aber immer wieder erneuert worden", erinnert sich Lin-Lin und tippt in Gedanken, mit dem Zeigefinger an die Unterlippe, während sie an die Decke schaut: „Du wirst den Urzustand nicht mehr vorfinden."

„Ich bin nicht an dem Tempel interessiert, ich will das fünfte Tor!" Eine weitere Bandnudel erweist sich als zu kämpferisch.

„Du gehst einen Schritt zu weit, dieses Tor ist weder aus Stein, noch aus Bambus", belehrt mich Lin-Lin im Flüsterton.

„Und wenn das Tor eine billige Fake-Ware aus Zentralchina ist, wir sollten dort einmal nach dem Rechten sehen", erkläre ich im Brustton überschäumenden Tatendranges.

„Das Tor ist nur für die Götter bestimmt. Wir werden uns schwer tun, um Einlass zu bitten." Lin-Lin schüttelt bedauernd ihr kleines Köpfchen.

„Uns werden, mit dem richtigen Schlüssel in den Händen, auch unsichtbare, gestaltlose Schlösser nicht versperrt bleiben", beharre ich, das Tor meines gestrigen Traumes im Hinterkopf behaltend. Wir werden die Gesetze der Natur ein zweites Mal verlassen, diesmal jedoch in der Wirklichkeit und nicht nach dem Sandmännchen.

„Ich denke, ich sollte dich jetzt ein wenig aufklären. Du erwartest doch wohl hoffentlich keine lustigen Rubensengelchen, die tagein tagaus, auf ihrer Harfe der Entspannung huldigen", versucht mich Lin-Lin zu bremsen.

„Warum nicht? Stell dir vor: Eine geflügelte Schar nur für uns beide. Wir sitzen da, auf einer flauschigen Wolke, die Engelschöre ganz in Sopran", beginne ich zu schwärmen.

„Unsere Götterwelt gleicht mehr euren griechischen Göttersagen. Du musst verstehen, wir haben für jeden und alles irgendwelche Götter", holt Lin-Lin aus.

„Für Unterhaltung ist also gesorgt!" falle ich ihr ins Wort.

„Aber damit nicht genug", lässt sich Lin-Lin nicht mehr aus dem Konzept bringen, „zu all diesen Göttern gehören eine weitaus größere Anzahl von Dämonen, Teufeln, Chimären, Geistern, Gespenstern und selbstverständlich nicht zu vergessen, unsere verstorbenen Ahnen. Wenn du so willst, in deren Welt herrscht keine Langeweile. Jeder Gott hat seine eigene Persönlichkeit, sein eigenes Ego, seine eigenen Wünsche und Berufungen. Du kannst sie am besten wirklich mit euren griechischen Göttern vergleichen."

„Du meinst, dort oben kämen wir flugs unter die Räder", resümiere ich.

„Deshalb haben wir, deshalb hat jede Stadt in Taiwan, einen Cheng-Huang Tempel, einen City God Tempel. Zumindest hat jede Stadt ihren Schutzgott, ihren Schutzpatron, der darüber wacht, dass das Tor immer schön geschlossen bleibt. Das ist der einzige, wirksame Schutz gegen all diese jenseitigen, na nennen wir deren Treiben mal, Einflussnahmen auf uns Sterbliche!" Lin-Lin legt eine Pause ein und nippt von ihrem kalten, grünen Tee.

„Was aber nicht immer funktioniert, obwohl ihr einen ganz gewaltigen Aufwand betreibt, um all eurer Götter und Ahnen Herr zu werden. Taiwan, das Land der eintausend Tempel, so nennt ihr euch ja selber", erwähne ich und bin froh, auch einmal etwas zu wissen.

„Ganz genau", bestätigt Lin-Lin, „jeder Schutz, jedes Tor hat natürlich seine Schwachstellen und seine Schlupflöcher. Aber glaube mir, ohne diese wäre das Leben doch viel langweiliger und trostloser."

„Du meinst, die Aufwartungen eurer Götter sind ein notwendiges Übel." Der Kreis schließt sich allmählich. Ich habe das Gefühl, meine liebe Lin-Lin hilft mir mehr, als ich zu hoffen gewagt hätte.

„Oder ein willkommener Segen, je nach Lust und Laune unserer Götter", nickt mir Lin-Lin bestätigend zu.

„Sage mal, wer ist eigentlich euer Schutzpatron, euer Stadtgott?" erreiche ich das Ziel meiner Fragen.

„Oh! Zuerst einmal, unser Schutzgott ist kein ER, sondern eine SIE." Lin-Lin ist ganz aus dem Häuschen: „Wir nennen sie Mazu, die große Beschützerin unserer Fischer und Seefahrer."

„Ich hoffe, sie hat ebenso ein Herz für Matrosen", erinnere ich Lin-Lin an unser gestriges Gespräch.

Verflixt, der Anfang stimmte, der Schutzpatron ist eine SIE. Der zweite Teil meiner Rechnung geht leider nicht auf. Sie wird von zu vielen Unbekannten beeinflusst. Das wäre ja zu einfach gewesen. Die Gute schimpft sich Mazu, Mazu und nicht Bin-Ching. Mein Kaltes-Herz, freue dich nicht zu früh, ich komme dir noch auf die Schliche!

„Sie hat für so heimatlose Matrosen, wie du einer bist, bestimmt auch ein Herz", kichert Lin-Lin: „Peter, du weißt, das Taiwan eine Insel ist! Mazu hat jede Menge Anhänger hier bei uns. Sie ist auf der gesamten Insel sehr beliebt."

„Dann sollte sie >Die Schutzpatronin zur See< heißen! Was tut sie hier, so weit im Hinterland?" kommt mir ein Widerspruch in den Sinn.

„Dann solltest du dir einmal auf Google Earth vergegenwärtigen, wie nah die Küste liegt", weist mich Lin-Lin zurecht.

„Soviel also zu meiner Ortskenntnis", gestehe ich ein: „Aber für Hsin-Chu ist sie einen Nebenjob eingegangen?"

„Eben nicht", erklärt Lin-Lin fröhlich weiter: „Mazu ist die mächtigste Gottheit Chinas und Taiwans, dem Festland und unser Insel. Sie kommt ursprünglich von drüben, aus der chinesischen Küstenprovinz Fujian. Sie ist zudem Schutzpatronin einer ganzen Reihe anderer Städte, wie zum Beispiel Hong-Kong oder Shanghai."

So schnell gebe ich nicht auf: „Hat unsere gute Mazu noch andere Namen, irgendwelche Spitz -oder Kosenamen?"

„Mit Sicherheit, aber hier in Hsin-Chu ist sie unsere Mazu", antwortet Lin-Lin und schaut mich etwas verwundert an: „Hast du dich etwa in unsere Mazu verguckt? Du wirst doch wohl nicht deine Konfession eintauschen wollen?"

„Mit Nichten", weise ich ihre Frage ab: „Du hast vorhin von Dämonen und Teufeln und dergleichen gesprochen. Hat Mazu derlei Gehilfen unter sich?"

„Jetzt gehst du aber ins Detail." Lin-Lin begutachtet mich interessiert, ganz wie ein seltenes Tier im Zoo: „Du fragst nach den Lehren des Taoismus. Natürlich steht so eine göttliche Persönlichkeit, wie Mazu, nicht alleine auf weiter Flur. Ich selber kenne jedoch nur zwei ihrer Gehilfen."

Ich nicke Lin-Lin aufmerksam zu. So, Bin-Ching, jetzt habe ich dich!

„Also, der erste Gehilfe wäre >tien-li-yien<. Direkt wiedergegeben lautet sein Name, >das 1000km Auge<. Du kannst dir, mit deiner blühenden Phantasie bestimmt ausmalen, dass er für Mazu, die perfekte Hilfe darstellt. Mit seiner adlergleichen Fernsicht kann er Fischer in Seenot sofort lokalisieren.

Den zweiten Gehilfen nennen wir >schun-fong-ar<. Frei übersetzt lautet sein Name, >Dem Wind folgenden Ohr<. Mazu dient sein Supergehör ebenso zum Aufspüren von Schiffbrüchigen. Ich hoffe, diese Auskünfte helfen dir weiter?" In Lin-Lins Augen zeichnet sich übergroßes Erstaunen ab.

„>tien-li-yien<, ich dachte "Auge" heißt >yen-zing<?" frage ich enttäuscht zurück. Wieder nichts, Bin-Ching, wie lange willst du dich vor mir verstecken?

„Das eine ist chinesisches Mandarin, das andere ist unser taiwanesischer Dialekt", trennt Lin-Lin den Sachverhalt und säuselt in hingebungsvoller Begeisterung: „Ich wusste gar nicht, das du so gut Chinesisch sprichst.“

„Das wusste ich bis dato auch nicht“, räuspere ich mich: „Eine Frage habe ich noch. Bist du dir wirklich ganz sicher, dass außer unserem Radarohr und unserem Röntgenauge, nicht noch andere X-Men hier herumgeistern?“

„Nein, ich bin mir zwar nicht ganz sicher, ich habe aber über weitere Gefolgsleute Mazus nichts gehört. Du darfst dir diese Personen nicht einfach als Menschen vorstellen, bei denen ein Elefantenohr oder ein überdimensioniertes Auge aus dem Kopf hervorquillt. Du solltest eher an besonders begabte Spione denken. Ja eigentlich auch nicht, die beiden stellen mehr so etwas wie Bodyguards dar. Das sind richtige grobe Türsteher! Verstehst du, so etwas wie "Lions"!“ Lin-Lin nippt erneut von ihrem Tee. War da eine Spur von Zorn in ihrer Stimme?

„Was sind denn jetzt schon wieder "Lions"?“ bemerke ich und verstehe langsam, dass ich so nicht weiterkomme. Dem großen taoistischen Götterclub ist mit einem einfachen, simplen Ratespiel nicht beizukommen. Ich muss andere Geschütze auffahren, aber welche?

„Denke nicht um zu viele Ecken“, offenbart Lin-Lin mir einen möglichen Lösungsansatz, um anschließend das kleine Lion-Geheimnis preiszugeben: „Unsere Vorliebe für große, imposante Löwen, vor den Eingangshallen unserer größeren Banken und Firmensitzen, ist dir hoffentlich aufgefallen! Nun denn, unser Löwenpärchen hat natürlich nicht nur den Zweck, gut auszusehen und die Phantasie kleiner Kinder anzuregen. Ihre Hauptfunktion ist der Schutz. Ein jeder, der eintreten möchte, muss die beiden Könige der Tiere passieren.“

„Also sind unsere steinernen Wächter durch und durch anständige und brave Burschen. Lass mich raten, ihre Kollegen aus Fleisch und

Blut sind aus einem ganz anderen Holz geschnitzt!" greife ich der Antwort ein wenig voraus.

„Ganz recht! Das sind meistens Verbrecher, richtige Kriminelle", ereifert sich Lin-Lin plötzlich: „Diese Typen werden dafür angeheuert, ganz gezielt bestimmte Mitarbeiter beim Betreten des Gebäudes zu behindern und zu schikanieren. Auf diese Art und Weise werden unliebsame Kollegen in die Kündigung getrieben."

„Jetzt übertreibst du aber! Wenn mir irgendwelche, grobschlächtigen Gestalten den Einlass verwehren würden, ich würde die Polizei rufen. Diese Lumpen haben sich doch bereits vorher strafbar gemacht, die Polizei führt ganze Aktenberge über ihre Pappenheimer. Die Brüder wären Ruckzuck zurück im Bau", streite ich Lin-Lins Geschichte ab.

„Sage nicht so etwas. Du hast noch nie im Leben in einer derartigen Situation gesteckt. Diese "Lions" setzen auf den psychologischen Druck, auf den Terror. Die meisten Opfer knicken bei derartigen Methoden ein. Das Ziel sind auch nicht so große Kerls wie du. Das häufigste Ziel sind wir taiwanesischen Frauen. Da stehen solche Rüpel vor dir, protzen mit ihren Muskeln und mit ihrem schlechten Benehmen, das schüchtert ein", redet sich Lin-Lin, zu meiner Überraschung, in Rage.

„>Man-man-lei, man-man-lei<, alles mit der Ruhe, alles mit der Ruhe, jetzt kühl dich wieder ab", versuche ich Lin-Lin zu beruhigen.

„Das sagst du so einfach", gibt Lin-Lin verärgert zurück: „Aber ich habe derartige Provokationen gestern Abend wieder im Fernsehen gesehen. Ich rege mich jedes Mal darüber auf."

„Du hast was?" ich atme erleichtert aus. Alles ist in bester Ordnung. Die Schundkanäle Taiwans sind mittlerweile berüchtigt. Wer ihr Programm verfolgt, der kann nur den Eindruck bekommen, dass auf der gesamten Insel Mord und Totschlag herrschen. Auch
112

unter diesem Inselvolk verkaufen sich schlechte Nachrichten besser als gute.

Moment mal, wir sind vom Thema abgewichen! Diese "Lions" interessieren mich nicht im Mindesten. Oder doch?

„Ja, einfach nicht zu glauben", erbost greift Lin-Lin ihr iPad und verstaut das teure Gerät zurück, in ihre rosafarbene Kladde, mit dem "Hello Kitty" Aufdruck.

Ich schaue mich verblüfft um. Wer hat uns die Zeit gestohlen? Wir sitzen alleine in Lin-Lins Lieblingsgarküche. Nur noch drei Kellnerinnen und zwei Köche quatschen einige Tische weiter und vertreiben sich die Stunden mit Tee und Zigaretten. Ich muss zurück ins Geschäft. Lin-Lin muss zurück ins Büro.

Ich schiebe die Schüssel, mit der erkalteten Nudelbrühe von mir fort. Nein, heute fällt die Arbeit aus. Bei dem Überstundenkonto sollte ich auch einmal Mut zur Lücke beweisen. Meine Kollegen werden sich, im Zweifelsfalle, ohnehin telephonisch bei mir melden.

„Peter, ich glaube, ich muss mich beeilen", Lin-Lins Stimme wird von einem unterschwelligen, gestressten Ton begleitet: „Ich bin schon viel zu spät dran."

Meine kleine Freundin prüft nervös ihr Mobiltelefon, das kleine Häschen, das >schiau-tu-tz< wackelt aufgeregt an ihrem Handgelenk.

Die Zeit läuft uns davon. Dabei habe ich noch so viele Fragen. Nein, wie in der Arbeitswelt, so fällt mir ebenso hier, die Entscheidung nicht schwer. Wenn ich doch bloß, bei euch Mädels, ebenso Entschlussfreudig wäre!

„Lin-Lin, die Seite kenne ich noch gar nicht an dir! Woher kennst du dich so gut in deiner Stadtgeschichte aus? Ich hätte wetten können, dass ich niemanden mit derlei Kenntnissen über Hsin-Chu, hier finden würde. Du entpuppst dich gleich als wahres Lexikon!"

frage ich Lin-Lin, während wir Tische und Stühle umrunden, um zum Ausgang zu gelangen.

„Das wirst du nicht glauben", lacht Lin-Lin: „Alles, was ich über Hsin-Chu weiß, das habe ich von Onkel Jo. Du erinnerst dich doch an ihn?"

Onkel Jo, Taiwans Bester, und ob ich mich an den erinnere! Von Lin-Lin auch liebevoll >tschiang-go< starker Bruder genannt. Onkel Jo ist das Produkt aus Zigaretten, Bier und Betelnüssen. Eine Unperson, der das Kunststück gelingt, immer nur dummes Zeug zu schwatzen und immer im falschen Moment zu lachen oder zu kichern. Der Betelnusssaft läuft ihm permanent aus den Mundwinkeln und dazu hat er diese ekligen, fingerlangen Haare, die ihm aus etlichen schwarzen Warzen an seinem Kinn sprießen.

„Ja, wie könnte ich ihn nur vergessen?" Ich bleibe neben Lin-Lin an der Kasse stehen und begleiche die Rechnung, 180 New Taiwan Dollar, umgerechnet vier Euro fünfzig, bei unserer missgelaunten Kellnerin.

„Onkel Jos Gutenachtgeschichten waren für uns Kinder immer ein wenig, na ausgefallen!" Lin-Lin zerrt die hakende Schiebetür auf und wir treten auf die Straße.

Die tagesübliche Backofenhitze empfängt uns siegesgewiss.

„Seit wann versteht sich denn, mein kleiner Ingenieur aus dem fernen Westen, so gut mit unserem Chinesisch?" Lin-Lin bleibt vor mir stehen.

„Dein kleiner Ingenieur, aus dem fernen Westen, übt fleißig eure Sprache im Internet. Du hattest mir doch den Weg zu dir gewiesen", entgegne ich und wünsche mir, das derart kleine Lügen nirgendwo vermerkt werden.

Lin-Lin schiebt sich ganz dicht an mich heran. Unsere Körper berühren sich und ich spüre ihren langen Kuss auf meinen Lippen.

„Du bleibst bei mir, du fliegst nicht nach China", flüstert Lin-Lin bittend: „Du bleibst bei mir, hast du gehört! Versprichst du mir das?"

Ich nicke ihr zu und wir küssen uns ein zweites Mal. Wir küssen uns, wie nur frisch Verliebte das vermögen.

„Ich hole dich heute Abend um sieben ab, o.k.?" Lin-Lin löst sich langsam von mir.

„Sieben Uhr! Das passt, ich werde auf dich warten", rufe ich ihr nach, während sie eilig zu ihrem Scooter trippelt: „Steht schon irgendetwas auf dem Programm?"

„Ja, mein Liebster, Garnelenfischen mit Onkel Jo", lacht Lin-Lin.

Kapitel VI.

Palmenfrische

椰子樹帶來的清涼

Peter, hast du etwa das entscheidende i-Tüpfelchen übersehen? Ganz recht, besinne dich und streng dich an, denke ganz scharf nach! Ja, du bist auf der richtigen Spur. Genau, deine gute Lin-Lin, sie küsste dich zwei Mal!

Spule zurück, die zarte Berührung ihrer Lippen, kannst du noch das Kribbeln auf deiner Haut spüren? Du solltest dich glücklich schätzen, ein solches Mädchen dein eigen nennen zu dürfen!

Was glaubst du wohl? Was hat deine taiwanesische Freundin dazu bewogen? Lag ein tieferer Sinn in ihrem Handeln?

Ja, natürlich, sie ist in dich verliebt. Das war keine routinierte, der Gewohnheit geopferte Geste des Abschieds. Was für eine Frage? Sie ist geradezu in dich verschossen!

Wie geht es nun weiter mein Freund? Was zuckst du mit den Schultern? Dir ist wirklich nichts weiter an deiner Angebeteten aufgefallen? Du hast nichts weiter bemerkt? Herrje, das Mädchen kann einem ja richtig leidtun!

Mensch, Peter, du solltest dich in deiner Unschuld Selig sprechen lassen. Was ist los, ist dein Hauptprozessor durchgeschmort?

Du hast ihre beiden Botschaften glatt verschlafen. Weder der erste Kuss hat bei dir die Glocken läuten lassen, noch hat dich ihr zweiter Kuss wachgerüttelt. Sie hätte genauso gut, einen Monolog mit ihrer

Nudelsuppe führen können. Ganz recht, du hast richtig gehört. Deine Lin-Lin hat vergeblich versucht, dir etwas mitzuteilen.

Ach so, jetzt aber in Siebenmeilenstiefeln, du möchtest gleich ins Detail gehen. Also, bitte, ich drücke die Wiederholungstaste. Beginnen wir bei ihrem ersten Kuss.

Nein, jetzt habe dich nicht wie ein pubertierender Jüngling. Ich weiß, der starke Mann, die raue Schale, er gibt sein Innerstes nicht preis. Was? Bitte lauter! Also, das hat doch gar nicht wehgetan, oder?

Mensch, natürlich will die Kleine, dass du bei ihr bleibst. Sie bittet dich nicht nur, sie fleht dich geradezu an. Dass sie nicht vor dir auf den Knien gerutscht ist! Bist du blind gewesen?

Nein, dein Kurztrip nach China ist für Lin-Lin einerlei. Bist du wirklich so naiv? Glaubst du wirklich, dass sie nichts merkt, nichts spürt? Träum weiter, dein doppeltes Spiel ist schon lange aufgeflogen.

Wenn Lin-Lin dir in die Augen schaut, dann sieht sie nicht mehr ihre große Liebe, dann sieht sie Bin-Ching, ihre Konkurrentin.

Ach, das ist dir neu. Frauen sehen mit ihrem Herzen! Wusstest du das nicht?

Was ist mit dem zweiten Kuss? Wieso weichst du aus? Passt dir etwa das Thema nicht! Lin-Lins erster Kuss ist an dir verpufft, ein richtiger Schuss im Dunkeln. Wie komme ich darauf, dass ihr zweiter Kuss dich läutern könnte?

Lass sein, du kannst dir deine Ausreden sparen. Ihr zweiter Kuss ist mehr als nur eine Botschaft. Er ist ein Versprechen! Kannst du mir folgen? Verstehst du den Unterschied?

Natürlich, das musste jetzt kommen. Du bist aber ein schlaues Kerlchen. Wer wäre noch bereit dir beizustehen? Jawohl, Lin-Lin, dein gutes Mädchen hält zu dir! Willst du jetzt stolz auf dich sein?

Du weißt gar nicht, was du an ihr hast! Das ist die Wahrheit. Das solltest du einsehen. Das solltest du akzeptieren.

Wer ich bin? Was ich mir einbilde? Herrgott noch einmal, ich bin dein Gewissen, du Hirni!

„Was?" ich schrecke auf. Was für ein Spuk ist in mich gefahren. Ich muss eingeschlafen sein. Ohne Zweifel, die letzten vierundzwanzig Stunden fordern ihren Tribut!

„Your cafe, please >Ihr Kaffee, bitte sehr<", quakt über mir eine taiwanesische Kellnerin durch die Nase und deutet auf einen großen Pappbecher. Ihr ist nicht entgangen, dass ich einen Augenblick eingenickt war.

Ich quäle mir ein Lächeln ins Gesicht und bedanke mich artig. Die kleine Taiwanesin entschwindet kichernd, soll sie doch ihren Spaß haben. Sie trägt eine lange, pechschwarze Umhängeschürze. Dazu hat sie sich eine gleichfarbige Baseballkappe über die dichten Haare gestülpt. Auf beiden Kleidungsstücken prangt der grünfarbige Kreis mit dem weißen Starbucks-Schriftzug.

Ich wische mir über die Augen und erinnere mich. Ich sehe meine kleine, taiwanesische Freundin auf ihrem knallroten Scooter davonbrausen. Ich grüße zum Abschied in die zwei kreisrunden Rückspiegel. Die Spiegel belohnen mich mit einem kurzen Aufblitzen im hellen Sonnenlicht. Der Motorroller bremst kurz ab, legt sich wie der rote Baron zum Sturzflug in die Seitenlage und beschleunigt in die nächste Kurve hinein, weg ist mein Mädchen.

Ja, Lin-Lin, du bist weg, aber deine Küsse bleiben!

Der Weg zum Starbucks-Cafe war nicht weit, keine fünf Minuten. Genauso weit dürfte der Weg zum alten Osttor sein, genauso, wie zum alten japanischen Bahnhof von Hsin-Chu. Ich sitze nicht in einem Starbucks-Cafe. Ich sitze in einem der drei Winkel eines gleichschenkligen Dreiecks.

Die letzten 24 Stunden fordern nicht nur ihren Tribut. Sie offenbaren mir ebenso eine gänzlich unbekannte Fähigkeit.

Migita hat Recht, ich trage den Stadtplan Hsin-Chus in mir. Ich erkenne, ich weiß, wie weit und wohin welche Straßen führen. Meine Gedanken verknüpfen sich und ich sehe, was ich vorher nicht wusste. Dass heißt, ich bin mir sicher, dass ich nicht wusste, dass die Straße vor mir die >Dongmen-Road< ist. Sie führt linker Hand, keine 200m zum alten Osttor. Meine Gedanken folgen der >Dongmen-Road<. Ich schwebe, wie in einer dieser virtuellen Computer-Simulationen über das Tor hinweg. Ich gleite, wie ferngesteuert über der >Dongmen-Road<, nach eigenem Wunsch, in der Höhe des zweiten Stockwerkes. Das hätte ich mir denken können, die Straße zeigt geradewegs zum alten Cheng-Huang Tempel. Natürlich, von den vier alten Stadttoren führen die vier ehemaligen Hauptstraßen direkt ins Zentrum, dem Cheng-Huang Tempel.

Nein, ich bin nicht überrascht. Mönch, du bist wieder da und du beehrst mich wieder mit deiner unerschöpflichen Besserwisserei!

Nein, das hast du falsch verstanden. Entschuldigung, ich wollte dich nicht kränken. Ja, ganz bestimmt, großes konfuzianisches Ehrenwort.

Bitte, dein Name ist nicht Mönch! Du heißt >lau-sche<. Was heißt den >lau-sche< übersetzt? >lau-sche< ist chinesisch und heißt übersetzt Lehrer. Du willst Lehrer >lau-sche< gerufen werden. Das ist doch kein Name, das ist eine Berufsbezeichnung!

Ja, ich nehme dich ernst! Ein zweites, großes konfuzianisches Ehrenwort! Aber wie heißt du mit Nachnamen? Wie lautet dein wirklicher, dein richtiger Name? Du hast doch einen?

In Ordnung, alle Namen sind Schall und Rauch. Also, auf gute Zusammenarbeit, ich kann leider nur mit einem Kaffee anstoßen. Champagner steht im Starbucks nicht auf der Getränkekarte. Aber jetzt lass mich bitte alleine, ja!

Das darf doch nicht wahr sein. Wieso wird der Bursche auf einmal so persönlich? Der ist ja noch schlimmer, als mein Gewissen. Wenigstens hat ihm Bin-Ching einen Ausschaltknopf eingebaut. Ich kann ihn, meinen Lehrer, meinen >lau-sche<, per Knopfdruck ausknipsen. Toll, das ist Technik, die begeistert. Halt, da war noch eine winzige Kleinigkeit, ein unbedeutendes i-Tüpfelchen!

Ich recke und strecke mich in dem doch allzu weichen und gemütlichen Sessel. Lin-Lin ist mir eindeutig eine Nasenlänge voraus. Ich muss mir eingestehen, ich bin ein klein wenig neidisch auf ihr iPad. Was solls, ich befördere mein altes Toshiba Notebook aus dem Rucksack und den USB-Stick aus der Hosentasche.

Ich schlage den Rechner auf und warte geduldig, bis die beiden Karten Hsin-Chus im digitalen Schimmer erstrahlen. Ich verrühre den Zucker in meinem Starbucks-Kaffee und schaue auf die Straße. Ich habe einen der begehrten Sessel mit Fensteraussicht ergattert. Die beiden Straßenkarten öffnen sich vor mir.

Was will ich überhaupt? Ich lasse den Mauszeiger um die beiden Karten kreisen und trinke in kleinen Schlücken den Kaffee. Meine Fingernägel trippeln über die Oberfläche des runden Holztischchens und der USB-Stick wandert zurück in die Hosentasche. Unter meiner Hand pendelt der Mauszeiger auf der Bildschirmoberfläche langsam auf und ab. Zwei geographische Landmarken schälen sich aus dem braunen, leicht vergilbten Kartenwerk des antiken Hsin-Chus heraus.

Die erste Adresse ist mir bekannt. Das ist der Ort, an dem gestern alles begann, der Cheng-Huang Tempel. Er wird heute nur eine Zwischenstation auf meinem Weg sein. Der Mauszeiger rutscht langsam nach oben, langsam in Richtung Norden, weiter über den dreieckigen Platz. Er beginnt zu stottern und zu holpern und bleibt über dem ersten Nordtor, dem alten Bambustor stehen, der Kreuzung aus der Beimen Street und der Zhonshan Road.

120

Ich hatte gestern Abend genau hier gestanden. Das alte Stadttor von Hsin-Chu drängelte sich an dieser Stelle in mein Leben.

Dabei spielt das alte Gemäuer nur die zweite Geige. Der Mauszeiger rutscht eine Fingerbreite höher, er folgt langsam der Beimen Street, der Nordstraße und mündet nicht in irgendwelchen verwinkelten Straßen, er führt direkt in den wogenden und singenden Bambuswald von Hsin-Hsu.

Bin-Ching, denn genau dort werde ich dich finden. Du bist mein Ziel! Du bist, was ich will!

Was soll mit meinem Gewissen sein? Der lästige Unkenruf, aus dem Schutze einer erschöpften Mittagsruhe, lässt keine Zweifel. Wer wird denn gleich so negativ werden wollen? Ich meine, mein Gewissen funktioniert doch einwandfrei. Ich habe die Rückmeldung doch gerade eben erst empfangen. Ein besserer Test ließe sich kaum arrangieren!

Ist das so? Was hatte ich vorhin bei Lin-Lin gedacht? Bin ich wirklich so einfach gestrickt? Bin ich noch ganz bei Sinnen? Spinne ich mir nicht gerade die Welt zurecht? Ist das der Preis, ist das der Lohn der letzten vierundzwanzig Stunden?

Meine Finger lösen sich vom Notebook. Der Mauszeiger zieht ruhig und gleichmäßig nach oben und bleibt an der äußeren Bildschirmbegrenzung liegen. Er bleibt gefangen, im engen, im diesseitigen Rahmen des Bildschirmes.

Ich hingegen verlasse, ich überschreite die Grenzen, ich passiere die Linie, den schmalen Grad. Bin ich dem Wahnsinn nahe?

Ist das der Preis der Sinne? Ist das die winzige Kleinigkeit, das unbedeutende i-Tüpfelchen?

Ich halte inne.

Die Sonnenlichter tanzen, lang ersehntes, federleichtes Glitzern prasselt gegen die Fensterscheiben des Cafes. Feinster Blütenstaub, wie kristalline Sternschnuppen, rieseln in langen Bändern auf den glühenden Asphalt. Zerriebene, flüssige Schwerkraft, reinste diamantene Splitter bedecken die Straßen, im blinkenden Farbenmantel gespiegelter Regenbögen. Eine kühne, selbstlose Schar fallender Perlen, sie nehmen den Kampf gegen das übermächtige, goldene Himmelsauge hoch über uns auf. Sie zerplatzen und explodieren, hüpfen und springen über den hitzestrotzenden Höllenstaub des grauschwarzen Straßenbelages.

Zwei blasse Acrylregenbögen schwingen sich in den nicht blauen, sondern graugelben Himmel. Sie künden vom Ende des kurzen Regenschauers, vom täglichen Spiel der Tropen.

Die Tropen! Die Tropen ducken sich nicht unter dem Diktat der Jahreszeiten. Sie dirigieren ihr eigenes Orchester. Ihnen langt ein >da-ü< "ein großer Regen" oder ein >schiau-ü< "ein kleiner Regen" zur täglichen, musikalischen Unterhaltung.

Wie wahr, für Unterhaltung ist gesorgt.

Der Matrose verweilt in seinem behaglichen Tagtraum. Er schwärmt stumm, von der prickelnden und verzaubernden Süße zweier Frauen. Der Hahn im Korb, was interessiert ihn der morgige Tag. Wer süße Früchte pflücken darf, der fragt nicht nach Kernen!

Aber wehe dir, Matrose! Migita hätte dich warnen sollen: Jede Festung, mögen ihre Mauern doch so dick sein, hat ihre schwachen Stellen.

Was? Ich schrecke schon wieder auf! Ich muss erneut eingenickt sein. Mein Gewissen hat ein zweites Mal die Gunst der Stunde genutzt und an mir gerüttelt. So geht das nicht weiter!

Ich schließe meinen Rechner und trinke den letzten Rest des Kaffees. Mönch, >lau-sche<, bist du da? Also dann, >wormen-tzei-tzo<, lasst uns gehen! Wo wir hingehen? Wir gehen zum alten Nordtor, dem Tor aus Stein. Nein, nicht das klapprige grüne Bambusgestell, ich meine das in Fett rot markierte Bauwerk.

Rede nicht wie ein Waschweib. Wir gehen jetzt!

Ich schnalle mir den kleinen Notebook-Rucksack auf den Rücken und verlasse das Starbucks Cafe.

Ja, Lin-Lin, ich werde mein Versprechen einlösen und auf Schusters Rappen den Weg antreten!

Das darf nicht wahr sein! Der kurze Nieselregen hat ganze Arbeit geleistet. Die wenigen, verirrten Regentropfen eines missglückten Hitzegewitters haben ausgereicht. Die Straßenschluchten haben sich in eine überhitzte Dampfsauna verwandelt. Das brütende Wüstenklima ist einem Feuchtbiotop gewichen. Mein gesamter Körper ist augenblicklich mit Schweiß überzogen. Ich bin eingewickelt, wie in heißen, dampfenden Tüchern.

Ich gebe mir einen Ruck und gehe geradewegs zum Osttor. Das Hemd klebt mir am Leib, die Hose zieht und zerrt bei jedem Schritt, der Schweiß könnte mir aus den Schuhen laufen. Wieso trage ich nicht, wie im Traum, leichte, luftige Sandalen? Ach ja, mit der Sonnenbrille hat alles angefangen. Das kann ja heiter werden.

Ich verlasse den schützenden, überdachten Gehweg und setze mich der Sonne aus. Die erste Ampel, die erste >hon-lü-den< (rot-grün-Lampe) ist natürlich rot. Ich stehe im prallen Sonnenlicht und zähle rückwärts. Eine rote LED Anzeige, auf der anderen Straßenseite, zeigt die zu wartende Zeit an, über vierzig Sekunden. Endlich, sie wird grün. Ich haste über die vier Fahrspuren und suche Schutz im Schatten des nächsten überbauten Gehweges. Jetzt durchhalten, mich trennen nur noch wenige Meter vom Osttor.

Geschafft, ich stehe vor dem alten Osttor! Dass heißt, ich stehe vor dem Kreisverkehr, der das alte Tor umgibt. Die Dongmen Street wird auf ganze einhundert Meter unterbrochen. Sie setzt erst auf der anderen Seite des Kreisverkehrs ihren Weg wieder fort. Gottgütige Matzu, zweihundert Meter im Halbkreis und das ohne Schatten, >back to the roots<, zurück zum Ursprung, ich sollte ein Taxi nehmen.

Ich werde das dreistöckige Bauwerk im Uhrzeigersinn umrunden. Die erste Etage beinhaltet das Tor und ist aus großen, soliden Steinen zusammengefügt. 4,60 Meter war die Mauer damals hoch, 4,90 Meter war sie breit und 2838 Meter lang! Mein lieber >lau-sche<, was du nicht alles weißt! Die Daten finde ich in jedem Lexikon und wenn nicht, ich werde bestimmt bei Wikipedia fündig. Verstehe mich bitte nicht falsch. Deine Zahlen sind wie Namen, alles Schall und Rauch.

Ich gehe nachdenklich weiter und überquere die Zhongzhen Road, die vom japanischen Bahnhof direkt zum alten Osttor führt. Zu meiner recht Hand liegt jetzt der Kreisverkehr und links hat ein Family Markt geöffnet. Vor mir wird der alte Stadtgraben sichtbar, mit seinen hohen Palmen und seinen gemütlichen schattigen Sitzbänken. Ja, wer bin ich denn, dass ich mich zur nachmittäglichen Backofenzeit, durch die Straßen Hsin-Chus schleppe?

Gottgütiger Buddha, das waren gerade einmal zweihundert Meter. Lin-Lin, Entschuldige, aber aller Anfang ist schwer.

Ich verlasse den Bürgersteig und wähle nach wenigen Schritten, eine der freien Parkbänke, die von einem der hohen Palmenbäume wohl beschattet wird. Was für ein Unterschied! Die Palmenallee des alten Stadtgrabens lebt in ihrem eigenen Klima. Ich strecke meine Beine aus und lege meine Arme über die Rückenlehne der Parkbank. Vor mir plätschert der künstlich bewässerte, alte Stadtgraben Hsin-Chus. Ein asiatischer Reiher stolziert über handballgroße, grünschwarz bemooste Findlinge. Kleine Schildkröten spähen mit ihrem Köpfchen über die Wasseroberfläche. Ein rotweißer Koi Karpfen dreht großzügige Bahnen. Seerosen und Lotuspflanzen runden das idyllische, märchenhafte Bild ab. Die Temperatur ist erträglich und die Schwüle hält sich deutlich in Grenzen. Ein Liebespärchen flirtet mir gegenüber auf der anderen Seite des Stadtgrabens.

Ich greife in die Seitentasche meines Rucksacks und überprüfe mein Handy. Chen hat bereits dreimal angerufen. Gerd hat einmal durchgeläutet und eine unbekannte Nummer, mit der taiwanesischen Vorwahl +886, verlangt nach mir. Ich schmunzele und fühle mich so richtig gut. Sollt ihr mich doch alle mal!

Für Unterhaltung ist gesorgt! Auf einer riesigen Werbeleinwand schreiten Mannequins über den Laufsteg. Die Schönheiten des Inselreiches geben sich stolz und selbstsicher die Ehre. Die schlankesten Mädels in den knappsten Bikinis stehen auf dem Programm, sie versprechen die Ideale der heutigen Zeit. Ihre perfekten Körper gleiten gigantisch und übergroß auf das alte Osttor zu, um im letzten Augenblick abzudrehen. Mein Sitzplatz könnte nicht besser positioniert sein. Lediglich der Ausläufer, eines der Schwalbenschwanzdächer, ragt ein wenig über und beeinträchtigt meine Sicht. Ich senke meinen Blick und nehme das alte Osttor der Stadt Hsin-Chu eingehender unter die Lupe. In seiner Zeit mag das Tor eines der höheren Gebäude der Stadt gewesen sein. Inmitten des modernen Hsin-Chu, wirkt es hingegen klein und winzig, seiner Zeit entrückt.

Die Reste der alten Stadtmauer sind an den Flanken des Tores sichtbar. Sie ragen, wie die Stümpfe abgeschlagener Arme, aus dem Mauerwerk hervor. Einzig der Verlauf des alten Stadtgrabens verrät die Lage der früheren Mauer. Ihre wenigen, noch vorhandenen Steine, sind erstaunlichen groß. Sie konnten bestimmt nur mit schwerem technischen Gerät aneinander gefügt worden sein. Die reine menschliche Muskelkraft, selbst die hunderter fleißiger chinesischer Arbeiter, würden nicht ausreichen.

Ich versuche mir, die komplette Länge der Mauer, wie in einer künstlichen Computersimulation vorzustellen und komme zu dem Schluss, das sie eine bautechnische Meisterleistung gewesen sein muss, von den Kosten ganz zu schweigen.

Was denke ich da? Mein Blick schweift ab und landet wieder bei den Mannequins, die ohne Pause über den Laufsteg ihre Runden drehen. Der Preis ist zu hoch! Ich sollte aussteigen, solange es noch möglich ist.

„Wie ich sehe, legt mein Herr Ingenieur ein Päuschen ein!" Ich vernehme eine mir wohlbekannte Stimme und antworte im gleichen Stil: „Wie ich sehe, hält meine holde Göttlichkeit an ihrem Auserwählten fest."

Bin-Ching tritt von der Uferseite auf mich zu. Der Koi Karpfen und die Wasserschildkröten, die >u-quäi<, haben sie bestimmt trockenen Fußes über den Stadtgraben gehoben.

„Jackys Ausnahmen sind wahrlich nicht leicht zu finden. Darf ich mich zu dir setzen?" Bin-Ching hat für unser zweites Treffen die Farben schwarz und weiß gewählt. Sie trägt kniehohe, schwarze Schnürstiefel, die nahtlos in eine gleichfarbige Jeanshose übergehen. Ihr Oberkörper wird, im farblichen Kontrast, von einer blütenweißen Bluse vorteilhaft zur Geltung gebracht. Zwischen und um ihre langen und schlanken Beine glitzert das Wasser des Stadtgrabens. Die oberen Knöpfe ihrer Bluse sind dezent geöffnet. Mein Gemüt flammt augenblicklich auf.

„Entschuldige, natürlich darfst du dich setzen", ich reiße meine Augen los und deute auf die Bankhälfte neben mir: „Wenn du dir dadurch erhoffst, deinem Auserwählten ein Stückchen näher zu kommen."

„Bist du mir näher gekommen? Ich hoffe, die letzte Nacht war nicht zu anstrengend für dich?" Bin-Ching schlägt ihre Beine übereinander. Wir sitzen dicht beieinander, vielleicht zu dicht! Unsere Beine bilden mit der Bank ein gleichschenkliges Dreieck, ganz wie meine geometrischen Straßennetze im Starbucks Cafe, ganz wie der Steigungswinkel der Pyramiden in Ägypten, ganz wie der Steigungswinkel, ja bin ich noch ganz bei Trost!

126

„Du meinst, dein kettenrauchendes Sakefass aus Japan? Er wirkte auf mich ein wenig vereinsamt und eigenbrötlerisch. Meine liebe Bin-Ching, als guter Offizier solltest du deinen Männern, deinen Schutzbefohlenen, nicht mehr abverlangen, als du selber bereit bist, auf dich zu nehmen.“

„Der gute Migita! Ich kann dich beruhigen, er ist seinem Posten in allen Belangen gewachsen.“ Bin-Ching hat ihre Sitzhaltung ein wenig korrigiert. Sie hat sich leicht zu mir vorgebeugt. Ihr Kinn ruht in einer ihrer Hände, sie stützt ihren Arm lässig auf ihrem oberen Knie ab. Ihre Augen sind braunschwarz und lachen mir vergnügt entgegen. Ich sehe ihre Zunge, die in einem kurzen Reflex ihre Lippen benässt.

„Der Dschungel hat, genauso wie die Berge, seine eigenen Gesetze. Vielleicht gestaltet sich die Ewigkeit, in einer einsamen Bergfestung, tief im tropischen Dschungel, nicht immer nach Wunsch und Plan!“ intrigiere ich spitzbübisch, um ihren Verlockungen Einhalt zu gebieten.

Bin-Ching senkt leicht ihre Augenlieder und fixiert mich kokett, eindeutig eine Spur zu sexy: „Du bist süß! Was denkst du? Migita versteht sich darauf, seine Mußestunden in Tapung so angenehm wie nur möglich zu vertreiben. Seine Gesellschaft ist stets tadellos und ausgesucht.“

Das auch noch! Ich weiche in meiner Sitzhaltung ein Ideechen zurück, kann aber nicht verhindern, einen Blick in den Ausschnitt ihrer weißen Bluse zu werfen. So sind wir Männer nun mal. Bin-Ching ist sich dessen leider zu sehr bewusst. Was hat sie vor? Oder sollte ich besser fragen, wie weit wird sie gehen? „Du meinst, die fortgesetzte Benutzung, aller von dir dargebotenen Extraverköstigungen und Spesenvorzugsbehandlungen!“

„Hatte Migita vergessen, das zu erwähnen?“ kichert Bin-Ching und verdeckt, wie selbstverständlich, ihren Mund beim Lachen mit einer Hand: „In so einigen Punkten seid ihr Männer wirklich alle gleich! Ich kann dir aber versichern, er ist über die Ewigkeit, in seiner Bergfestung nie müde geworden!"

„Das wollte ich nun wirklich nicht wissen! Ach, bevor ich das vergesse", ich räuspere mich und starre nun bewusst und absichtlich auf die Rundungen ihrer weißen Bluse: „Deine Attribute, deine roten Kuverts, deine Fahrkarten ins Glück, die sind gelinde gesagt, etwas unausgegoren. Oder, um den Sachverhalt in der heutigen Sprache auf den Punkt zu bringen, sie bedürften dringend einiger Upgrades!"

„Du tadelst mir." Bin-Ching richtet sich wieder leicht auf. Mit einer Hand streicht sie sich über die glatten, hüftlangen Haare. Mit der anderen Hand zupft sie ihre weiße Bluse zurecht und entzieht deren Inhalt somit meinen Blicken.

Sieh mal einer an, du bist also nicht nur vorrangig Göttin, sondern in deinem Wesen auch Frau! Ist dein Name "Kaltes Herz" vielleicht nur ein Trick, eine Tarnung? Wie hatte ich vorhin meinen heiß geliebten >lau-sche< getadelt? Namen sind Schall und Rauch!

Aber soweit sind wir nicht. Bin-Ching, du hast momentan klar das Steuer in der Hand. Aber sei dir deines Vorsprunges nicht so sicher. Ich kriege dich schon!

„Mein süßer Ingenieur, du kannst deinem inneren Wesen nicht entrinnen. Du musst alles erst einmal auf Herz und Nieren überprüfen."

„Da kannst du mal sehen", floskele ich und weiß im gleichen Augenblick, das ich ihr den nächsten Zug überlassen habe.

„Traust du mir so wenig?" Ihr Mündchen schmollt gespielt, ihre Augenwimpern klimpern mir entgegen.

Nein, so geht das nicht mehr weiter, ich muss die Notbremse ziehen und die Initiative zurückgewinnen, bevor sie mich total einlullt:

„O.K., mein Täubchen, Schluss mit dem Geturtel, du kannst dich

128

wieder abschminken", ich sollte mich selber beglückwünschen, den Gegenangriff zu wagen: „Du hast mein Wesen einwandfrei erkannt. Ich gebe dem Inneren gegenüber dem Äußeren immer klar den Vorzug!"

„Du lässt mich abblitzen!" Bin-Ching betrachtet mich interessiert.

„Sieh an, ein völlig neues Erlebnis!" stochere ich aufs Geradewohl heraus.

„Ganz im Gegenteil! Erst der aufwühlenste und aufputschenste Trotz, erst der vollständigste und unbedingteste Widerstand, erst der entbehrungsreichste und kräftezehrendste Kampf, geben dir und mir eine Garantie." Bin-Ching öffnet ihr schwarz glänzendes Prada-Handtäschchen und fischt eine dieser dünnen Damenzigaretten heraus, ein Menthol Stängel, wie sie gerade in Mode sind, der Marke Panda Olympus.

„Respekt, du hast deine Lehren aus der Tabak -und Alkoholindustrie gezogen", kommentiere ich spitz und weiche geschickt dem ersten grauen Wölkchen aus. Nein, so komme ich immer noch nicht weiter. Ich finde einfach keinen Hebel. Wie und wo könnte ich ansetzen?

„Du bringst mich auf eine Idee! Ich hoffe, dein nächster Traum ist nicht ausgebucht!" Bin-Ching wirkt, wie für einen Sekundenschlag, in ihren Gedanken abgelenkt.

Das ist der Spalt in der Tür, unverhofft kommt oft! Das Schachbrett hat sich gedreht, ich ziehe wieder die Farbe Weiß und bin ihr einen Schritt voraus: „Du gedenkst, mir einen zweiten, luftigen Flug, in den Wipfeln deines Bambushains angedeihen zu lassen?"

„Warum nicht? Verheimlichst du mir etwa etwas? Legst du deine Karten nicht offen auf den Tisch?" Bin-Ching hat in ihre alte Spur, zu ihrem alten Spiel zurückgefunden. Sie nestelt, wie in Gedanken versunken, an den Knöpfen ihrer Bluse herum.

Aber diesmal nicht, mein "Kaltes Herz", du hast nicht aufgepasst! Jetzt bist du mir ins Netz gegangen: „Meine liebe Bin-Ching, wie steht es denn mit deiner Offenheit zu mir? Wie viele deiner Karten möchtest du mir zeigen?"

„Wie viel möchtest du mir denn über dein Upgrade preisgeben", pokert meine kleine Göttin lächelnd zurück.

Damit stehen wir gleichauf, oder ist unser Remis, unsere Pattsituation die eigentliche Startgerade!

Das Liebespärchen auf der anderen Grabenseite steht auf und geht in Richtung Bahnhof. Eine Wasserschildkröte glotzt unverhohlen missmutig zu dem Reiher auf.

„Papperlapapp, ich fange an", beende ich unser beiderseitiges, abschätzendes Schweigen: „Also, wie oft wirst du mich noch in den Bambuswald jagen? Oder besser ausgedrückt, aus wie vielen Migitas besteht deine irdische Mannschaft? Wer ist dieser luftige Steppenreiter und wer ist der Portugiese?"

Bin-Ching rückt einen Schritt zurück. Sie setzt gespielte Langeweile auf und überprüft eingehend ihre Fingernägel, bevor sie antwortet: „Der Herr Ingenieur möchte wissen, auf was er sich einlässt!"

„Jeder ist seines Glückes Schmied. Dazu gehört aber, das ein jeder weiß, was er schmieden kann", entgegne ich und fixiere sie mit frostkalten Augen.

„Na schön", Bin-Ching zuckt mit den Schultern. Gibt sie endlich nach? „Migita, meinen Samurai kennst du ja bereits."

Was ist denn jetzt schon wieder los? Sie muss lachen: „Der Steppenreiter, er hat dir einen ganz schönen Schrecken eingejagt, was? Aber ich muss dich enttäuschen, in seinen Adern fließt kein einziger mongolischer Blutstropfen."

Bin-Chin schnippt ihre Zigarette auf den Gehweg: „Wie könnte ich ihn am besten beschreiben? Genau! Das Leben ist eine niemals endende Reise. Waren das nicht die Worte unseres letzten Gespräches?
130

Nun, wer eine Reise antritt, der sollte auch ankommen. Unser Steppenreiter benötigt immer sehr lange, um sich auf eine neue Reise, auf ein neues Ziel mental einzustellen. Und hat er sich endlich aufraffen können und ist er einmal an Ort und Stelle, dann verweilt er dort endlos."

„Reisen sollten in deiner Welt zeitlich nicht gebunden sein", werfe ich ein: „Unser Steppenreiter hat bestimmt einen zweiten >lausche< an die Hand, einen richtigen >lau-sche< der Ruhe und Gemütlichkeit."

„Vielleicht bist auf der richtigen Fährte", bestätigt Bin-Ching: „Unser Steppenreiter hat seine eigene Reisegeschwindigkeit. Und dieses Tempo ist stark abhängig von seinen Launen und Stimmungen!"

„Ist die Zeit in deinem Universum dehnbar?" frage ich aufs geradewohl hinaus.

„Ich kann dir nicht folgen!" gibt Bin-Ching verdutzt zurück.

„Wenn wir uns langeweilen, dann vergeht die Zeit furchtbar langsam. Wenn wir in Eile und Stress sind, dann vergeht die Zeit wie im Flug", erwidere ich altklug.

„Ich kann mir nicht vorstellen, das er sich langweilt, andererseits wäre das eine interessante Frage, wie sich die eigene Gemütslage auf die Reisezeit auswirkt?" Bin-Ching ist sichtbar begeistert. Ihr scheint unser Gespräch zu gefallen.

„Willkommen im Bambuslabyrinth!" beglückwünsche ich mich.

„Nein, willkommen bei unserem Portugiesen", schüttelt Bin-Ching verneinend ihren Kopf.

„Nanu, Themawechsel, bist du unseres Steppenreiters so schnell müde und überdrüssig geworden?" Das waren jetzt doch wohl hoffentlich nicht alle Informationen, bezüglich dieses unheimlichen Möchtegernmongolen? Ich würde schon gerne mehr über meinen möglichen, zukünftigen Kollegen in Erfahrung bringen.

„Ganz im Gegenteil, du hast selber den Weg zum Portugiesen ein-
geschlagen!“

Verflixt!

Habe ich nicht aufgepasst?

Habe ich etwas übersehen?

„Nein, von diesem Portugiesen war bisher nicht die Rede!“

„Du irrst, denn nichts lenkt unserem Portugiesen mehr, als sein
Gemüt, seine Leidenschaften, insbesondere die des Glücksspiel und
die der Liebe!“

„Also die interessanteste Gestalt auf unserem Erdenball!“ kommentiere ich ihre erste Beschreibung des Südländers.

„Stell dir vor, er plant seine Reisen so präzise und genau, manchmal denke ich, er ist an seinem Ziel angelangt, bevor er gestartet
ist!“ flüstert Bin-Ching verschwörerisch und in Rätseln.

„Das widerspricht aber deiner ersten Beschreibung!“ denke ich laut
nach.

„Da hast du recht. Aber Gegensätze ziehen sich an.“ pariert Bin-
Ching mühelos.

„Nun mein Schnuckelchen, auch unser Portugiese setzt auf das
gute, alte Schmiedehandwerk“, punkte ich ebenso.

„Er ist Söldner, vielleicht verfügt er über erweiterte Informationsquellen! Ich bin diesen Verdacht nie ganz losgeworden“, überlegt
Bin-Ching zu meinem Erstaunen laut: „Du wirst ihn selbstverständlich auf seinen Abenteuern begleiten!“

„Du findest ihn gleich hinter dem Bambuswald rechts“, witzele ich.

„Betrachte meinen Garten als notwendige Anlaufstelle“, Bin-Ching
bezirzt mich wieder mit ihrem bezaubernden Augenaufschlag.

„Mit wie vielen Spezies, deiner erlesenen Mannschaft, muss ich
denn sonst noch rechnen?“ Wie beim Steppenreiter, so nun auch
beim Portugiesen, mir wird nicht erspart bleiben, sie alle persönlich
abzuklappern.

„Wie kommst du darauf, dass ich eine Mannschaft hätte?" Ihr Kinn ruht erneut, bequem abgestützt, in einer ihrer Hände. Ihre Augen zwinkern mich keck an.

„Ich habe geraten", und zucke mit den Schultern. Wer nicht wagt, der nicht gewinnt: „Bitte nimm meine Einschätzung dir gegenüber nicht zu persönlich. Ich möchte dich wirklich nicht beleidigen!"

„Aber?" haucht Bin-Ching. Hat sich da nicht der oberste Knopf ihres Ausschnittes gelöst?

„Die Liga, in der du spielst, gehört nicht zu der Top-Ten der taiwanesischen Götterwelt!" Kann ich Bin-Ching provozieren, um mehr Informationen zu erhalten?

„Die Wahrheit ist ein seltenes Gut", lässt sich Bin-Ching nicht aus der Reserve locken. Die weiße Haut hinter ihrem Ausschnitt ist eindeutig Blendwerk. Was sind ihre eigentlichen Absichten?

„Die Wahrheit ist, das du höchstens ein drittklassiger Gott bist. Vielleicht bist du noch nicht einmal ein richtiger Gott, sondern lediglich so ein kleiner, verwunschener Dämon, eine unbedeutende Chimäre." Ich hoffe, ich plaudere mich nicht fröhlich ins Verderben und beschwöre göttlichen Zorn auf mein Haupt!

„Und?" fragt Bin-Ching: „Wie lauten deine weiteren Schlussfolgerungen mir gegenüber?"

„Auf alle Fälle bist du in eurer Götterwelt keine große Nummer." Ich muss mich räuspern: „Eines Tages, aus welchen Gründen auch immer, ist dir das kleine Kunststück gelungen, unbemerkt durch einen Nischenverschlag im Cheng-Huang Tempel, in unsere Welt der Menschen zu schlüpfen. Vielleicht bist du auch einfach durch euer fünftes Tor in unsere Welt gelustwandelt. Wie dem auch immer sei, seitdem treibst du auf den Straßen Hsin-Chus dein Unwesen und versuchst Reisefreudige für dich einzuspannen." Ich blinzele in den Himmel zwischen den Palmenblättern über mir.

Kein Blitz fährt zornig auf mich hernieder. Wovor habe ich eigentlich Angst?

„Aha, das fünfte Tor", nuschelt Bin-Ching gedankenverloren durch die Zähne und schaut mich interessiert an.

„Ich musste mich nicht heimlich und auf Zehenspitzen davonschleichen. Wir haben jedes Jahr den Geistermonat, den >quwäi-üä<. Das, dein fünftes Tor, das ist in diesem Mondzyklus für alle von uns offen. Wir können alle frei hindurch spazieren." Bin-Ching wirkt nicht gezwungen. Sie plaudert aus dem Nähkästchen, frei und ehrlich, ohne Hintergedanken.

Aber wieso kann ich den Verdacht nicht abschütteln, ihr alles aus der Nase ziehen zu müssen: „Wieso bist du nicht zurückgegangen, wie sich das für einen anständigen Gott gehört? Was willst du hier? Du hast ja nicht einmal deinen eigenen Tempel."

Ich lege bewusst eine kleine Pause ein, bevor ich fortfahre: „Du hast keine Anhängerschaft! Ein Gott, den niemand kennt, der existiert nicht! Bin-Ching, bitte sei mir nicht böse, aber wer oder was bist du?"

„Wie Migita, nicht im Rampenlicht zu stehen, das hat auch bei uns Göttern so seine Vorzüge!" Bin-Ching inhaliert einen tiefen Zug ihrer zweiten Panda Olympus: „Aber ich kann dich beruhigen, ich bin schon die, die du in mir siehst."

Die Antwort lässt mehr offen, als simple Zweideutigkeiten. Was kann ich noch glauben? „Du gibst dich mit einem kleinen Team zufrieden. Du bist dementsprechend eine Göttin der Bescheidenheit."

„Das gibt mir die Freiheit zu tun, was mir gefällt." offenbart Bin-Ching ihren Betrachtungswinkel.

„Das sind die Worte eines abgeschobenen, japanischen Offiziers, hoch oben in den Bergen. Aber sind das auch die Ansichten einer überirdischen Lichtgestalt, einer verantwortungsvollen Göttin?" Ich
134

finde zurück, zu meiner Taktik der Provokation. Aber wofür? Bin-Ching verschweigt mir nichts, oder doch?

„Seit wann sind Götter Verantwortungsvoll?" platzt die Antwort aus Bin-Ching heraus.

„Du versprichst, dem Tod ein Schnippchen schlagen zu können. Du eröffnest ein immer ausgeglichenes Bankkonto. Kein Wissen der Welt, das du nicht preisgibst." Ich muss eine kleine Pause einlegen. Ja, was will sie? Nein, was will ich?

„Bin-Ching, wofür tust du das alles?" ich minimiere meine Frage auf die möglichst umfangreichste Antwort.

„Möchtest du dein Leben nicht, als eine lebenslange Reise bestreiten?" entgegnet sie meiner Bitte auf eine Antwort.

„Gib ein Inserat im "Lonley Planet" auf, dort wirst du genug Idioten finden!" Patzigkeit ist der simpelste Weg der Provokation, meiner Informationsbeschaffung. Wieso also nicht?

Was ist das? Bin-Ching, was tust du? Ich versuche auf der kleinen Bank weiter nach hinten zu rutschen. Leider schränken die Banklehnen meine Fluchtbewegung erheblich ein.

Bin-Ching rückt näher zu mir auf! Unsere Knie berühren sich und sie kreuzt eines ihrer Beine über den meinen. Ich spüre, wie sich ihr Körper an mich schmiegt und wie sie einen Arm um meinen Nacken legt. Ihr Atem ist heiß, er streicht über mein Gesicht und über meine Lippen.

„Mein süßer Ingenieur, schau einmal auf deine Uhr." Bin-Ching haucht an mein Ohr und ich verspüre die Lust einer ganzen Nacht!

„Mein Liebster, die wirkliche Gemeinsamkeit zwischen Spielern und Liebenden ist das Vergessen, die Missachtung der Zeit."

Ich habe die Augen geschlossen und spüre nur noch die Nähe ihrer Lippen an den meinen, das Knistern und den Überschlag der Funken.

Bin-Chings Zunge spielt an meinen Lippen und mir stockt der Atem. „Du magst recht haben, mit der Zeit brauchen wir alle einmal ein Upgrade! Ich hoffe, du wirst deine Karten bei unserem nächsten Treffen offen auf dem Tisch ausbreiten. Ich kann meinerseits nicht leugnen, dass die roten Kuverts Kinder ihrer Zeit sind und ihren Weg in die Reservatenkamer antreten dürfen."

Ihr Kuss schleudert mich ins Koma und spült mich fort, in Zeit und Raum. Ich gleite in den Wipfeln des Bambuswaldes, fortgetragen im Rauschen sanfter Blätter. Bin-Ching, wir sind frei, nur du und ich!

„Aber du solltest dich ebenso Upgraden, Liebling. Meine Vergangenheit, die Geschichte Hsin-Chus ist anders, als du denkst." Bin-Ching spricht zu mir, wie von einem anderen Stern.

„Peter, vergisst du nicht gerade ein kleines i-Tüpfelchen? Du solltest dich sputen, deine Liebste wartet schon!" Höre ich sie aus unendlicher Ferne.

„Onkel Jo hat bereits seine erste Garnele gefangen!" Ich öffne langsam die Augen. Das östliche Stadttor thront über dem Feierabendverkehr. Bin-Ching, wo bist du?

„Hey, mir steht noch ein zweiter Kuss zu!"

„Die Adresse, von dem Garnelenrestaurant, findest du im Portemonnaie, auch ohne Upgrade."

„Komm zurück, was stimmt nicht an der Geschichte Hsin-Chus?"

„Frage Onkel Jo, er wird dir weiterhelfen."

Kapitel VII.

Garnelentanz

蝦子之舞

Wie schnell der Mensch sich doch an die angenehmen Dinge des Lebens gewöhnen kann! Ich finde das Geschäftskärtchen des Garnelenrestaurants mit der Hausanschrift, der E-Mail Adresse, der Rufnummer und den Öffnungszeiten in einer Seitentasche meines Portemonnaies.

Die chinesischen Schriftzeichen sind mir so vertraut, wie die eigene, die lateinische Schrift. Ich muss schmunzeln, der Name des gewünschten Zieles entspricht seiner Hausnummer: >a, wu, ba<, (zwei, fünf, acht). Wer hätte das gedacht? Sämtlicher, phantasievoller Erfindungsreichtum wird einer praktischen, einer nützlichen Ortsbeschreibung geopfert. Siehst du, >lau-sche<, alles nur Schall und Rauch!

Ich folge der Fahrt meines Taxis, dem Flug meines roten Schmetterlings, als wollte ich selber dem Fahrer den Weg weisen. Die Fahrt ist kurz, mein roter Schmetterling stoppt und ich begleiche die Fahrkosten von 160 NT$ (New Taiwan Dollar), das sind grob umgerechnet etwa vier Euro. Der Fahrer reicht mir das Wechselgeld, dessen wirklicher Besitzer du bist, Bin-Ching. Ich kann nur hoffen, meine holde Spenderin, dass auch bei größeren Beträgen, deine göttliche Liquidität so reibungslos und unkompliziert funktioniert!

Die Vorderfront des Garnelenrestaurants ist offen. Laut knarrende Stufen führen auf eine breite Holzveranda. Das grob geschlagene und rustikal gezimmerte Holzambiente erinnert an eine Wildwestkneipe oder an eine kanadische Holzfällerhütte.

Die aufgestellten Tische und Stühle gleichen einem Labyrinth im Chaoszustand, sie künden augenfällig von einer schleichenden Verwahrlosung des Lokals. Die schwer laufenden Rotorblätter der Deckenventilatoren sind aus Plastik und gleichen Libellenflügeln, sie alle rühren Wirkungslos in der trägen Luftsuppe der hereingebrochenen Nacht herum.

Ich verlasse den Bretterboden und stehe unversehens auf hartem, staubigen Beton. Vor mir schimmert und leuchtet die eigentliche Attraktion des Restaurants, der Garnelenpool!

Seine Abmessungen entsprechen den stillen und sehnsüchtigen Träumen aller Haus -und Gartenbesitzer. Ich schätze den Pool auf gute vier Meter in der Breite zur Straße hin, und zehn Meter in die Tiefe des Gebäudes hinein. Sein Wasser schimmert silbrig Grün und vibriert in einem stetigen Wellengang, während über seiner Oberfläche immerzu funkelnde und blinkende Lichter tanzen.

Die Außenwände des Restaurants sind aus dunklen, braunroten Klinkersteinen. An ihnen hängen irgendwelche, im Stile der 50er und 60er Jahre getrimmte Werbeschilder. Die Versprechungen sind vor allem amerikanischer Natur. Unter diesen Coca-Cola und Pepsi, Marlboro und Levis Jeans Verlockungen reihen sich kleine, viereckige Tische. Sie sind im Gegensatz, zu ihren großen Verwandten auf der Veranda, ordentlich ausgerichtet und aus Bambus und im hellen, braunen Gartenmöbelstil gehalten.

Im hinteren Bereich befinden sich, auf der linken Seite, die Eingänge zu den Toiletten. Zur rechten Hand führt eine Flügeltür in die Küche. An der vorderen Seite zur Straße befindet sich eine kleine Bar, an der die Gäste ihre Angeln ausleihen oder ihre Essensbestellungen aufgeben können. Weitere Libellenflügel schrubben und rühren auch hier, ohne ersichtlichen Grund, unter dem Wellblech des Daches, sie verbergen sich scheu im Schatten der Deckenstrahler.

Die Atmosphäre entspricht der eines Saunabades mit angrenzendem Restaurant. Die Gäste unterhalten sich flüsternd miteinander und die Straßengeräusche halten sich erstaunlicherweise in Grenzen.

138

Was tue ich hier eigentlich? Ich will doch nicht ein Garnelenrestaurant, eine Bank ausrauben! Wie ein trainierter Späher, ein Spion, so gehe ich Detail für Detail die Inneneinrichtung durch. Ich schätze die Abstände und die Raummaße, ich prüfe das Inventar und weitere Türen!

Migita, hast du das gemeint? Was ist für dich ein begabter, ein talentierter Beobachter? Verstehe ich dich erst jetzt? Ist das dein Gesang der Zikaden?

Eine weitere, eine nur allzu naheliegende Schlussfolgerung bemächtigt sich meiner! Wie sagt doch der Volksmund? Alles hat seinen Preis. Bin-Ching, du investierst in mir. Natürlich wirst du deinen Zins einfordern!

Bin ich dein meilenüberspringendes Auge? Bin ich dein Ohr, das dem Wind folgt?

Ich wische mir über die nassen und schweißklebenden Haare. Bei allen gottgütigen Götzen und teuflischen Heiligen, wann wird dieser Tag zu Ende gehen?

Lin-Lin, wo bist du? Ich gehe die Reihen der Angler durch. Wir haben frühen Abend und das Haus ist zu dieser Zeit nur schwach besucht. Erst ein halbes dutzend Gäste haben sich zur Hatz auf die Garnelenbestände eingefunden.

Lin-Lin, du bist meine einzige Hoffnung. Ich muss endlich den Mut aufbringen. Ich muss endlich einen Ausweg finden. Endlich, letztendlich muss ich eine Entscheidung fällen!

„Da bist du ja endlich", da ist ja Lin-Lin! Sie winkt mir aufgeregt entgegen: „Onkel Jo hat gerade seine zweite Garnele gefangen."

„Das ist ja nicht einmal eine Handvoll, Onkel Jo! Ich dachte, ich wollte dir einen fairen Vorsprung lassen", witzele ich zur Begrüßung.

„Ein seltener Besuch gibt sich die Ehre! Was ist los, kein Interesse mehr für unsere Verwandtschaft auf dem Festland?" Onkel Jo reicht mir seine fleischige Pranke.

„Onkel Jo ist dir auch ein Bier voraus", ergänzt Lin-Lin ihren Statusbericht: „Nimm bitte auf dem Stuhl Platz, du sitzt in unserer Mitte. Ich habe für dich schon einmal die Angel ausgeworfen."

„Entschuldigung, das ich mich verspätet habe." Wir tauschen zwei Willkommensküsse aus, endlos lang und ewig andauernd auf beide Wangen. Mein Gewissen, du bist wieder da! Frauen sehen mit den Herzen? Könnte Lin-Lin, Bin-Chings Lippenabdruck auf den meinen Lippen fühlen oder spüren? Könnte Lin-Lin, nur einen winzigen, einen minimalen Hauch von Bin-Chings Parfüms aufschnappen oder erahnen? Benutzt Bin-Ching einen Lippenstift? Trägt meine kleine Göttin Parfüm? Hat sie die Magie dieser Sinnestäuschung, dieser verräterischen Spuren überhaupt nötig?

„Onkel Jo musste mich bereits beruhigen", erläutert Lin-Lin den weiteren Stand des heutigen Abends: „Deine Geschichte, mit dem antiken Stadttor im leuchtenden Sonnenrot, die hat mich richtig nervös gemacht."

„Was? Du hast Onkel Jo alles erzählt?" Ich greife völlig verdattert zu meiner Angelrute. Will dieser Tag denn kein Ende nehmen?

„Nimm erst einmal ein Bier, mein Junge, ein gutes Golden-Taiwan-Bier", grinst mich dieser Fettklops an: „Du siehst aus, wie der kollabierende Burn-Out Infarkt."

Wenn du wüsstest, wie recht du hast!

„Ganz im Gegenteil, Peter hat sich entschieden", wettert Lin-Lin dagegen und zupft an ihrer Angel. Der Schwimmer, ein hellroter Plastikstift, schwingt um eine Elle weiter nach rechts: „Du bleibst hier bei mir, das hast du mir versprochen!"

Was habe ich? „Natürlich habe ich das!" Wer würde jetzt nein sagen? Ich stelle meine Dose Golden-Taiwan-Bier ab und sehe, wie der Schwimmer meiner Angel energisch in die Tiefe gezogen wird.

„Hört, hört, unser nimmersatter, unser rastloser Globetrotter wird heimisch. Ich komme aus dem Staunen nicht heraus. Woher der plötzliche Sinneswandel?" Onkel Jos kleine, blutunterlaufene Schweineäugelein haben ebenfalls die Tiefensucht meines Schwimmers erspäht.

„Was bist du am Staunen?" setze ich nach und nehme behutsam die Angel in die Hand. Das wird meine erste Garnele des Abends, unseres kleinen Wettkampfes zwischen Lin-Lin, Onkel Jo und mir. Ich zähle leise die Sekunden. Du sollst mir nicht entkommen!

>I, a, zan, tze, wu, liu, tschi, ba<, >ba< ist acht, die asiatische Zahl für allseitiges Glück, in jeglicher Form und allen Varianten. Ja, das ist der richtige Startschuss, der gelungene Auftakt für meinen heutigen Abend!

„Acht", stoße ich mit angriffslustiger Stimme hervor und die Rute zischt mit einem anständigen Ruck nach oben.

„>Mäi-jo< (nichts)", brummt Onkel Jo und reinigt den Verschluss seiner zweiten Dose Golden-Taiwan-Bier.

„Ich dachte nur!" Er zögert einen Moment und öffnet seine Bierdose: „Ich meine, das geht mich ja eigentlich nichts an, aber so ein Wandersmann wie du, was willst du bei uns, unserer kleinen Gemeinschaft, unserer kleinen Gemeinde der Sesshaften?"

„Das ist Schweinefleisch und Rinderfleisch, Hühnerfleisch und Schafsfleisch. Die verschiedenen Sorten habe ich extra für den heutigen Abend vorbereitet." Lin-Lin zeigt stolz auf die vier Haufen kleiner Fleischstücke. Jeder Lockhappen, für die hungrigen Garnelen, bildet in Größe und Form ein Unikat, grob geschnitten und hastig zerteilt.

„Und das hier ist eine besondere Delikatesse, ganz kleine Garnelen, richtige Babygarnelen. Du musst wissen, Garnelen sind Kannibalen." Lin-Lin lässt ihren Schwimmer einige Male auf und ab hüpfen.

„Wartet noch ein Weilchen, dann kommt Haarmann mit seinem Hackebeilchen", zitiere ich leise auf Deutsch und gehe in der normalen Lautstärke die ersten vier Fleischsorten durch: „>Tschu-roh< (Schweinefleisch), >nio-roh< (Rinderfleisch), >tsi-roh< (Hühnerfleisch) und >jan-roh< (Schafsfleisch)."

„Siehst du, Onkel Jo, er lernt jetzt sogar unser Chinesisch", jubelt Lin-Lin und holt ihre Angel ein.

„Ich habe dich gerade eben nicht verstanden", wende ich mich ebenso dem Angesprochenen zu: „Was liegt dir an deiner Gemeinde der Sesshaften denn so am Herzen?"

„Lin-Lin beschreibt dich immerzu als Matrose. Ich würde dich, in meiner Sprache, eher als rastlosen Gesellen bezeichnen", überlegt Onkel Jo laut: „Faktum ist doch, dass du weder ein Einzelgänger noch ein Eigenbrötler bist. Du wirst dich einer neuen Gemeinde anschließen. Um mit Lin-Lins Worten zu reden, du wirst auf einem neuen Schiff anheuern und Teil einer neuen Mannschaft werden. Du verstehst, was ich meine? Du wirst deine Mannschaft der Reiselustigen, durch eine neue Mannschaft der Sesshaften eintauschen."

Onkel Jo hat seine Angel wieder ausgeworfen und die Position seines Schwimmers ausgerichtet.

Und ob ich verstanden habe. Die Personen wechseln, das Thema bleibt. Die Gespräche mit Lin-Lin und Bin-Ching liegen gerade einmal ein paar Stunden zurück und auch bei Onkel Joe am Garnelenpool wird mein Schicksal keine neuen Bahnen einschlagen. Dieser Tag ist eindeutig noch nicht zu Ende, er tanzt mit mir immerzu im Kreis. Wird er weiter an Fahrt aufnehmen? Wird er seine Bahnen immer enger beschreiben?

Ich pule ein Stück Schweinefleisch auf den ersten Angelhaken und ein Stück Schafsfleisch auf den zweiten. Jede Angel ist, im technischen Sinne, nichts weiter als eine leichte, biegsame Rute von gut einem Meter fünfzig. Die ebenso lange Schnurr ist mit einem Schwimmer und zwei Haken versehen. Eine gute Ausrüstung ist an diesem Ort nicht gefordert. Technikverspielte Anglerfreaks werden hier nicht auf ihre Kosten kommen. Gefragt ist einzig das Glück, das Vergnügen des unbeschwerten, des garantierten Fangerfolges.

Ich platziere meinen Schwimmer mittig zwischen Lin-Lins und Onkel Jos Köder. Ein junger Taiwanese, einer der Angestellten des Restaurants, schüttet einen ganzen Eimer frischer, lebensfroher Garnelen ins Becken. Wenn ihr wüsstet!

Wenn ich doch bloß wüsste!

Was sagst du? Die Viecher heißen Macrobrachium Rosenbergii. Das sind Süßwasser Garnelen. Mein lieber >lau-sche<, mein lieber Lehrer, du bist auch mit dabei. Das freut mich wirklich vom ganzen Herzen, aber wer kann sich in drei Teufelsnamen diesen Macro... Rosen... merken?

Was sagst du? Diese Krustentiere haben drei verschiedene Arten oder Stufen ihrer Männchen? Diese armen Kreaturen müssen in ihrem kurzen Dasein zweimal pubertieren! Ihre ausgewachsenen großen Burschen nehmen eine bläuliche Farbe an und werden aus diesem Grund, die Blauen-Greifer genannt, aus dem englischen abgeleitet, die >blue claw< kurz BC.

Schön, mein lieber >lau-sche<, ich benötige keine Bertelsmann Weisheiten, sondern echte, praktische Überlebenshilfen. Könntest du diesbezüglich mal in deiner Bibliothek nachschlagen.

Was sagst du? Die Greifarme unserer BCs haben vier Gelenke und nicht drei, wie unsere Arme. Wenn diese Zangen zwacken, dann tut das höllisch weh.

Und jetzt hör auf und schweig!

„Schaut, schaut", frohlockt Lin-Lin und springt von ihrem Plastik-schemel auf: „An meiner Angel zappeln die Garnelen Nummer drei und vier am Haken."

„Wir haben also für drei Personen bereits vier Garnelen gefangen", kalkuliere ich laut: „Das heißt, jeder von uns darf ein bisschen mehr als eine Garnele verspeisen. Lin-Lin, davon wird niemand satt!"

„Irrtum mein Liebster, das sind meine vier Garnelen. Mit Onkel Jos >scha-tze< Garnelen bringen wir zusammen sechs Krustentiere auf den Teller", weist mich Lin-Lin in den wirklichen Tabellenstand ein.

„Wieso hast du mir nichts gesagt? Du führst ja bereits haushoch." Ich kann mein Erstaunen nicht verbergen.

„Du hast nicht gefragt", Lin-Lins Stimme verfällt in ein wehleidiges Zittern: „Du interessierst dich gar nicht mehr für mich. Ich bin dir völlig gleichgültig!"

„Wieso auch", hohnlache ich fröhlich und weiche dem gefangenen Gespann zappelnden Garnelen aus, das Lin-Lin schwungvoll über meinen Kopf einholt: „Deine neuen Freunde sind bedeutend inte-ressanter!"

„Dann schwatz nicht herum, sondern hilf mir lieber!" Lin-Lin schnappt sich geschickt, einen der beiden gefangenen Garnelen. Es ist ein handgroßer BC, der angriffslustig mit seinen zwei Zangen nach ihr in die Luft schnappt. Lin-Lin lässt sich nicht einschüchtern und biegt vorsichtig, mit gespreizten Fingern, seine langen und gelenkigen Arme einzeln nach hinten. Anschließend umgreift mei-ne Taiwanerin, mit ihrer anderen Hand, gleichzeitig Leib und Arme des wehrhaften Garnelentiers und hält diese zusammen fest. Die arme Garnele darf jetzt zwar noch zappeln, ihre bösen Zangen vermögen jedoch niemanden mehr zu schaden.

„Aua! Wieso reißt du ihm den Haken einfach aus dem Maul?" Ich greife empört zu dem zweiten gefangenen Krustentier.
144

„Aua! Die Viecher sind ja gemeingefährlich!" Diese Garnele ist nicht blau, sondern leicht orange getönt, aber gleich streitsüchtig und hinterhältig. Seine Zangen sind tief in meine Haut eingedrungen. Es hat mich erfasst und lässt nicht mehr los.

Was sagst du? Es ist der mittlere Typ unserer Süßwassergarnelen. OC steht für >orange craw<, Oranger Greifer. Lieber >lau-sche<, ich bin so stolz auf dich!

„Kinderleins, ihr stellt euch aber an!" Onkel Jo befreit mich von dem Orangen Greifer, diesem fiesen Ungeheuer mit seinen Scherenhänden und schmeißt ihn zusammen, mit Lin-Lins Garnele, in unsere gemeinsame Reuse am Beckenrand.

„Du hast mich gerade überzeugt, du bist aufgenommen in meiner Mannschaft der Sesshaften", seufze ich und reibe mir den geschundenen Zeigefinger.

„Eine Betelnuss gefällig?" Onkel Jo bleckt vergnügt seine blutverschmierten Zähne: „Als Einstand, das versteht sich."

„Du könntest ihm, zum Einstand, lieber etwas über unsere Stadthistorie erzählen", blitzt Lin-Lin: „Von den Nüssen werden seine brennenden Stadttore bestimmt nicht minder glimmen."

„Du meinst leider nicht die Geschichte, unserer doch so begehrten Betelnuss." Onkel Jos Zähne schließen sich genüsslich über einer, der im grünen Salat eingewickelten, berauschenden Frucht der Arekapalme: „Du denkst eher an die Historie unserer Stadt Hsin-Chu."

„Genau, ich denke an die nicht minder wissenswerte Vergangenheit euer Stadt." Irgendeine gutgläubige Garnele zupft und nascht an meinen Ködern: „Lin-Lin, hast du dein iPad, mit der alten, antiken Karte nicht zufällig dabei? Mir käme ein Upgrade in die Vergangenheit Hsin-Chus gerade recht."

„Ich soll hier am Pool, mein nagelneues iPad auspacken!" Lin-Lins Augen verwünschen mich, in die Gefilde der tiefsten Höllen.

„Hast du Angst, dass dir unsere Garnelen, mit ihren Scheren das iPad zerkratzen?" lacht neben mir Onkel Jo.

„Nein, ich habe eher Angst, dass du deinen roten Betelnusssaft auf mein iPad sabberst", schießt Lin-Lin giftig zurück, stöbert aber bereits, in ihrem LV Universum nach den Hello-Kitty Steinchen.

Eine große BC Garnele schwebt an mir vorüber. Onkel Jo sichert seinen dritten Fang des heutigen Abends: „Womit gedenkt denn unser Landstreicher, sein neues Leben zu beginnen?"

Meine beiden Angelhaken sind leer, eine gewiefte Garnele hat sie in aller Stille abgenagt und liegengelassen: „Du meinst, wie lange auf meinem neuen Stundenplan Sprachkurse und Garnelenfang ganz oben stehen?"

„Ich sehe, wir verstehen uns", nickt Onkel Jo. Unsere Bierdosen stoßen mit einem blechernen und dumpfen Ton zusammen. Garnele Nummer sieben fliegt in die Reuse.

„Hier ist deine Karte." Lin-Lins Blick ermahnt mich, acht zu geben.

„Die alte Karte von Hsin-Chu", staunt Onkel Jo wie ein kleiner Junge: „Wo hast du denn das alte Schätzchen aufgetrieben?" Eine Zigarette glimmt auf. Ich weiß, er wird einhundert Jahre alt, auch ohne Migitas oder Bin-Chings Beistand.

„Lieber Onkel Jo, die alte Karte von Hsin-Chu kann jedermann im Museum für Stadtentwicklung bewundern; derselbige jedermann kann sich aber auch das alte Schätzchen, vom Internet auf seinen Rechner ziehen." Lin-Lin stößt mich an, ihr iPad mit der alten Karte weiter zu Onkel Jo durchzureichen.

„Genau da habe ich gestern Abend gestanden." Die Angelrute zwischen den Beinen geklemmt, eine winzige Babygarnele auf dem ersten Haken, den zehntausendstel eines ausgewachsenen Wasserbüffels auf dem zweiten Haken, so deute ich auf den grünen Punkt neben dem Cheng-Huang Tempel, Kreuzung Zhongshan Road, Beimen Street.

Onkel Jos Augen sind leicht gerötet. Der Schleier aus Bier, Zigaretten und Betelnüssen vermag ihn noch nicht zu blenden: „Siehe mal einer an, das alte Nordtor. Dort hast du also deine brennende Erscheinung gehabt?"

„Ich habe mich erkundigt. Der grüne Punkt markiert die Lage eures ersten, nördlichen Stadttores, erbaut aus Bambus", glänze ich als Primus von der ersten Schulbank, in Sachen Stadtgeschichte.

„Du hast recht!" Onkel Jo wirft seine Angel neu aus: „Ich sollte dich dringend upgraden."

Er will mich upgraden!

„Er ist ein wahrer Spezialist", raunt mir Lin-Lin zu und platziert ihren Schwimmer direkt vor sich am Beckenrand. Sie lotet ein neues Territorium aus.

Ich zucke mit den Schultern und werfe meine Angel irgendwohin aus: „Wir präsentieren Onkel Jos Zeitreise für Anfänger, Teil 1."

„Spotte du nur, Weltreisender. Also, unsere Stadt Hsin-Chu hieß vorher Chuchien." Onkel Jo wiegt seinen Kopf ganz so, als müsste er einige Sachverhalte überdenken und neu bewerten: „Wieso fällt mir das erst jetzt auf! Der Name Chuchien stammt von dem Urvolk der Taoke und bedeutet >Seeküste<. Erst die zugezogenen Chinesen vom Festland tauften diese Gegend in ihrer Sprache um, zum >Neuen Bambus<."

„Was ist daran so seltsam?" Wir schauen fragend zu Onkel Jo.

„Meine lieben Kinder, Namen sind nicht Schall und Rauch!" Onkel Jo öffnet seine dritte Dose Taiwanglück. Seine blutunterlaufenen Augen leuchten: „Die damaligen Stadtväter, egal ob Taokes oder Chinesen, sie hatten mit ihrer Namensgebung durchaus etwas im Sinn!"

Ja, danke Onkel Jo, gib mir die volle Breitseite!

„Lass uns an deiner Erleuchtung teilhaben", fordert ihn Lin-Lin auf, fortzufahren.

„Die Seeküste ist das Tor zur weiten Welt. Unsere lieben Ureinwohner, vom Volke der Taoke, waren so richtige Nomaden, in allem richtige, rastlose Seenomaden. Unsere Verwandten, vom chinesischen Festland hingegen, waren ganz anderer Natur. Diese
Festlandschinesen waren allesamt bodenständige Sammler, nie und
nimmer Jäger", lässt sich unser Geschichtsprofessor nicht lange
bitten: „Die einen lebten an der Küste. Sie jagten und handelten auf
der See. Die anderen bebauten das Land. Sie ernteten und siedelten."

Onkel Jo unterbricht seinen Vortrag. Sein Blick gilt einzig dem zu-
ckenden Schwimmer seiner Angel. Er lässt die Schnur mit einem
wohldosierten Ruck anziehen und eine kapitale BC Garnele
schwebt über den Beckenrand.

Er hat heute einfach mehr Glück als ich.

„Peter, was ist mit dir los? Das ist Garnele Nummer neun", neckt
mich Lin-Lin und zieht ebenso einen BC an Land.

Ja, was ist los mit mir? Ich lupfe verdrossen an meinem bewe-
gungslosen Schwimmer herum. Das mir bloß keine Garnele anbeißt!
Mein klägliches Häufchen Konzentration ist zweigeteilt. Die eine
Hälfte gehört dem Wettkampf um die Garnelen. Die anderen fünf-
zig Prozent versuchen sich in Onkel Jos Stadtgeschichte des alten
Hsin-Chu.

Mir schwant allmählich, dass ich Onkel Jo völlig falsch eingeschätzt
habe. Dieser Betelnuss schmatzende Unhold könnte durchaus, so
manche Enzyklopädie locker in die Tasche stecken.

„Die Taoke wohnten an der Küste und sie lebten vom Meer. Die
See war ihre eigentliche Heimat. Was lag also näher, als diesen
Platz Chuchien, die >Seeküste< zu nennen?" Onkel Jo lässt seine
Überlegungen ein wenig wirken.

„Und unsere Verwandten vom Festland?" Lin-Lin stößt mich am
Elenbogen an und zwinkert Onkel Jo zu.

148

„Die neuen Siedler waren Festlandschinesen. Diese Siedler landeten genau hier, an der Küste Taiwans, die Küste ihrer neuen Welt.
Das Glück war auf ihrer Seite, denn sie waren umgeben von ausgedehnten Bambuswäldern, denn ihr müsst wissen, das Bambus ist
ein phantastisches Baumaterial. Und so beschlossen unsere Siedler,
hier Wurzeln zu schlagen. Und so nannten unsere Chinesen den
Ort Hsin-Chu, den >neuen Bambus<.“
Onkel Jo beendet sein Referat und rollt mit den Fingerspitzen eine
Dose Bier zu mir herüber.
Wo ist mein Schwimmer? Mein Schwimmer ist weg! Lin-Lin und
Onkel Jo folgen meinem Blick über der spiegelglatten, silbrig grünen Wasseroberfläche. Sollte ich endlich Glück haben?
Ich hebe in Zeitlupe die Angelrute an. Ein beherzter schneller Anschlag und meine erste Garnele hängt gefangen am Haken!
Onkel Jo redet unbeeindruckt weiter und beleuchtet seine Historie
aus einem anderen Blickwinkel: „Die Taoke waren ein Volk der
Seefahrer, die Burschen waren ständig auf Achse. Mit Lin-Lins
Worten, diese Ureinwohner waren Matrosen. Mit meinen Worten,
diese Wilden waren rastlose Gesellen.“
Ich hebe langsam meinen Fang an die Wasseroberfläche und bin
begeistert. Die Beute entpuppt sich als ein wahrer Brummer, als
eine riesige ausgewachsene Blaue-Garnele. Das Tier schlägt zornig,
mit seiner einzigen verbliebenen Zange, gegen die stramme Angelschnur.
„Ich stelle vor, unsere Nummer zehn“, trällere ich vergnügt.
„>Mäi-jo<, (nichts)“, lacht Onkel Jo auf.
Das ist doch nicht zu fassen! Die listige Garnele ist einfach wieder
abgetaucht. Das hinterhältige Krustentier hat sich zwanglos vom
Haken gelöst und ist zurück ins Becken geplumpst.
Mein Gesicht muss Bände sprechen. Lin-Lin kann ihre Schadenfreude nicht verbergen und kichert munter drauflos. Wenigstens

erlöst sie mich und nimmt mir die Angel aus der Hand, um sie mit frischen Ködern zu versehen. „Wie geht die Geschichte mit den Taokes weiter?"

„Gar nicht", seufzt Onkel Jo: „Ihre Geschichte ist an diesem Punkt für uns beendet."

„Das ist aber Schade!" Lin-Lin mimt die Enttäuschte.

„Wenn ich dich richtig verstanden habe, dann bestreiten den zweiten Akt eure Vorfahren aus China", wende ich mich wieder an Onkel Jo.

Dieser strahlt mich lächelnd an: „Das hier ist Nummer zehn."

„Jetzt habe auch ich verstanden." Lin-Lin beugt sich zu mir herüber und küsst mich auf die Wange: „Die Zukunft gehört den Sesshaften."

Dieser Tag ist wahrlich noch nicht zu Ende! Er tanzt mit mir, er dreht sich mit mir immerzu im Kreis. Seine Bahnen beschreiben immer enger werdende Bögen. Wann werde ich seinen Mittelpunkt erreichen?

„Wer möchte eigentlich gleich Garnelen essen?" Lin-Lin reicht mir die fertig präparierte Angel zurück.

„Ist unsere Zeit bereits abgelaufen?" Onkel Jo wirft einen erstaunten Blick auf seine Armbanduhr: „Wir sollten eine Stunde verlängern!"

„Nein", Lin-Lins prompte Antwort ist unmissverständlich und duldet keinen Widerspruch: „Für uns drei sind die zehn Garnelen zu wenig. Ich werde noch einmal zehn dazu bestellen."

„Essen wir zu den Garnelen Reis oder Nudeln?" Onkel Jo wirft hastig seine Angel aus.

„Was denkst du?" Lin-Lin reicht die Frage an mich weiter.

„Sollen wir eine Münze werfen?" Ich greife in meine Hosentasche und ziehe einen zehn NT$ Groschen: „Kopf oder Zahl?"

150

„Nudeln!" Lin-Lin wartet meinen Münzwurf erst gar nicht ab. Sie hebt die Reuse aus dem Becken und entschwindet mit den gefangenen Garnelen in Richtung Küche.

„Was hat denn unsere Kleine mit einem Mal?" flüstere ich verständnislos zu Onkel Jo.

„Wir sind heute Abend nicht die einzigen Gäste dieses exquisiten Anglerclubs." Onkel Jo schüttelt missmutig seinen Kopf.

Ich folge seinem Augenwink zur gegenüberliegenden Längsseite des Pools. Drei junge Burschen, sie könnten Brüder sein, haben dort Platz genommen.

Die Haarschnitte der drei jungen Männer sind militärisch kurz. Unter den Ärmeln ihrer T-Shirts ringeln sich die auftätowierten, schuppigen Rümpfe der hiesigen, inselüblichen Drachen. Die Fabelwesen betonen die muskelschweren Oberarme der drei neuen Anglerfreunde. Die bunten Tiere heben die durchtrainierten Bizeps deutlich hervor, ganz so, als ob sie diesen eine zusätzliche Kraft verleihen könnten. Der bunte, regenbogenfarbene Reigen setzt sich über Schultern, Nacken und Rücken fort. Die putzigen Schuppentierchen grüßen erst wieder unterhalb der knielangen Hosen von den Waden.

Kraftmeier starkes Auftreten und raues Gebaren, Goldkettchen und teures Uhrwerk runden das perfekte Image dieser "Schweren Jungs" ab. Die Triaden haben Feierabend. Zigaretten werden spendiert, die Verschlüsse der Bierdosen aufgerissen und die schmutzigsten Witze der Woche getauscht.

Hoppla, eure Schwestern haben jetzt ihren Auftritt! Drei junge Kücken trippeln auf ihren Pfennigabsätzen entlang des Pools. Sie streben laut kichernd zu ihren maskulinen Beschützern. Ihre Haare sind hüftlang. Niemand wird sich fragen, ob diese echt sind. Niemand wird sich fragen, ob ihr in der nächsten Karaoke Bar anschafft oder einem ehrlichen Handwerk nachgeht.

Es spielt wahrhaftig keine Rolle, ob ihr aus einer Nachtbar tanzt, oder aus einem dieser gläsernen Schaukästen der Betelnussverkäuferinnen hüpft.

„Das Dinner wird serviert", Onkel Jo reißt mich aus der Betrachtung dieser, mir gänzlich fremden Gesellschaftsklasse.

„Sage mal, sind das Lions?" knüpfe ich an Lin-Lins Geschichte von heute Mittag an.

Ich muss unwillkürlich an die beiden Gehilfen der Meeresgöttin Matzu denken. Ob die beiden Retter aller Schiffbrüchigen ebenso ihre Körper derart tätowiert und volltapeziert haben? Nur der schicken Bemalungen halber oder der dicken Muskeln wegen, kann niemand wirklich 1000km weit sehen oder gar Lauscher wie ein Elefant besitzen!

„Keine Sorge, unsere Pärchen sind privat, nicht dienstlich unterwegs." Onkel Jo liest der Reihe nach unsere drei Angeln auf. Der Fangwettbewerb ist eindeutig vorbei. „Und sowieso, Langnasen stehen bei denen nicht auf der Liste."

Ich folge Onkel Jo zu einem der kleineren Tische an der Außenmauer. Über uns grüßt James Dean, mit einer Pepsi Flasche in der Hand. Er lehnt relaxt an seinem Porsche und wird bestimmt gleich einsteigen. Niemand wird sich fragen, ob diese Werbung dem Original entspricht.

Lin-Lin hat den Tisch gedeckt. Zwei Sorten Garnelen dampfen uns knusprig entgegen. Ein Kellner stellt drei Pappschälchen mit einem heißen Gemisch aus dicken, bandwurmartigen Nudeln, geschnittenem heißen Salat und großen schwarzen Pilzen, den Judasohren, auf den Tisch. Die hölzernen Essstäbchen liegen bereit. Drei zerbrechliche, weiße Plastiklöffel, Servietten und Gläschen mit kaltem Wasser werden gruppiert.

Wir öffnen eine weitere Runde Dosenbier. Glücklich singende Garnelen tummeln sich vor schäumenden Gläsern auf unseren Bierdeckeln.

„Die gelben Garnelen sind >lemon shrimps<, gebratene Garnelen mit Zitronengeschmack. Die roten Garnelen sind >Chili shrimps<, ebenso gebratene Garnelen, aber geschärft in Chili", weist mich Lin-Lin in die Menükarte des heutigen Abends ein: „Du solltest beide probieren!"

„Du musst bei den >lemon shrimps< den Chitinpanzer nicht entfernen", ergänzt Onkel Jo: „Ganz anders bei unseren >chily shrimps<, aber das wirst du schon selber herausbekommen."

Ich wähle als erstes eine der gittegelben Garnelen mit Zitronengeschmack. Die Entfernung der Garnelenhaut, des Chitinpanzers bei den feuerroten Chiligarnelen kann warten. Ich reiße also dem gelb gebratenen BC den Kopf ab und knuspere vorsichtig an dem Restkörper herum.

„Teufel sind die heiß! Aber schmecken tun sie gut." Ich lasse den halben Torso in mein kleines Essschälchen fallen und schöpfe mit den Essstäbchen nach den Nudeln.

„Stell dein iPad doch einfach hier auf den Tisch, richtig, direkt unter unseren Sunnyboy mit der Pepsi." Onkel Jo schiebt und rückt das iPad zurecht.

„Prima, Lin-Lin, ich werde dein iPad für das nächste Länderspiel mieten", bemerke ich.

„Schau dir diese Schwanzflossen an!" Lin-Lin streicht mit ihren Essstäbchen über die glatten Chitinringe einer Garnele: „Die beiden Flossen sind weit auseinander gespreizt und stehen in einem leichten Winkel zueinander."

„Lass mich raten, das ist die natürliche Garnelensprunghaltung, damit sie in der Küche gezielter in das kochende Wasser abtauchen können." Der Bildschirm des Laptops leuchtet auf und die acht Stadttore in grün und rot lenken mich augenblicklich ab.

„Fast mein Lieber", Lin-Lin betupft mit einer Serviette ihren Mund: „Den Garnelen ist ihr Tod einerlei, aber dein Magen dürfte mir für diese Information sehr dankbar sein."

„Mein Magen! Aber Migita hat doch gesagt, dass ich mich diesbezüglich nicht mehr zu sorgen bräuchte!"

Autsch! Erschrocken schaue ich vom iPad zu Lin-Lin und Onkel Jo: „Ja, natürlich, mein Magen, was ist mit ihm?"

„Peter, kannst du dich nicht mehr konzentrieren? Das ist doch erst dein drittes Bier >zan-ge-pitscho<!"

Lin-Lin überspielt meinen Ausrutscher und wendet sich an Onkel Jo: „Also gut, könntest du unseren Geschichtsunterricht fortsetzen?"

„Alles der Reihe nach, die Garnelenstudie ist noch nicht zu Ende." Onkel Jo reißt dem nächsten Meeresbewohner den Kopf ab und schmatzt laut und genüsslich drauf los.

Lin-Lin hat recht! Meine Konzentration ist den Bach runtergegangen. Und doch, in was für einem Maßstab ist die alte Karte gezeichnet worden? Wie lang war die erste Stadtmauer, die Kernbefestigung aus grünem Bambus? Ich gebe dem Bambuswall maximal hundert Meter im Durchmesser!

„Sind die Flossen gespreizt wie diese hier, so waren unsere Garnelen, beim Abgang ins kochende Wasser, quietschlebendig. Kleben die Flossen wie nasse Papierblätter aneinander, so wurden sie zuvor tiefgefroren." Lin-Lin entscheidet sich für eine weitere Chili-Garnele.

„Ich habe verstanden", habe ich mich wieder gefangen: „Wir Taiwanesen essen aus der See nur, wenn das Getier noch vor uns im Netz zappelt. Die Flossen sind das untrüglichste Frischesiegel. Wir trauen dem Tiefgefrorenen nicht über den Weg. Wenn uns also
154

Garnelen mit zusammengelegten Schwanzflossen serviert werden, dann lassen wir die Finger davon, richtig?"

„Bravo, geht doch!" Lin-Lin muss kichern.

„Hört, hört, wir Taiwanesen! Ich hoffe, du übertreibst mit deiner Sesshaftigkeit jetzt nicht ein wenig." Onkel Jo leckt lachend seine Finger ab.

„Aller Anfang ist schwer. Hilfst du mir durchzustarten?" Ich zeige mit meinen garnelenverschmierten Fingern zu den grünen und roten Kreisen auf der iPad-Oberfläche.

„Das wird nicht billig werden", Onkel Jo schüttelt eine weitere Betelnuss aus einem kleinen Pappschächtelchen. Die Hochglanzabbildung eines Pinup-Girls lächelt verführerisch über die Teller, die >pan-ze<, hinweg. Die Inselschönheit wirbt, nur knapp verhüllt, in einem roten Badehandtuch, umweht von falschen, körperlangen Haaren. Niemand wird sich fragen, ob du mit unseren drei Freundinnen, auf der anderen Poolseite, verwandt bist.

„Bitte, bitte", Lin-Lin tätschelt Onkel Jos Arm: „Möchtest du nicht noch ein Bierchen trinken?"

„Herrje, wenn ihr mich so nett bittet!" Onkel Jo streicht mit einer Hand entlang seines Kinns: „Wo fangen wir denn am Besten an?"

Ich schüttele meinen Kopf: „Nicht wo, sondern wann, sollte die Frage lauten!"

„Die Bambusmauern, wann wurden sie errichtet?" Lin-Lin betrachtet nun ebenso neugierig, die antike Zeichnung auf ihrem iPad.

„1733 wurde der Torso fertig gestellt." Onkel Jo strahlt, als hätte er die ersten Quizpunkte in einer Fernsehshow eingestrichen.

Moment mal, hatte er gerade eben wirklich Torso gesagt? Ich starre irritiert auf die verbliebende Hälfte meiner Garnele: „Nein, das verstehe ich jetzt nicht. Was meinst du mit Torso?" Verballhornt mich jetzt einer dieser typischen, taiwanesischen Übersetzungsfehler? Meint Onkel Jo nicht etwas ganz anderes?

„Ach Kinder, ihr könnt Fragen stellen", lacht Onkel Jo und verteilt mit seinen Essstäbchen zwei Zitronengarnelen auf Lin-Lins und meinen Teller.

„Nur Narren glauben, dass ein Mauerbau, mit dem Setzen des letzten Steins abgeschlossen ist. Ich frage euch: War den Bewohnern, den Stadtvätern des damaligen Hsin-Chu, ihre erste Mauer aus Bambus nicht viel mehr wert?"

Wovon redet er?

„Ihr müsst begreifen: Unsere Vorfahren, die ersten chinesischen Siedler, hatten die Bambusmauer doch nicht aus purer Langeweile in die Reisfelder gesteckt!

Die Mauer besaß für sie Symbolkraft. Die Umwallung war ein klares und eindeutiges Zeichen. Unsere Vorfahren wollten hier bleiben. Unsere neuen Siedler, vom chinesischen Festland, legten sich eindeutig fest. Ihre Reise hatte hier ein Ende gefunden!"

Ihre Reise hatte hier ein Ende gefunden! Onkel Jos Worte klingen in meinem Bewusstsein nach.

Unser Geschichtsgelehrter gönnt sich ein weiteres Bierchen und fährt fort: „Denken wir nun einen Schritt weiter. Die Mauer ist ein unverzichtbarer Teil einer Stadt. Die Mauer ist vergleichbar der Haut, die euren Körper umgibt.

Lin-Lin und ich schauen uns fragen an. Worauf will Onkel Jo hinaus?

„So, meine Lieben, wann und was war das nächste historische Ereignis in unserer Stadt?

Onkel Jo schaut uns für einen Moment eindringlich in die Augen: „Richtig, 1748 wurde der Bau unseres berühmten Cheng-Huang Tempels in Auftrag gegeben."

Ich kann mir nicht verkneifen, an den dicken Chefkoch zu denken. Sein Vorfahre hatte bestimmt einen identischen Sumoringerkörper und schwitzte vor fast dreihundert Jahren ebenso, über seine Austern Omelette.

Onkel Jo hebt mahnend seinen Zeigefinger: „Aufgepasst, jetzt kommt die nächste entscheidende Frage: Wem oder was dient unser Cheng-Huang Tempel? Was bedeutet der Name Cheng-Huang?"

Lin-Lin und ich lächeln überglücklich und nicken fast im Stereo zu Onkel Jo, fortzufahren. Wer würde ihn jetzt unterbrechen wollen?

„Was hatte ich euch erklärt? Namen sind nicht Schall und Rauch! Ich möchte nicht zu ausführlich werden: Der Ausdruck >Cheng< steht für die Mauer, in unserem Fall für die Stadtmauer. Der zweite Begriff >Huang< ist nicht als Nachname zu verstehen, er steht im selben Sinne für den Graben, den Stadtgraben. Ich fasse somit zusammen, der Name unseres neuen, frisch geborenen Gottes lautet Stadtmauer & Stadtgraben."

Ich muss mich zusammenreißen, um nicht drauflos zu lachen. Eure Namenserfindungen sind wirklich nicht zu überbieten, sie erblühen förmlich im Rausche kindlicher Phantasie und künstlerischer Freiheit. Hätten eure Bambuspfähle Hausnummern und hätte euer Stadtgraben Füllstandsmesser, ihr hättet euren neuen Gott mit einer Nummer und einer Maßeinheit tituliert! Mein Füllstandmesser läuft allmählich auch über!

Halt, da hätte ich doch beinahe glatt eine Kleinigkeit übersehen! „Stopp, Onkel Jo, was meinst du mit deinem, >frisch geborenen Gott<?"

„Ganz so, wie ich das gesagt habe. Die Zeit war gekommen, dass die Stadt im Bambuswald, in die Welt der Götter aufgenommen wurde." Onkel Jo räuspert sich lautstark und … und rotzt seinen roten Betelnussschleim in einen kleinen Plastikbecher. Lecker, anschließend gurgelt er unbekümmert die verbliebenen, roten Brocken mit seinem Bierchen hinunter!

Sollte ich mich glücklich schätzen, die vierte Dose Golden-Taiwan-Bier in den Händen zu halten?

„Ihr wisst ja, aller Anfang ist schwer! Unser frischgeschlüpfter Gott war damals selbstverständlich nur ein kleiner Gott. Der Tempel sah ganz anders aus, keine schwungvollen Schwalbenschwanzdächer und keine prächtigen, knallbunten Drachen ringelten sich um die Säulen, keine goldenen Schriftzüge verkündeten seiner Größe und keine Wächterstatuen schützten seine Tore gegen die jenseitigen Übel.

Er war viel bescheidener, so ganz ohne Prunk und nur wenige Götter stellten sich unter seinem Dach ein. Selbst unsere mächtige und hoch verehrte Göttin Mazu gehörte noch nicht zu seinen Gästen."

Onkel Jo ist in seinem Element, ein Geschichtenerzähler in der Nacht. Eine neue Zigarette flammt auf.

„Unser junger Gott Cheng-Huang bezog also seine neue Residenz. Er hatte den Status eines unbedeutenden und unbekannten, eben eines kleinen ländlichen Gottes. Er entsprach in allen Belangen dieser, seiner anvertrauten Gemeinde.

Ihr müsst euch das Hsin-Chu der erste Tage bildlich vorstellen, die Bambuswehr umschloss eine gänzlich unübersichtliche Zahl planloser Lehm -und Holzhäuser."

Onkel Jo tippt mit seinen garnelenverschmierten Fingern über den grünen Kreis: „Nein, das war noch keine Stadt, in den damaligen Tagen. Das war eine kleine Siedlung aus Holz, Lehm und natürlich unserem Bambus."

„Eine Zwischenfrage!" Onkel Jo geht bereits ins Detail und doch, ich kann gar nicht genug wissen: „Wie groß war diese damalige Siedlung? Ich meine, für mein Verständnis, für mein Vorstellungsvermögen, wie lang war diese grüne Mauer auf der Karte? Wie groß war ihr Durchmesser?"

„Du meinst die erste Mauer aus Lehm und Schuttwall, gekrönt mit einer Palisade aus angespitzten Bambuspfählen? Genauere Angaben fehlen leider, aber die archäologischen Befunde rechnen mit einer Länge zwischen 1500 bis 1600 Metern. Das entspricht einem Durchmesser der Siedlung von ungefähr 500 Metern." Onkel Jo verschränkt seine Arme vor seinem Brustkorb und stiert mich eindringlich an.

Ist er betrunken?

Er ist betrunken!

Gottgütiger, bitte nicht jetzt, Onkel Jo, das kannst du mir nicht antun!

Ich krame, so schnell ich noch in der Lage bin, in meinen Erinnerungen nach Vergleichen. Aber die einzige Siedlung, mit einer derartigen Bauweise, die mir in den Sinn kommt, das wäre das wehrhafte Dorf der Gallier, das mit den Zaubertrank gedopten Abenteurern Asterix und Obelix. Sind die beiden Gallier nicht auch ständig auf Achse?

Ich studiere erneut die grüne Linie auf der antiken Karte, die die erste Stadtmauer vom Hsin-Chu symbolisiert. Der Computerbildschirm minimiert sie auf einen ovalen Kreis, mit einem mittleren Durchmesser von ungefähr 500 Metern.

Wie viele Fußballfelder hätten auf dieser Fläche Platz? Die Fläche eines Kreises ist $A = r^2 * \pi$. Das wären also, so um den Daumen 200.000 Quadratmeter! Danke lieber >lau-sche<. Du sitzt selbstverständlich neben mir und hast deinen Taschenrechner aktiviert! Keine falsche Bescheidenheit, auf wie viele Fußballfelder kommst du?

Vierzig!

Wenn die Vierzig Fußballfelder zu einem Rechteck zusammengelegt werden, dann betragen die Seitenlinien 400m * 500m.

Danke lieber >lau-sche<.

Ich benötige einen Vergleich. Wie viele Häuser und Straßen hätten in so einem Rechteck platz? Nein, wie viele einstöckige Lehmbaracken, staubige Wegschneisen und kleine Marktflecken dürften sich in dem, von Bambuspfählen umfassten Terrain drängeln?

Eine Kleinigkeit hätte ich beinahe vergessen!

„Du sagtest, unser frisch gebackener Gott hat einen Status!" Ich angele mir die letzte Garnele, eine rote Chili Garnele: „Was haben wir uns darunter vorzustellen?"

„Wir sollten langsam aufbrechen!" Lin-Lin tippt auf ihre Uhr.

„Ihre Tore waren aus Stein!" Onkel Jo nickt Lin-Lin zu.

Gut das wir darüber gesprochen haben. Ich bin überstimmt. Die erste Stunde Geschichtsunterricht geht ihrem Ende entgegen!

„Das waren grob gemauerte, rundlichovale Türme, versehen mit einem schmalen Durchgang. Das waren nicht diese schicken, chinesischen Tore der heutigen Tage, ausgesuchte Ziele für jede Touristenkamera, mit breiten Durchfahrten für den zwei bis vierspurigen Straßenverkehr."

„Das hatte ich gar nicht gefragt", winke ich ab: „Was ist mit dem Status dieses Cheng-Huang-Gottes?"

„Das ist kein Status, das ist ein Rang", Onkel Jo lässt sichtbar nach. Lin-Lin hat recht, wir sollten gehen: „Mit dem Tempelbau haben wir unserem Cheng-Huang eine Seele eingehaucht und ihn zum Leben erweckt. Cheng-Huang wird das Tor für immer und ewig bewachen. Niemals wird unsere Stadt Hsin-Chu, von bösen Göttern und Dämonen aus dem Jenseits heimgesucht werden. Cheng-Huang ist ein guter Gott. Wir sind hier sicher!"

„Und wenn sich doch so ein kleiner Gott oder so ein kleiner Dämon aus dem Jenseits in unsere Stadt schleicht?" hake ich mit unbekümmerter Unschuldsmine nach.

Meine Nerven liegen blank. Bin-Ching, ich bin dir auf der Spur!

Die Gespräche bewegen sich im Kreis. Ihre Schlaufen ziehen sich immer enger. Endlich spannen sich ihre Schnüre im Fadenkreuz.

Zum Abschluss des Tages, erhalte ich die Antworten auf meine Fragen!

„Mein lieber Globetrotter, dann nimmst du halt einen >zong-quwäi<", rülpst Onkel Jo und erhebt sich. Na Prima, was ist jetzt ein >zong-quwäi<?

„Stopp, was ist ein >zong-quwäi<?" Das darf doch nicht wahr sein. Onkel Jo ist auf dem Weg zu den Toiletten und Lin-Lin steht an der Bar und bezahlt die Rechnung. Ich schaue über den Pool, unsere Triaden und ihre Torten sitzen da, wie die Unschuldslämmer und trinken, ich traue meinen Augen kaum, sie schlürfen Tee, den grünen Drachen, den Oolong Tee.

Was! >zong-quwäi< heißt Geistergott! Danke lieber >lau-sche<.

Dieser >zong-quwäi< ist bestimmt aufgeteilt in Rängen, Gruppierungen, Unter -und Oberdämonen, sowie dem dazu gehörigen Hilfsgeisterpersonal?

Nein, den >zong-quwäi< haben wir nur einmal! Danke lieber >lau-sche<.

Lin-Lin winkt mir zu und ich folge ihr aus der grünlichen, schimmernden Hallenbadbaracke, dem Garnelenrestaurant. Die Garnelen winken uns zum Abschied, mit ihren gespreizten Flossen zu. Wir gehen über die Wildwest Terrasse, die Libellen drehen sich nach wie vor unter der Decke. Auf der Straße wartet bereits ein roter Schmetterling, auf seine neuen Gäste.

Kapitel VIII.

Zypressenrot

金鐘柏紅

„Du bist also Bin-Chings neuer Liebling, ihr Auserwählter! Wie drückst du dich aus?" Sein dürrer, langer Körper verbiegt sich: „Du bist ihre neue Ausnahme!" Er beschreibt eine abgebrochene Verbeugung. Das Manöver ist unerreichbar in seiner Vieldeutigkeit, für mich ist es jedoch einzig der Willkommensgruß zu einem neuen Traum.

Der Tag ist noch nicht zu Ende!

Ich versuche die Gestalt vor mir zu fixieren. Wieso sind seine Zähne so lang?

„Schickt dich Bin-Ching? Leitest du das nächste Vorstellungsgespräch?" frage ich vorsichtig zurück.

„Du siehst, du solltest dich mit mir gutstellen", grinsen die überlangen Haifischzähne. Seine Augenschlitze sind schmal, wie Münzen. Die Augenbrauen sind ausgezupft, wie glattgeschmirgelt. Die Pupillen glänzen schwarz, wie böse Flecken auf der Seele.

„Da patze ich lieber gleich, das erspart uns jede Menge Heucheleien." Bin-Ching, wie beiläufig hast du mich gefragt, ob meine Träume diese Nacht ausgebucht seien. Ich Trottel habe nur in die Tiefe deines Dekolletees gegafft.

„Du möchtest ohne Lügen leben! Würdest du denn alleine der Wahrheit vertrauen wollen?" Er vollführt eine graziöse Handbewegung, der Wunsch, die Bitte, das ich ihn begleiten möge. Der kleine, abgespreizte Finger ist tätowiert, unterbrochen von einem weißen Streifen Haut, aufgespart für einen schmalen Ring.

Der Traum ist jung, er offenbart sich mir nur zögerlich: „Des einen Lügen, das sind des anderen Wahrheiten."

„Wer hätte gedacht, dass wir uns so schnell näher kommen würden!"

Er geht mir nicht voraus. Ich folge ihm nicht. Wir schreiten nebeneinander her, schlendern mehr, wachend und ohne Hast. Wir lassen uns nicht aus den Augen. Ist das Neugierde? Ist das Misstrauen? Wir sind doch nur in einem Traum, oder?

„Wohin gehen wir?"

Alles an ihm ist lang und dürr, ein richtiger Windhund. Er trägt nur leichte Sandalen, fast ohne Sohlen, ohne Profil, er müsste jeden Ast und jeden Stein spüren. Seine Hose ist eine von diesen weißen Karatekampfhosen, wie sie heute in jedem Sportladen zu haben sind. Sie ist keine traditionelle, alte Pump -oder Kattunhose, der vergangenen Jahrhunderte entliehen, auf alten Schwarzweißaufnahmen oder in Museen der Gegenwart zu sehen.

„Wo willst du ankommen?" lacht er laut. Selbst seine Hände und Arme sind knochig und grätenlang. Hässliche, braune Fingernägel ragen wie zusätzliche Glieder weit über die Kuppen hinaus. Ein jeder soll sehen, er geht keiner körperlichen Arbeit nach. Nein, ich weigere mich, meine armen BCs und OCs mit ihm auf eine Stufe zu stellen.

„Wo will der Reisende hin, wenn er an seinem Ziel angekommen ist?" Seine Lippen sind zu fleischig, zu prall.

„Oh, wenn es dir recht ist, wir können unser fröhliches Stelldichein ruhig vertagen", hüstele ich.

Seine fettigen, schwarzen Haare sind zu einem dieser traditionellen Zöpfe zusammengeflochten. Der Zipfel fällt bis auf die weiße Hose. Die Mandschu-Kaiser, die Qing-Dynastie führte sie in China ein, als weit sichtbare und erkennbare Haartracht der Unterwerfung. Das war vor knapp 350 Jahren! Wer das nicht wahr haben wollte, dem haben sie den Scheitel gezogen.

Was ich nicht alles weiß. Selbst seine Stirn ist brav ausrasiert. Zöpfling, wer bist du? Ich komme dir schon dahinter.

„Dem Herrn missfällt die Gesellschaft? Ist er sich seines Standes denn nicht bewusst?" Wieso haben seine Schritte etwas Tänzelndes? Der Traum öffnet sich mir nur langsam. Ich sehe, was ich nicht sehen will! Ich habe absichtlich seinen Oberkörper gemieden. Sein gesamter Leib ist tätowiert. Es gibt buchstäblich keine Parzelle an ihm, die nicht tapeziert ist. Ich meine, sein gesamter Körper ist bis

164

zum Halsansatz total zugekleistert. Seine Arme sind bis hinunter zu seinen Fingerspitzen komplett eingefärbt.

Ihn schmücken weder Elchgeweihe, noch chinesische Schriftzeichen, Delphine oder Rosen. Er verkündet keine Botschaften, Neigungen oder Zugehörigkeiten. Er benutzt keine Namen, Wörter oder Sätze, Zahlen, Symbole oder Runen.

Bin-Ching, diese wandelnde Litfaßsäule kann unmöglich Mitglied deiner Schiffsbesatzung, deiner Mannschaft sein!

„Du bist ein Reisender! Ich bin ein Reisender!" Seine Haut lebt! Sie ist ein wogender, ein vom Wind getriebener und geschüttelter Bambuswald, das grüne Buschwerk streift und fließt überall über seinen Oberkörper.

Ich stocke für einen Moment. Was wäre, wenn ich mich irre? Wenn ich ihn in einem völlig falschen Licht sehe?

War das wirklich seine Idee? Oder, Bin-Ching, war das dein Werk? Was hast du mit ihm angestellt, dass er dir seinen Körper hingegeben hat? Er hüllte sich nur für dich in das Gewand des Bambus! Oder, um ihn selber zu zitieren, ist alles an ihm eine Lüge?

„Verlassen wir die Äußerlichkeiten", fasse ich mich wieder: „Zu jeder Reise gehört ein Rückflugticket! Der Ausstieg ist eine Grundbedingung, das gilt auch für jeden Liebling von Bin-Ching, ohne Ausnahme!"

„Was ist, wenn die Reise ins Paradies führt? Würdest du auf dein Rückflugticket bestehen wollen?" Wieder verbiegt sich die Bohnenstange. Der Bambus kämpft auf seiner Haut, fast berühren seine Spitzen den Boden, ein Taifun tobt, fegt in und über ihn, die dichten Stämme schlagen unentwegt aneinander, wie in einem Trommelwirbel: „Du hast unser Schiff noch nicht bestiegen, aber du jammerst schon nach den Ausstiegsklauseln. Ich bin im Bilde, jeder kann unseren lieben Migita an der Nase herumführen, darauf solltest du dir nichts einbilden!"

„Bin-Ching ist im Bilde. Ich bin meines eigenen Glückes Schmied. Ich bin ein Reisender und kein Spieler!" Ein abgestorbener Palmwedel knackt unter meinen Schuhen. Nein, das sind keine Palmen, das sind Betelnussbäume.

Ich schaue mich doch recht verblüfft um. Wieso sehe ich das erst jetzt? Natürlich, der Traum öffnet nur langsam, zu langsam seine Pforten.

Wir durchschreiten eine Betelnussplantage. Soweit das Auge reicht, soweit der Traum es zulässt, reihen sich die sorgsam und akkurat gepflanzten Bäume, der Arekapalme, bis zum Horizont. Ihre sauberen Linien werden nur hin und wieder, von einem Bananenbaum unterbrochen. Onkel Jo wäre bestimmt begeistert gewesen.

Die Wurzeln der Arekapalme greifen nur flach ins Erdreich und geben diesem keinen wirklichen Halt. Die Stämme des Baumes sind zerbrechlich und kurzlebig, sie taugen, für die reine Holzgewinnung und deren Weiterverarbeitung, rein gar nichts. Ihre Kronen ragen gute zwanzig Meter über uns in den Himmel, ihre abstehenden Fiederwedel wirken stets wie gerupft, wie ein Löwenzahnkranz, deren eine Hälfte vom Wind ausgerissen wurde. Ihre dunklen, orangefarbenen Früchte, die Arekanüsse, hängen in dichten Trauben unter ihren Kronen. Wenn die Götter dieser Insel die Arekanüsse nicht gewollt hätten, die berauschenden Früchte würden auf diesem Eiland nicht existieren!

„Vielleicht hast du ja recht", mein unheimlicher Begleiter bleibt stehen, sein Körper federt und wippt, er windet und dreht sich, was für eine Kombination aus Aal und Schlange: „Was für den einen als Paradies frohlockt, das droht dem anderen als Hölle."

„Ist diese Betelnussplantage deine Vorstellung vom Himmel?" Ich bleibe ebenso stehen. Wir stehen uns gegenüber, wie zwei Revolverhelden in einem Sierra Leone Western, oder sollte ich besser sagen: Wir stehen uns gegenüber, wie zwei japanische Samurai in
166

einem Akira Kurosawa Film! Die Betelnussbäume flankieren uns zu beiden Seiten. Wie der Bambus, so rücken auch sie dichter zusammen. Unser Wortgefecht lässt ihre Wipfel über unseren Köpfen verstummen.

„Wieso glaubst du, hat Bin-Ching dich auserkoren?" Er geht gar nicht auf meine Frage ein! Hatte ich wirklich etwas anderes erwartet? Was will er von mir?

„Wieso reitest du darauf herum, dass ich überhaupt einsteige?" Ich blocke, soll er doch an einem Bambus ersticken.

„Bin-Ching hält große Stücke auf dich!" Seine Stimme bekommt einen anderen Unterton. Jetzt habe ich dich, du knüpfst eine Schlinge!

„Migita hat ebenfalls grünes Licht gegeben!" Ich komme dir zuvor, ich nehme dir die Luft aus den Segeln.

„Deiner Naivität sind keine Grenzen gesetzt. Du schlägst ihn um Längen." Gibst du schon auf?

„Wie viel haben dir denn deine Tätowierungen eingebracht?" Drehen wir den Spieß doch einfach um. Erzähle mir etwas von dir. Verrate mir deine schwachen Seiten!

„Deine Freiheit ganz in Ehren, wieso denkst du, das Bin-Ching dich ziehen lassen würde?" Sein Unterton ist geblieben. Seine Schlinge ist geknüpft, bin ich ihm doch auf den Leim gegangen?

„Was will sie denn in ihrer kleinen Mannschaft, mit einem Quertreiber und Störenfried?" Jawohl, schaffen wir klare Verhältnisse!

„Du solltest anders pokern, mein hochverehrter Herr Reisender. Bin-Ching ist eine Göttin, ihr Verständnis eines Spieles könnte, dem unseren, gänzlich entgegengesetzt sein!" Nein, er schafft klare Verhältnisse.

„Und wenn schon, wird sie mich nun in ein Täto kleiden wollen?" Sollten mich seine Gedanken nachdenklich werden lassen?

„Nein", lacht der Schlangenmensch erneut laut auf, „zurück zu unseren Äußerlichkeiten, setzten wir uns doch."

Jawohl, die holde Suite ist gerichtet. Ein Blick genügt, uns wird es hier an nichts mangeln.

Eine eingehendere Plantagenbesichtigung wird entfallen. Wir stehen vor einem >Siheyuan<, ausgesprochen >tse-he-üen<, frei übersetzt "Vier Seiten Haus", oder einfacher ausgedrückt, wir stehen vor einem uralten, taiwanesischen Bauernhaus.

Was hatte Onkel Jo gesagt? Die Festlandschinesen siedelten im "Neuen Bambus". Stehe ich hier vor einem ihrer ersten, wagemutigen Unternehmungen? Migita hatte mich kaum, einhundert Jahre zurück, in die Vergangenheit katapultiert. Wie weit reißt mich dieser Traum hinab, zieht mich tiefer in die Finsternis einer mir unbekannten, einer nie für möglich gehaltenen Geschichte der Stadt Hsin-Chu?

Bin-Ching, sind diese Träume deine Geschichte? Sind diese Männer, ich meine Migita und diesen Schlangenmenschen, Zeiteinteilungen und Abschnitte deines Lebens?

„Worauf wartest du?" werde ich harsch aufgefordert.

Ja, worauf warte ich? Mein tätowierter Freund und ich, wir gehen langsam auf das Gemäuer zu, jeder für sich, den anderen nicht aus den Augen lassend. Wir beschreiben eine ovale Kurve, entfernen uns weit voneinander, um am Ende doch am Hauptgebäude wieder aufeinander zu treffen.

Die Kulisse hätte nicht besser in Szene gesetzt werden können! Die Symmetrie findet ihre Mitte, ihren Fluchtpunkt. Die gesamte Aufnahme ist in einem Weitwinkelobjektiv auf das Farmhaus ausgerichtet. Eine einsame, im alten, im uralten chinesischen Stil errichtete Farm, umgeben von einer grenzenlosen Betelnussplantage.

Das ist nicht ein idyllisches und romantisches Haus im Grünen, das ist das Domizil des Schlangenmenschen. Die Stämme der Betelnussbäume beugen sich wie lange Giraffenhälse über das kleine Gehöft. Das einstöckige Gebäude duckt sich einsam unter den Palmenwedeln. Das Dach hat sich gesetzt, in einem allzu flachen Winkel. Seine verwitterten, schwarzgrauen Dachpfannen halten mehr schlecht als recht. Der hölzerne Giebel, nur andeutungsweise leicht geschwungen, kann das kleine Hutzelhäuschen nicht mehr aus dem Sand ziehen. Die roten Mauern des Häuschens zerbröseln, die Backsteine zerfließen wie zäher Schlamm in den Erdboden, in den schmutzigen gelben Sand. Einzig die schwere, aus braunem Holz gezimmerte Eingangstür stemmt sich noch tapfer, gegen den unabwendbaren Untergang. Ein massives Bollwerk, das nicht jeden passieren lässt. Die beiden Fenster links und rechts sind zwei hohe, lange Schlitze, sie schauen dem Betrachter entgegen wie Schießscharten. Runde, braune Holzbalken zerteilen sie wie Gitterstäbe. An beiden Seiten dieses Hauses grenzen zwei kleinere Nebengebäude. In ihren Mauern sind kleine Kämmerchen eingelassen, wahrscheinlich Schlafstätten und Vorratsräume.

Aber wieso heißt das Gebäude "Vier Seiten Hof?" Wir müssten doch in seinem Inneren stehen! Natürlich, das Gebäude ist der Grundstein!

Ein Farmhaus ist der Anfang einer jeden Siedlung. Ihre Gründer konnten sich mit dem ersten Gebäude glücklich schätzen. Erst die nachfolgenden Generationen, ihre Kinder und Kindeskinder bauten, umschlossen den Hof, den inneren Platz mit ihren Häusern. Ein >Siheyuan< ist ein Familienunternehmen, gebaut, um an die Nachkommen weitergereicht zu werden.

Bin ich die nächste Generation? Werde ich weitergereicht?

„Setz dich", werde ich von dem Tätowierten eingeladen: „Erzähl, was ist dein Antrieb?"

„Sag du mir erst einmal, wie du heißt!" Mein Antrieb, was ist das für eine Frage? Ich nehme dennoch, seiner Einladung folgend, Platz.

„Oh, entschuldige!" Seine grässlichen, langen Hauer blitzen auf, das Grinsen ist eindeutig eine Spur zu breit: „Gestatten, Du-Jan."

„Du-Jan?" Er hätte genauso Smith oder Taylor sagen können, mit Müller oder Schneider, als zweitem Nachnamen. Onkel Jos Worte hallen in mir nach, Namen sind nicht Schall und Rauch!

Was bleibt mir? Ich lächle höflich und mache gute Miene zum bösen Spiel: „Also, was verstehst du unter einem Antrieb?"

„Begreifst du meine Worte nicht? Bin-Ching bietet dir das Paradies an!" Sein Blick ist verächtlich und kalt.

Dieser Traum ist ein einziges Blendwerk! Ich hätte doch sofort merken müssen, dass er ein mieses Ekelpaket ist: „Mit dem Paradies lockt nur der Teufel!"

„Du solltest zuhören", er schüttelt missmutig seinen Kopf: „Migita hat dich doch vorbereitet. Wenn du wolltest, alle Tore dieser Welt würden dir offen stehen!"

„Vergiss deine Hirngespinste! Was ist mit meinen Eltern und meinen Geschwistern, meinen Bekannten und meinen Freunden, meinen Kollegen und Nachbarn. Sie sind für mich der solideste Ort der Welt, dort werde ich immer der Gleiche bleiben. Alle meine Mitmenschen werden älter, nur ich nicht! Wie stellt ihr euch das vor? Müsste ich sie mit der Zeit alle aufgeben? Ihr gebt mir kein neues Leben, ihr reißt mich aus meinem Leben", ereifere ich mich.

„Ich erlaube mir, dich zu zitieren, ein jeder ist seines Glückes Schmied." In seinen schwarzen Augen glüht ein irrer Zug, eine böse Niedertracht: „Um mir weiter eine persönliche Bemerkung zu erlauben. Dein Leben mit uns würde sich nicht wesentlich von dem unterscheiden, das du zur Zeit führst. Ich muss dir ja nicht erst erzählen, welche nette, kleine Person der gleichen Ansicht ist."

„Lasst eure schmierigen Finger von Lin-Lin, sie hat mit euch nichts zu tun!" Peter, du musst jetzt die Ruhe bewahren!

„Ich weiß, die Wahrheit tut weh! Lin-Lin würde sagen, du tätest auf einem neuen Schiff anheuern. Jacky würde sagen, das du die Firma, deinen Arbeitgeber wechselst. Onkel Jo hält dich nicht gerade für einen Stubenhocker. Ich denke, die drei würden dich mir empfehlen!“ Auf seinem Handrücken leuchtet das feuerrote Augenpaar eines taiwanesischen Bergaffen auf.

„Ich schließe keinen Pakt mit dem Teufel. Ich habe keinen Vertrag unterschrieben.“ Wieso bin ich nicht bei meiner guten Lin-Lin, sondern bei diesem nebulösen Du-Jan?

„Du schätzt unsere gute Bin-Ching falsch ein.“ Die glühenden Augen auf seinem Handrücken fixieren mich böse.

„Bin-Ching ist ausgezogen, um meine Seele zu fressen, sie hat meine Träume bereits in Beschlag genommen, sie hat sich den Teufel zum großen Vorbild gemacht!“ Ich fletsche die Zähne, auch ich kann mich in Rage reden!

„Nur der Teufel zeichnet einen Vertrag. Nur er alleine besteht auf einen schriftlichen Nachweis. Nur so kann er der Seelen habhaft werden.“ Das wilde, animalische Augenpaar entschwindet im Unterholz: „Den Göttern genügt das Wort. Ihnen liegt die Qualität der Seele am Herzen, nicht deren Besitz!“

„Ich glaube dir kein Wort! Nur Priester geben vor, für die Götter sprechen zu können!“ Was rede ich da?

„Das brauchst du auch nicht.“ Du-Jan häutet sich. Ich traue meinen Augen kaum. Das Bambusdickicht auf seinem Oberkörper weicht neuen Motiven: „Frage dich lieber: Was ist dein Antrieb? Was ist deine Motivation?“

Er ist ein Chamäleon!

Ich weiche aus meiner angriffslustigen Sitzhaltung zurück und korrigiere meine Fragestellung. Du-Jan, ich sollte nicht fragen: Wer du bist? Ich sollte fragen: Was bist du?

„Matrose, Bin-Ching begleitet dich schon seit langem auf deinen Reisen. Die Kleine hat ein Auge auf dich geworfen." Seine Hände streichen über den Tisch. Über seine tätowierte Haut läuft ein Spielfilm ab. Sanfte Meeresbrandungen umspülen die Wurzeln, das Geäst eines Mangrovenwaldes. Das Busch -und Strauchwerk geht langsam in ein leuchtendes, grünes Reisfeld über. Eine rote Abendsonne streicht über seine Brust und Arme.

„Reisen kann eine Droge sein! Die Ausstiegsklauseln werden sich irgendwann von alleine ergeben!" Du-Jan gießt heißen Oolong Tee aus einem tönernen, braunroten Kännchen in zwei gleichfarbige Tonbecher vor uns.

Dieser Traum treibt eindeutig seinen Schabernack mit mir. Das ist doch nicht der Tisch bei unserer Ankunft! Die Tischplatte ist eine riesige, aus dem Stamm der "Roten Zypresse" gesägte Scheibe. Der Baum ist einer jener asiatischen Urwaldriesen, die auf Taiwan erst ab zweitausend Metern Höhe wachsen und nur noch in den unwegsamsten Bergregionen dieses Inselstaates zu finden sind. Zwölf Männer würden benötigt, um den Stamm dieses Riesen mit ausgestreckten Armen zu umgreifen.

Die Japaner, Migitas Kollegen, trieben die ersten wirklichen Pfade und Straßen in das Innere dieser Insel. Ihnen ging der Besitz dieses Holzes, über so manches menschliches Maß weit hinaus, denn auch die Söhne des Tenno, des japanischen Kaisers, waren den Verlockungen ihrer eigenen Phantasien erlegen. Du-Jan, was sagtest du gerade? Reisen kann eine Droge sein! Migitas Brüder suchten ihr El-Dorado, die Stadt, die sieben Städte aus purem Gold. Die Japaner stürmten, wie die spanischen Konquistadoren in Mittelamerika, in bekannter und gefürchteter Goldgier blindlings drauflos.

Ich streiche mit meiner Hand über die glatte Oberfläche der toten Zypresse. Wie alt mag ihr Holz sein? Du-Jan, wie alt bist du? Aus welcher Zeit hast du dich in meine Gegenwart gerettet?

„Du suchst einen Anreiz, eine Motivation?" Könnte ich dieses Gespräch beeinflussen, in eine günstigere Richtung lenken? „Unsere Chefin sorgt für immer gedeckte Kreditkarten, das liebe Geld besitzt für uns keinen Wert mehr."

„Spring über deinen eigenen Schatten!" Du-Jan gähnt mir bewusst unverschämt ins Gesicht: „Aller Kontostand ist vergänglich!"

„Nein, hilf du mir auf die Sprünge!" Wird er mir diesmal antworten? Unser Treffen muss doch einen Nutzen haben! „Was hat dich dazu veranlasst, auf Bin-Chings Boot mit aufzuspringen?"

„Zu viele Jahre sind seitdem vergangen. Ich kann mich nicht mehr erinnern. Nenne du mir die Gründe!" Die Haifischzähne sind aus seinem Gesicht gewichen. Der Wind streicht sanft über die Reisfelder seiner Haut.

„Vielleicht die Liebe oder der Hass, … Neugierde oder die Angst, … Leidenschaft oder die Berechnung, … Sehnsucht oder die Gier, … das Abenteuer oder, oder … ." Ich stocke!

Der treibt mich in den Wahnsinn! Ich greife frustriert zu meinem Oolong Tee.

Migita hat mir die Spielregeln erklärt.

„Du-Jan, wieso sind wir hier?"

„Was versprichst du dir von meiner Geschichte?" Das Reisfeld auf seiner Haut glänzt golden im Schein der untergehenden Sonne.

Ich spüre den Schalk in meinem Nacken: „Nur der Teufel verspricht, das waren deine eigenen Worte!"

Ich nehme noch einen Schluck Oolong Tee: „Ich erhoffe, aus deiner Geschichte eine Idee, eine Vorstellung, ein Beispiel von Bin-Chings Spielregeln zu erlangen!"

„Der Wesenszug einer Geschichte ist nicht unbedingt die Wahrheit. Du solltest dir meiner nicht so sicher sein!" Seine schwarzen Augen betrachten mich interessiert. Bin ich ihm doch ein Stück näher gekommen?

„Ja, ich darf dich ein zweites Mal zitieren. Wir sind uns ein gutes Stückchen näher gekommen!" Jetzt nur nicht den Faden verlieren!

„Uns beiden liegt nicht unbedingt die Wahrheit am Herzen. Wir würden ihr alleine nicht vertrauen. Aber, als Motivationsstütze, würden doch Lügen Wunder wirken, oder?"

Die Betelnussbäume verneigen ihre Kronen, ganz in dem unnatürlichen Wesen, das nur Träume ihr eigen nennen können. Sie strecken und recken ihre Köpfe, immer tiefer der Erde entgegen, wie in einem Tropensturm, dem Orkan, der sie berstend töten würde. Sie saugen begierig jedes Wort auf. Ich kann sie hören, wie sie zwischen ihren Fliederwedeln tuscheln.

Die Bananenbäume kauern in weiter Ferne. Sie haben ihre riesigen Blätter weit und hoch aufgerichtet, wie die Windräder einer alten Mühle. Stumme Lauscher, den Fangarmen der Kraken nachempfunden, so tasten sie nach jeder Silbe, jedem Ton, der sich in der Distanz nicht zu verlieren vermag. Ich weiß, ihnen wird nichts von unserem Gespräch entgehen.

Die kleine Hütte erwacht zu neuem Leben, ihre Steine ächzen, ihre Ziegel knirschen, ihre Dachpfannen verrutschen, die Fenster öffnen sich und die Türe lupft einen Spalt. Die alte Hutzelhütte, sie droht die Ziegel zu verlieren, würde sie sich ein Grad mehr zu uns beugen, sie würde in sich zusammenfallen. Ich würde mich schuldig fühlen.

„Wie viele Seelen wohnen in deiner Brust?" unterbricht Du-Jan das eingetretene Schweigen: „Wie viele von ihnen würdest du, in deinem kurzen Leben, kennen lernen wollen? Deine Aufzählung in Ehren, aber die Basis von allem, das sind unsere Wünsche und unsere Träume!

Weißt du nicht? Jeder neue Ort, jede neue Bekanntschaft offenbart dir eine weitere, eine neue Seite deiner vielen inneren Seelen."

174

Hatte ich eine geradlinige Antwort erwartet? Ich könnte mich selber ohrfeigen! Seine Haut gerät in Bewegung, ich mag gar nicht hinschauen: „Komm zur Sache Schlangenmensch, ich möchte heute noch nach Hause!" Er geht mir auf die Nerven, meine Geduld ist aufgebraucht!

„Zu Hause ist der solideste Ort, dort würdest du immer der gleiche bleiben. Das waren deine eignen Worte, das war mein Alptraum!"

Du-Jan schüttelt angewidert seinen Kopf: „Die Suche nach den vielen Wesen deines Inneren, ist das nicht die Reise deines Lebens? Ich hatte mir geschworen, ich war aufgebrochen, um alle diese kleinen Seelen meiner selbst zu sammeln, verstehst du?"

Ist das Eis gebrochen? Ich starre auf seinen Oberkörper und wage nicht, ihn mit weiteren frechen Floskeln aus seinem Konzept zu bringen.

„Das Haus meiner Eltern stand damals nicht inmitten einer Betelnussplantage. Wie konstant doch die Sehnsüchte und Ziele die Generationen überdauern können! Ihr Traum war eine Farm im Reisfeld. Ein Priester kam in unsere Bauernschaft, er kam aus dem fernen Europa. Der Mann des Glaubens unterhielt sich fließend mit mir auf Mandarin. Er lehrte mich euer Buch der Bücher, die Bibel. Er erzählte von fernen Welten, von anderen Kontinenten und Völkern.

Die neuen Glaubenslehren überzeugten mich nicht, wohl aber wurde die Sehnsucht nach der Ferne in mir geweckt. Wie ein böser Zauber drang das Verlangen, das Fernweh in mir ein!

Die Welt sei mein Zuhause sprach der Priester aus dem fernen Europa. Ich lauschte ihm nur zu ergeben. Er erzählte mir, was ich hören wollte und ich glaubte ihm, was er für mich ersann. Ich verließ das Reisfeld meiner Eltern, der Priester nahm mich mit in die große Stadt. Hsin-Chu war damals ein mieses kleines Nest. Eine grob geschlagene Bambuspalisade umzäunte hunderte ineinander verschachtelter Lehmbaracken. Für mich war dieses provinzielle Dorf die Metropole meines Lebens."

Du-Jan hält inne. Entlang seines Oberkörpers streifen geisterhaft die Radierungen fremder Gesichter auf und ab. Die Erinnerungen vergangener Zeiten schleichen über seiner Haut an die Oberfläche. Ein Spuk der hypnotisiert und der eine magnetische Ausstrahlung ausübt. Die Geister dieser anderen Epochen muten mir zum Glück nicht unheimlich oder beängstigend, sondern eher faszinierend und phantastisch an.

„Ein neuer Ort mit neue Straßen empfing mich. Die Stadt Hsin-Chu nahmen mich auf und ich gab mich ihr hin. Ich glaubte, in ein neues Leben hinein geboren zu sein. Ich glaubte, am Ziel meiner Träume und Wünsche zu sein." Du-Jan lacht, und mit dem Schlangenmenschen lachen die Gesichter auf seinem Körper: „Ich arbeitete und schuftete tagsüber, wie ein Besessener, bis zur totalen Erschöpfung. In der Nacht hingegen, da verjubelte ich jeden Cent, keine Bar, kein Mädchen war vor mir sicher."

„Du warst ein richtiger Hansdampf in allen Gassen." Ich kann mir die kleine Bemerkungen doch nicht ganz verkneifen: „Lass mich raten! Deine Tätowierung, sie stammt aus diesen Tagen?"

„Du siehst die Tätowierungen auf meiner Haut! Jeder Quadratzentimeter ist ein Meisterwerk und das Geschäft war unter Dach und Fach. Die Opiumkügelchen waren wohl abgezählt und ich blies auf der Pfeife meine letzten Stunden aus. Für tätowierte Menschenhaut wurde damals ein hoher Preis bezahlt. Ob sie mir die Gemälde beim lebendigen Leib abgezogen hätten? Meine Stunden waren gezählt."

Ich sehe auf seiner Brust die Gesichter freundlicher, lächelnder Geschäftsmänner in den mittleren Jahren. Keine kriminellen Visagen, keine Lions, die begütertere Schicht gönnte sich einen neuen Souvenirartikel.

176

„Bin-Ching löste mich aus. Sie wollte mir meine Träume und Wünsche erst erfüllen, nachdem ich mich zu Grunde gerichtet hatte. Was ich zu Lebzeiten nicht erlangte, das gab mir unsere kleine Göttin in ihrem Himmelreich. Sie wollte sicher gehen, dass meine lebenslange Sehnsucht auch in der Ewigkeit halten würde. So wurde ich ein drittes Mal geboren."

„Du-Jan, du hast wirklich herzensgute Freunde." Des Opiums böses Ende hätte dir bestimmt gut gestanden.

„Du bist doch geschichtsinteressiert! Geh und schau dir die Dark Street, >die dunkle Straße< an! Die Straße hat die Zeit überdauert. Du wirst sie finden. Vielleicht findest du auch die Stelle meiner Wiedergeburt. Ich wünsche dir viel Glück."

„Hört sich nach einem Wallfahrtsort an, Du-Jan. Hat dich unsere Chefin heilig sprechen lassen?" Ich kann mir ein Kichern nicht verkneifen und bedecke wie Lin-Lin meinen Mund mit einer Hand.

„Nein", sein Gesicht wird schmaler, seine Augen bohren sich in die meinen: „Ich rede nicht von mir, ich rede einzig von dir!"

Ich bin dir ins Netz gegangen? Ich stutze und verstehe gar nichts mehr! Was will dieser tätowierte Heini bloß von mir?

„Ich kann dir nicht folgen, Du-Jan. Die einzige Lebensgeschichte, die hier auf dem Tisch ausgebreitet wurde, das war die deinige!"

„And if you believe in this, you will believe in everything! >Wenn du das glaubst, dann kann ich dir alles erzählen<." Du-Jan grinst mich mit einem mitleidigen Ausdruck an: „Geschichten dienen nicht unbedingt der Wahrheitsfindung, wohl aber und durchaus der Motivation. Das waren deine eigenen Worte!"

„Soweit waren wir schon", blaffe ich zurück, „hast du mir sonst noch etwas zu sagen?"

„Würdest du dich denn an meine Worte erinnern? Bin-Chings Natur ist eine andere, gänzlich von der unseren verschieden. Die Gute misst in anderen Maßstäben. Ihr Zeitgefühl ist mit dem unseren nicht vergleichbar. Für sie sind dreihundert Jahre ein Wimpernschlag. Ihre Zeitachse besitzt den Faktor der Unendlichkeit. Kurz gesagt, du alterst nicht mehr, dein Körper bleibt in diesem Jahr stehen."

„Endlich einmal eine gute Nachricht!" Ich proste Du-Jan mit meinem Teebecher zu: „Aber rasieren kann ich mich noch, oder?"

„Ja, dein Leib wird von Bin-Chings Zuwendungen profitieren! Aber was ist mit deinem Geist, deinem Verstand und deiner Seele, werden sie die Unendlichkeit des Seins akzeptieren?" Du-Jan ist noch ein Stückchen näher an mich herangerückt, geradezu beschwörend fixiert er mich.

„Bin-Ching hat dir das Opium ausgetrieben. Bin-Ching hält uns knackig jung. Sie beschützt uns vor allen Krankheiten, vor jedem Hüsterchen. Unsere Göttin hält uns bei Kasse, koste es, was es wolle. Für unsere Kleine sollten die Äonen der Zeit doch ein Klacks sein", bestreite ich.

„Bin-Ching könnte uns sogar in den Götterstand erheben, da gebe ich dir recht. Aber in ihrer Natur als Göttin sträubt sich unsere Chefin gegen einen derartigen Eingriff", berichtigt mich Du-Jan.

„Nein, das ist zu hoch für mich! Bin-Ching ist unsterblich, wir hingegen dürfen in unserem sterblichen Urschlamm krauchen." Ich halte mit meiner gespielten Enttäuschung nicht zurück.

„Du siehst, der Unterschied zwischen Göttern und Menschen ist und bleibt eine unantastbare Grenze. Bin-Ching ist eine Göttin, wir hingegen sind Menschen, selbst wenn du das mit der Zeit nicht mehr wahrhaben möchtest. Denk an meine Worte!" Er hebt mahnend seinen Zeigefinger. Ich sehe nur diesen ekligen, diesen langen und braunen Fingernagel.

„Danke für den Tipp, ich werde mir Mühe geben."

Der Bambus ist zurückgekehrt. Seine grünen Blätter kräuselt sich im leichten, lauen Wind über seiner Haut: „Denk an meine Worte,
178

hörst du! Du solltest am Besten gleich morgen früh zu der Dark Street begeben. Du solltest den Cheng-Huang Tempel aufsuchen. Du musst die Beiman Street zum alten Nordtor hochgehen. Du musst das alte Nordtor finden, hörst du!"

„Wieso? >wäi-ze-ma?<" Nicht nur, das mich Lin-Lin auf die Straße schickt, jetzt lädt Du-Jan mich auch noch zur fröhlichen Schnitzeljagd ein.

„Damit du verstehst, wieso ich dir meine Geschichte erzählt habe. Damit du ein greifbares Beispiel für die vergangenen Jahrhunderte in den Händen hältst. Damit du ein Zeitgefühl bekommst, ein bisschen von Bin-Chings Zeitgeist einatmest." Er nimmt Abstand und rückt ein wenig vom Tisch ab. Leitet er das Ende unseres Gespräches, unseres Traums ein?

„Ich werde mir einen Stadtplan kaufen", endlich darf ich gehen.

„Denke über unsere Startbedingungen nach, hörst du!" Er hält inne und schaut nachdenklich in die Betelnusskronen: „Bin-Ching glaubte, dass erst mein Fall, mein Opiumtod in der Gosse, mich für ihre Mannschaft befähigte. Bei dir sieht sie ein ganz anderes Prinzip vor. Du bist bereits in ihrer Mannschaft, in ihrem Team. Was hatte ich gesagt? Dein Beitritt würde dein Leben kaum verändern oder beeinflussen. Du bist bereits ein Reisender!"

„Das werde ich mir merken. Den Rest könnten wir morgen besprechen", brumme ich vergnügt. Du-Jans Traum geht eindeutig seinem Ende entgegen.

„Wenn du Bin-Ching siehst, dann grüße sie von mir." Um seine Mundwinkel bilden sich kleine Grübchen.

„Gerne, aber du siehst Bin-Ching doch sowieso." Halt, irgendetwas stimmt nicht. Das Ende dieses Traumes hätte so schön sein können!

„Irrtum, mein Herr Reisender." Du-Jan zeigt wieder seine langen Haifischzähne.

„Sprich nicht immer in Rätseln! Was meinst du damit, dass du Bin-Ching nicht mehr sehen wirst?" Adrenalin, das muss ein Adrenalinstoß sein!

„Das heißt, dass ich aussteige", überrumpelt mich Du-Jan: „Ich werde wieder in ein normales Leben zurückkehren. Ich habe meine vierte Geburt gut vorbereitet. Die Ausstiegsklauseln greifen. Bin-Ching hält ihre Versprechen. Unsere holde Göttin lässt ihre Kinder nicht fallen."

„Wo wirst du hingehen?" frage ich völlig verdattert.

„Ich gehe nach Yi-Lan, an der Ostküste. Bin-Ching hat meinen Familienstammbaum durchforstet und dort einige entfernte Verwandte ausfindig machen können. Ich steige bei meiner Sippe, als ehedem verschollenes, schwarzes Schaf wieder ein." Der Bambus auf seinem Körper erblüht im leuchtenden, hellen Grün.

„Du-Jan, ganz privat", untermauere ich seine Schwärmereien.

„Ein Haus im Reisfeld", säuselt er, „ich kehre nach über dreihundert Jahren zurück in meine Kindheit."

„Was ist aus deiner Motivation geworden? Bist du es leid, deine eigenen Seelen zu zählen?" Halt ihn hin, er darf den Traum nicht beenden!

Du-Jan winkt ab und lächelt: „Ein Tipp eines alten Profis gefällig: Bewahre dir deine Motivation, deinen Antrieb."

„Was hat unsere Chefin dazu gesagt?" Wieso fällt mir keine Frage mehr ein?

„Du bist jetzt ihr neuer Liebling, ihr Auserwählter", höhnt er zurück.

„Nein, mal im Ernst, Bin-Ching lässt dich einfach so ziehen?" Er darf mir nicht entkommen!

„Ich kann dich beruhigen, unsere Göttin hat durchaus menschliche Empfindungen. Ich glaube, Bin-Ching hat sich mit der Tatsache ihrer menschlichen Seite abgefunden. In ihren Augen dürfte unser

Fortgang einem Generationenwechsel entsprechen." Der Bambus wiegt sich im leichten, im lauen Abendwind.

„Euer Fortgang ist ein Generationenwechsel! Du-Jan, was versteht ihr unter einem Generationenwechsel? Ich meine, du hast im Plural, du hast in der Mehrzahl gesprochen." Dieser miese Schlangenmensch lässt mich einfach stehen, der gibt mir die volle Breiteseite und lässt mich stehen!

„Wende dich an Migita, unser Kriegsheld dürfte jetzt zum alten Stamm gezählt werden", verweist mich Du-Jan auf den einsamen Japaner.

„Hast du nicht zufällig eine Namensliste mit dabei? Ich meine, nur für den Fall, für die Neuzugänge." Er löst sich auf, der Traum geht zu Ende.

„Du kannst mich ja in Yi-Lan besuchen kommen", lacht er wieder: „Du wärst der Einzige, der meinen Geschichten glauben würde."

„Aber alle deine Geschichten sind Märchen, abgedroschene Lügenstorys", versuche ich ihn zu halten.

„Wer will denn die Wahrheit hören?" Weg ist er. Sein Lachen klingt und hallt nach zwischen den Betelnussbäumen. Du-Jan, Zöpfling, du bist ein alter Platzhirsch, für Neuankömmlinge hast du nichts übrig. Du hast nicht aus dem Nähkästchen geplaudert. Du hast nur preisgegeben, was Bin-Ching von dir gefordert hat, kein Gramm mehr. Man, das ich auf so ein Ekelpaket stoßen muss!

Die Bananenbäume heben wieder ihre großen, breiten Blätter. Sie lauschen mir nicht mehr, sie winken mir diesmal zum Abschied zu. Trotz alledem, endlich geht der Tag zu Ende.

Kapitel IX.

Straßenwind

街 風

„Bin-Ching heißt übersetzt nicht >Kaltes Herz<, sondern >Eisiges Herz<." Lin-Lin überprüft kritisch ihre Frisur, ihre >tien-tau-fa<. Ihr Spiegelbild zittert im gemächlich dahinplätschernden Gewässer des alten Stadtgrabens.

„Bist du dir ganz sicher?" Ich halte die Luft an und schaue verstohlen zum gegenüberliegenden Ufer, zu der Parkbank, auf der ich gestern Nachmittag mit Bin-Ching saß.

„Du weißt, wie du die einzelnen Wörter betonen musst?" Lin-Lin zupft an einigen Strähnen über ihrer Stirn, um sie anschließend nach hinten zu streichen.

„Mein Chinesisch ist extrem holprig aber nicht gänzlich schlecht", krächze ich hervor.

Wie gut, dass Lin-Lin mich nicht sieht. Wie gut, dass sie mir ihren Rücken zugewandt hat. Wie gut, dass sie mir nur mit einem halben Ohr zuhört. Ich habe eine Entscheidung getroffen!

„Hast du auf den Satzzusammenhang geachtet, insbesondere auf dessen Sinn und Aussage?" Lin-Lin perfektioniert ihre gekrümmte Haltung. Sie balanciert mit geschlossenen Beinen und gestreckten

182

Oberarmen. Ihr Podest ist ein kippliger, untertassengroßer Findling am Wasserrand. Ihre Augen schielen, sie visiert eine Haarsträhne knapp vor ihrer Nasenspitze an. Sie knibbelt und rubbelt an dem verhutzelten Knoten.

„Bin-Ching wird in diesem, in unserem Fall als Subjekt, als Name einer Person verwendet." Um ein Haar und ich hätte angefangen zu stottern. Ich muss husten und mein Hals ist trocken. Auch ich muss einen Knoten lösen!

Mein Blick gleitet an Lin-Lins Rücken vorbei, zurück zu der Bank. Ich wische mir zum tausendsten Mal den kalten, den eiskalten Schweiß von der Stirn.

Das hätte mir nicht passieren dürfen! Wie ist mir bloß dieser simple Übersetzungsfehler unterlaufen? Wie kann ich die Wörter "kalt" und "Eis" verwechseln?

Natürlich, ich war von dem brennenden Stadttor und Bin-Chings Auftritt durcheinander. Natürlich, mir hat der alkoholisierte japanische Abend mit Jacky und Gerd zugesetzt. Natürlich, ich bin, eingestandener Maßen, des chinesischen nur leidlich sicher. Natürlich, lau-sche, warum hast du mich auf diesen Fehler nicht hingewiesen?

„Da hat dich jemand verschaukelt. Kein Mensch würde sich einen derartigen Namen zulegen." Lin-Lin zerrt mit einem Kamm an ihren Haaren herum, während sie immer noch schief wie eine Weide, auf dem kleinen Stein über dem Wasser balanciert.

„Wir sind uns einig, die angesprochene Person ist nämlich kein Mensch, sondern eine Göttin." Ich versuche mich abzulenken. Mein Blick wandert entlang des Stadtgrabens zum Tor und wieder zurück.

Wir stehen außerhalb des alten Hsin-Chu. Wir stehen jenseits der Du-Janschen grünen Palisaden. Wir stehen vor den steinernen Mauern, dem zweiten Schutzring dieser Stadt.

Bin-Ching, du und ich haben gestern sogar auf der anderen Grabenseite gesessen. Du wärest demzufolge in der Lage, deinen Tempel jeder Zeit zu verlassen. Der Cheng-Huang Tempel, das Haus der unzähligen Götter, bindet dich nicht.

Ich spinne den Faden, gehen wir einen Schritt weiter: Der Tempel limitiert deinen Aktionsradius nicht um ein Jota, ganz im Gegenteil, du kannst nach eigenem Belieben durch das alte Osttor spazieren. Du kannst soweit gehen, wie immer du willst und auf Parkbänken plauschen.

Du bist in der Lage, jeden Ort auf dieser Welt aufzusuchen! Wieso und wofür benötigst du uns Menschengewürm überhaupt? Du kannst doch auf uns, deine reisenden Lakaien, verzichten! Was soll dieser Aufwand mit Migita, mit Du-Jan, mit mir und deiner Mannschaft?

„Den Namen habe ich noch nie gehört! Was soll das für ein Gott oder eine Göttin sein?" Lin-Lin ist zufrieden, endlich entsprechen ihre Haare ihren Vorstellungen. Sie hüpft leichtfüßig wie ein junges Reh zu mir herum.

„Sie ist die Göttin des Reisens, des lebenslangen Reisens." Was erzähle ich da? Weiß ich das wirklich so genau?

„Du fliegst also doch nach China!" Lin-Lin beißt sich auf die Unterlippe, die Enttäuschung ist ihr anzusehen.

„Ich habe ein neues System: Ich klebe dir eine Briefmarke auf den Popo und schicke dich vorweg, als Einschreiben", necke ich in guter alter Form.

„Bitte?" Die Enttäuschung in ihrem Gesicht weicht einer totalen Verwirrung.

„Damit du für uns beide schon einmal das Hotelbett vorwärmst." Ich stupse mit meinem Zeigefinger über ihr Näschen. Wie schnell ihr Gesicht doch strahlen kann!

184

Lin-Lin ist ganz aus dem Häuschen. Ihre Umarmung erfolgt blitzschnell und ohne Vorwarnung. Ihre Hände umklammern mich und wir pressen unsere Körper aneinander. Ihre beiden Augen verschwimmen und werden eins. Ich schließe die meinen und unsere Lippen berühren sich, ihr Kuss ist lang anhaltend.

Die Zeit bleibt stehen.

Wer würde den Augenblick stören können?

Ihr Atem ist heiß, als wir uns voneinander lösen.

„Hat dir deine kleine Göttin des Reisens, diese nette Idee zugeflüstert?" ulkt Lin-Lin und trippelt die Stufen hoch, die den tieferliegenden, alten Stadtgraben, mit dem regulären Straßenniveau verbinden. Oben wartet der Kreisverkehr, der mit einem äußeren Fußgängerbereich, das alte Osttor in seiner Mitte umschließt.

Ich starre auf die Bank. Bin-Ching, du sollst mir nichts flüstern. Verdammt noch einmal, du sollst aus meinem Leben verschwinden!

„Peter, schau einmal, hast du dir das hier schon einmal angesehen?" zwitschert Lin-Lin von oben.

Ich reiße mich aus den Gedanken und stehe im Nu neben ihr: „Das ist ja Hsin-Chu!"

„Und zwar im Doppelpack, wie du siehst!" näselt Lin-Lin und deutet auf zwei große, gut drei Meter hohe Steintafeln.

Die beiden aus Beton gegossenen Monolithe thronen vor uns, ähnlich denen in Kubricks Odyssee 2001. Die mächtigen Steine künden von der Vergangenheit ihrer Stadt. Veredelter, rostfreier Stahl ziert ihre Front. Ihre Stadtmarken sind schriftlich vermerkt und tief in das Metall eingestanzt. Ihre vier Tore, die Wälle aus Bambus, die ersten Tempel, das war ihnen wichtig.

Onkel Jo, das ist deine Stadt, aus dem Jahre 1733. Hsin-Chu, das bist du, als du gerade einmal vierzig Fußballfelder alt warst.

„Schau, da muss Onkel Jo die Schulbank geschwänzt haben." Lin-Lin steht dicht bei mir. Den linken Arm um meine Taille, ihr Köpfchen an meine rechte Schulter gelehnt, so studiert sie, wie ich, das spiegelblanke Kartenwerk.

„Wo? Was? Ich betrachte aufmerksam die feinausgearbeitete, altchinesische Zeichnung eines Palisadendorfes, vermag aber nicht, Lin-Lins Beobachtung zu verstehen. Lin-Lin, was meinst du?"

„Erinnerst du dich nicht mehr? Onkel Jo referierte doch so schön, dass die ersten Stadttore runde Türme gewesen wären. Ich sehe hier aber nur unsere bekannten, eckigen Stadttore." Lin-Lin schmatzt mir einen dicken Kuss auf die Backe.

„Er muss wohl schon damals Betelnüsse genascht haben", murmele ich und drehe mich mit Lin-Lin zum zweiten Monolithen um.

Wir werden augenblicklich geblendet. Hsin-Chus Geschichte erstrahlt im gleißenden Licht reflektierender Sonnenstrahlen. Die taiwanesische Sonne brennt unbarmherzig von hinten, über das alte Osttor, über unsere Köpfe hinweg, auf den zweiten Monolithen. Wir müssen unsere Augen beschatten, um überhaupt etwas erkennen zu können.

„Sie war aus Lehm", übersetzt Lin-Lin die chinesischen Schriftzeichen, während ich die Zeichnung studiere.

„Die Mauer war genau da, wo wir jetzt stehen", versuche ich, auch einmal etwas Kluges von mir zu geben.

Die Zeichen werden von oben nach unten gelesen. Ich schaue rüber zur Bank. Herr von und zu lau-sche, wo bleibt die Übersetzung?

„Die damaligen Bewohner Hsin-Chus haben 1806 einen zusätzlichen Erdwall errichtet, um die Stadt vor Piratenangiffen zu schützen." Lin-Lin geht die Spalten ein zweites Mal durch, um ganz sicher zu sein.

„Das hört sich richtig spannend an. Die Freibeuter stehen vor den Toren der Stadt Hsin-Chu. Chen-Störtebeker und Ross-Rotbart waren die Schrecken des Südchinesischen Meeres", lache ich laut auf.

186

„Nicht so voreilig", Lin-Lin löst sich von mir und hebt ihre Hand zum Stopp-Signal: „Das dürften unsere Stadtväter nicht lustig gefunden haben. Mit den Piraten war damals wirklich nicht zu spaßen. Die Burschen waren immer wieder, über den Fluss Touchian, ins Landesinnere vorgestoßen. Wie nanntest du sie, die Freibeuter waren mit ihren Booten, bis zu dem Nordtor Hsin-Chus vorgedrungen."

„Du meinst den Touchian Fluss, der Hsin-Chu von der Stadt Jubei im Norden trennt. Das ist doch kein Fluss, das ist ein kleines Rinnsal, auf dem passen keine zwei Kanus nebeneinander", ereifere ich mich.

Ich muss unwillkürlich an letzte Nacht denken, vor mir ziehen dunkle Gewitterwolken auf!

„In einem Punkt hast du recht, heutzutage ist der Fluss Touchian nur noch ein kleines Bächlein. Zum anderen muss ich dich korrigieren, egal ob südchinesische Piraten oder norwegische Wikinger, zum Sturm auf unser friedliches Hsin-Chu ansetzten, ihre Methoden dürften wohl die gleichen gewesen sein." Lin-Lin drückt sich wieder an mich: „Oder vielleicht doch nicht?"

Ich darf gar nicht daran denken, die Antwort auf Lin-Lins Frage würde ich in Yi-Lan finden. Ich nicke ihr zu, fortzufahren.

„Jetzt nimmt unsere zweite Zeichnung endlich Gestalt an." Meine kleine taiwanesische Freundin tippt auf die Geschichtstafel vor uns: „Die reichsten Bürger unserer Stadt haben die steinerne Mauer gestiftet. Denen muss die Angst wirklich im Nacken gesessen haben. So ein riesiges Bauwerk, das war bestimmt nicht billig. Kannst du dir das vorstellen!"

„Sag mal, Lin-Lin, was heißt eigentlich >Piraten< auf chinesisch?" Ich lese die Jahreszahlen 1826-1829 für den Mauerbau von Chuchien City. War Chuchin die Vorgängerin von Hsin-Chu?

„>Hai-dau<, bei uns heißen Piraten >hai-dau<.“ Lin-Lin umfasst mich erneut und unsere Blicke treffen sich: „Mein tapferer, kleiner Matrose, möchtest du für mich ein großer, starker Pirat werden?“

„Versprochen ist versprochen“, turtele ich mit gemeiner, zielgerichteter Absicht zurück. Du-Jan, ist das dein Vermächtnis an mich?

„Ich habe einen Piraten, ich habe einen Piraten“, jubelt Lin-Lin und schwenkt begeistert die Arme über ihren Kopf.

„Und meine Liebe, was versprichst du mir dafür?“ Ich stolpere beinahe über meine eigenen Beine und lasse Lin-Lin vorausgehen. Wir verlassen den Park des alten Stadtgrabens und bleiben an dem Kreisverkehr stehen, an der Einfahrt zur Shengli Road. Auf der gegenüberliegenden Seite des Grabens mündet die Xinyl Street in den Kreisverkehr, direkt neben dem Family Market.

Was tue ich da gerade? Mir ist mit einem Schlag der gestrige Traum unter den Betelnussbäumen wieder gegenwärtig. Du-Jan, jetzt zitiere ich dich: Nur der Teufel zeichnet Verträge. Nein, Lin-Lin, deine Seele soll mir rein bleiben. Und doch ich weiß, du würdest alles für mich tun.

„Ich folge dir, egal wohin du gehst!“ Lin-Lin beantwortet meine Frage in bester Laune.

„Meine kleine Freibeuterin will getestet werden!“ Ich schaue mich prüfend um. Wir haben den alten Stadtgraben hinter uns gelassen und das alte Osttor passiert, wir stehen im inneren Bereich der alten Stadt Hsin-Chu.

„Du willst mich begleiten, egal wohin die Reise geht?“ Ich schaue Lin-Lin tief in die Augen. Meine Freundin antwortet mit einem verführerischen Lidschlag, sie antwortet mit dem heißen Hauch eines geflüsterten “JA.“

„Dein Wunsch sei mir Befehl“, ich schlucke den berüchtigten Kloß im Hals herunter: „Mein bezaubernder Prüfling, deine erste Aufgabe ist, mich zu dem brennenden Nordtor deiner Stadt zu geleiten!“
188

„Super, das ist ja total einfach", Lin-Lin klatscht begeistert in ihre
Hände: „Komm, hier entlang!"

Habe ich irgendetwas anderes erwartet? Habe ich irgendetwas
verpasst? Natürlich gehen wir zu unserem brennenden Nordtor,
die berühmte Sehenswürdigkeit unserer Stadt, das allseits beliebte
Ausflugsziel am Wochenende, die Schätze der Menschheit, unser
bescheidenes Weltkulturerbe.

Ich folge Lin-Lin dem Kreisverkehr entlang. Wir überqueren die
Kreiseinfahrt zur Wenchang Street und passieren die alte Polizei-
wache, die wie alle Polizeistationen der Insel, im guten alten japa-
nischem Stil errichtet wurde, und bleiben vor der Einfahrt in die
Dongmen Street stehen.

„Sag mal, Lin-Lin, was heißt eigentlich >Du-Jan< übersetzt?" Ich
schaue zurück zum alten Osttor. Das Tor wird uns die Dongmen
Street eine gute Wegstrecke begleiten. Lau-sche, wann hattest du
mir in den letzten Tagen die Maße der steinernen Stadtmauer von
Hsin-Chu verraten? 2838 Meter war ihre Mauer aus Stein lang, 4.6
Meter hoch und 4.9 Meter breit. Lin-Lin, du hast recht, das haben
selbst die wohlhabenden Bürger der Stadt nicht aus der Portokasse
bezahlen können.

„>Du-Jan<, das habe ich noch nie gehört! Ist das deine nächste Göttin, die du mir verheimlichst?" Lin-Lin versperrt mir provokativ
und mit einem aufgesetzten Schmollmund den Weg.

„Nein, meine Süße, das ist diesmal ein Kerl, der ist tätowiert bis auf
die Zunge." Ich ziehe Lin-Lin von der Straße weg. Nicht dass ich
Angst hätte, einer der unzähligen Motorroller könnte uns unter
seine Räder oder auf die Hörner nehmen.

Ich kann die Augen des alten Osttores in meinem Rücken spüren.
Die Blicke dieses Tores verfolgen uns, während wir die Straße in
Richtung Cheng-Huang Tempel gehen. Unter den überdachten
Gehwegen sind wir vor dem argwöhnischen alten Osttor und der

gleißenden taiwanesischen Sonne wenigstens ein bisschen geschützt.

„>Du-Jan<, nein, ganz sicher, was oder wer soll das sein?" Lin-Lin klammert sich an meinem Gürtel fest.

„Du-Jan ist ein Opiumsüchtiger aus den Anfängen des 19. Jahrhunderts, er kam mit den Piraten nach Hsin-Chu, er kam mit den ersten westlichen Priestern und den Opium nach Hsin-Chu." Die Wahrheit ist so unglaubwürdig, dass ich mir selber kein Wort abnehmen würde.

„Möchtest du mir deine beiden neuen Freunde nicht vorstellen?" Lin-Lins Blick ist die Phantasie, die Verführung pur: „Onkel Jo hat recht! Du pflegst einen neuen Umgang!" Ihre Zungenspitze umspielt ihre zarten Lippen: „Tätowiert ist er, sagst du! Eine neue Freundin, sie ist göttlich, sagst du!" Ihr Atem ist so heiß.

Peter, du solltest jetzt aufwachen!

Wann beginnen die Alarmglocken zu läuten?

Läuten sie immer noch nicht!

Wenn Lin-Lins Lippen bloß nicht so nah den meinen wären.

Peter, die Sekunden verstreichen und Lin-Lin wartet.

Du hast deine Entscheidung getroffen, jetzt sieh zu, dass du da wieder heraus kommst!

Moment mal!

Woraus denn?

Sind die letzten drei Tage nicht so unglaubwürdig, das ich selber an mir verzweifeln könnte?

Ist Lin-Lin nicht die einzige, die mir jetzt noch helfen kann!

„Lin-Lin, du musst mir helfen!" Meine Hände finden nun ihrerseits Lin-Lins Gürtel. Unsere Gesichter nähern sich auf Nasenspitzenlänge und Lin-Lins Augen verschmelzen zu einem großen Zyklopenauge, einem >da-yien-tien<. Mein Kuss trifft sie sichtbar unvorbereitet und sie weicht einen Schritt zurück. Doch dann schmiegt sie ihren Körper an den meinen. Wir küssen uns ein zweites Mal. Unübertroffen der beste Kuss seit langem.

Leider bin nur ich dieser Meinung!

Lin-Lins Stimmungsumschwung schlägt wortwörtlich aus dem heiteren Himmel auf mich nieder: „Ich kratze ihr die Augen aus", giftet sie und windet sich aus meinen Armen. Aus ihrer Stimme sprüht der Hass und ihre Brust hebt und senkt sich im rasenden Takt.

„Super, wir werden sie gemeinsam schlagen, zusammen sind wir stark", pflichte ich ihr im aufmunternden, sportlichen Stil bei.

Peter, lächeln, lächeln, lass dir ja nichts anmerken!

„Wieso tust du mir das an?" Lin-Lin steht stocksteif vor mir. Eine Träne läuft an ihrer Wange hinab.

„Nur du wirst mich begleiten, egal wohin die Reise geht." Ich wische die Träne auf ihrer Wange fort.

„Du hast eine andere. Ich bin dir nichts mehr wert!" Lin-Lin schnieft, ein verkrampftes Zittern durchläuft ihren kleinen Körper.

„Du bist die Einzige, die mir jetzt noch glaubt." Kein Flehen, kein Bitten, keine Unsicherheit, ich kann selber nicht an meine Worte glauben. Ist meine Maske so dick?

„Du hast eine neue Göttin, eine neue Königin. Was wären dir meine Gefühle und Meinungen noch wichtig?" Lin-Lin putzt sich ihre Nase.

„Nur du kennst den Weg, der mich sicher durch die Straßen Hsin-Chus geleitet." Lin-Lin, bleib bei mir!

„Soll das eine weitere Prüfung werden!" Lin-Lin schaut an mir vorbei die Straße hinunter.

„Nein, nennen wir das ein Versprechen. Das Versprechen eines Weges, eines Weges zurück zu dir!" Habe ich doch noch einmal die

Kurve bekommen? Mädchen, lass deinen Matrosen, deinen Piraten jetzt nicht sitzen!

Ich habe endlich registriert und umgesetzt, dass mit höfflichem Bitten bei Lin-Lin nur das Gegenteil erreicht wird.

Wir lösen uns voneinander und schauen nach vorne. Verflixt, die Straße beschreibt eine leichte Linkskurve, die rechte Häuserfront verschiebt den Weg durch seine dreistöckigen Bauwerke, drückt und schiebt die Gebäude linker Hand hinüber.

Ich sehe, was ich sehe. Das waren meine eigenen Worte. Ich unterliege keiner Sinnestäuschung! Aber wieso ist diese minimale Krümmung nicht auf den Karten verzeichnet? Wieso ist mir heute Morgen, dieser unbedeutende Straßenbogen, nicht auf der Google Map aufgefallen?

„Wie könnte ich dir folgen? Ich müsste mir Flügel auf den Rücken schnallen!" Lin-Lin wendet sich mir wieder zu, ihr Blick ist eindeutig. In ihren Augen schimmert der simple und einfache Wunsch. Meine kleine Taiwanerin möchte einfach nur bei mir sein.

„Also Herr Kapitän, bitte anschnallen, wir starten die Propeller und heben ab", witzele ich. Wir stehen uns dicht gegenüber und unsere Augen verschmelzen wieder miteinander. Lin-Lin gluckst, ein Schalk huscht über ihr Gesicht: „Versprichst du mir, mich mitzunehmen, egal wohin du gehst?"

„Abgemacht und großes Ehrenwort", ich hebe die Hand, zum ultimativen Indianerschwur.

Du-Jan, du irrst dich, wir zeichnen keine Verträge. Die Welt ist für uns weiterhin offen und frei. Sie ist nicht eingeschnürt in ein Regelwerk, gespickt mit Gesetzen und Vorschriften, Mahnungen und Verboten.

Nur der Teufel strickt Grenzen, die Erweiterungen seines Hoheitsgebietes: „Lin-Lin, wir sind frei, wohin wir auch immer gehen werden."

„Das hast du schön gesagt", Lin-Lin klatscht begeistert in ihre
Hände: „Komm, lass uns dein brennendes Nordtor aufsuchen."

„Ja, natürlich, das alte Nordtor, das brennende Nordtor." Das hätte
ich beinahe vergessen: „Dann mal los."

Lin-Lin geht voraus, ich folge dem leichten Schwung ihrer Hüften,
ihrem schlanken Körper. Ihre schwarzen Haare hüpfen verspielt
bei jedem Schritt über ihre Schultern und den Rücken.

Ich wische mir mit beiden Händen einen klebrigen, einen eiskalten
Angstschweiß von der Stirn.

Mensch Junge, da hast du noch einmal Glück gehabt! Lin-Lin hat
dich dieses eine Mal noch ziehen lassen.

Bist du denn noch ganz bei Trost. Du erzählst ihr seelenruhig, dass
du eine andere Freundin hast. Um ein Haar und sie hätte dir den
Laufpass gegeben.

Ja, atme erst einmal ruhig durch, gönne dir die kleine Verschnauf-
pause. Du weißt, das wird noch ein Nachspiel haben. Lin-Lin wird
dich nicht so gänzlich ungeschoren davonkommen lassen.

Willst du dich immer nur weigern zu verstehen, was du an der
Kleinen hast? Ja, so weit bist du mittlerweile wenigstens. Sie ist die
Einzige, die dir jetzt noch beisteht. Aber wie lange wird sie deine
Extratouren mittragen? Herrgott, das solltest du dich fragen.

Stopp, mein liebes Gewissen, danke für die Auskunft!

Was sagst du? Wir befinden uns auf der Dongmen Street, Höhe
Moonlight Hotel. Danke, mein lieber GPS lau-sche.

Sonst noch jemand da?

„Peter, geht es dir nicht gut?" Eine besorgte Lin-Lin zupft mich an
der Hand und reicht mir ein Taschentuch.

Ja, bald ist mein Zustand offiziell, ich bin dem Wahnsinn nahe!

„Alles in Ordnung", stoße ich hervor: „Sag mal, was heißt >Dong-
men Street< übersetzt."

Lin-Lin betrachtet mich abschätzend: „>Dong< ist die Bezeichnung
für die Himmelsrichtung Osten, >men< steht für Tor. Zusammenge-
fasst heißt >dongmen< das Osttor."

Ich nicke ihr zu: „Die Straße hier, die direkt zum Cheng-Huang
Tempel führt, ihr nennt sie die Osttorstraße."

„Richtig! Kennst du nicht unseren kleinen Kinderreim?" Lin-Lin
muss kichern und bedeckt ihre lachenden Zähne, wie selbstverständlich mit einer ihrer Hände: „>Dong, nan, xi, bei<."

„Lass mich raten: Osten, Süden, Westen, Norden, wir Abendländer
pflegen übrigens ähnliche Kinderreime."

„Lass hören!"

„Nicht ohne Seife waschen, bei uns spielt der Anfangsbuchsstabe
die eigentliche, die entscheidende Rolle."

„Dann haben wir ein anderes System."

„Lass hören!"

„Bei uns wird der vierer Reim möglichst schnell und im Endlostakt
aufgezählt: Dong, nan, xi, bei, dong, nan, xi, bei, dong, nan, xi, bei."

Ich werde abgelenkt und bleibe stehen, während Lin-Lin tänzelnd
voraus geht und ihren Kinderreim fleißig wiederholt.

Tatamimatten, in dieser kleinen Garage, gleich hinter dem Moonlight Hotel, werden japanische Tatamimatten produziert. Sollte ich
Migita Bescheid geben? Der japanische Offizier würde sich, in seiner Bergfestung, auf diesen heimatlichen Matten, bestimmt wohler
fühlen. Migita ist ein Lebemann, im Verborgenen von Zeit und
Raum, hatte das Bin-Ching nicht selber gemunkelt, seine Partys
wären legendär?

Das nächste Geschäft ist ein Handysammelsurium, dahinter lockt
eine Boutique, ein Maniküre-Studio, eine weitere Boutique, eine
Arztpraxis, ein Elektroladen für Batterien und danach erstrahlt und
glitzert ein Krämerladen für den An -und Verkauf von Goldartikeln

jeglicher Art. Neben einem goldenen Hello-Kitty-Kätzchen lacht ein goldenes Häschen, ein >tu-ze<, dem Passanten entgegen.

Wäre das kleine, possierliche Tierchen nichts für Lin-Lin? Ich kann mir ein Schmunzeln nicht verkneifen! Meine liebe Bin-Ching, würde deine Kreditkarte auch derartige Aufwendungen decken?

Lin-Lin wartet an der nächsten Kreuzung auf mich, der Kreuzung Dongmen Street, Datong Road. Die Straßen kreuzen sich nicht im rechten Winkel, sie schneiden sich im spitzen Winkel von dreißig Grad.

Lin-Lin wartet im Schatten auf mich: „Na, mein tapferer Pirat, peilst du die Himmelsrichtungen!"

„Ich habe aufgepasst, wenn ich vom Osttor zum Cheng-Huang Tempel will, dann muss ich immer westwärts gehen." Ich deute in die angesprochene Richtung.

„Und zu ihrer Rechten, das ist der stille Osttempel", erklärt Lin-Lin im perfekten Touristenguide-Stil.

„Der wer ist das?" frage ich etwas begriffsstutzig.

„Der stille Osttempel", antwortet Lin-Lin geduldig: „Das haben sie da oben, über dem Eingang geschrieben."

„Ihr müsst eure einfallsreichen Namen wirklich lieben", ich werfe dem Tempelbau nur einen flüchtigen Blick zu.

Die typischen Schwalbenschwanzdächer, die typischen dunkelgrauen Säulen, auf denen sich Drachen und anderes Gewürm nach oben schlängelt, die typische riesige bronzene Ascheurne, für die ewig qualmenden Räucherstäbchen, der typische Kaminofen für die Geldverbrennung, die geschäftlichen Beziehungen zu den Göttern, die typischen goldenen Schriftzeichen auf schwarzem Hintergrund, die typischen taiwanesischen Götterfiguren, Knallbonbon in allen Farben stehen sie dort versammelt, ganz so wie ein komplettes Fußballteam, nur aus World Disney Puppen.

Moment mal, was heißt hier geschäftliche Beziehungen zu den Göttern?

Ich will doch keine Beziehung zu irgendeinem taiwanesischen Gott!

Bin-Ching, Eiskaltes Herz, ich will keine Beziehung zu dir!

Was will ich denn?

Danke, lau-sche, für diese intelligente Frage!

Was will ich denn?

Wir überqueren die Datong Road und bleiben vor dem taoistischen Tempel, dem stillen Osttempel stehen.

Ein buddhistischer Mönch betritt den Tempelbereich. Darf der das überhaupt? Was sucht ein buddhistischer Mönch in einem taoistischem Tempel? Diese Stadt ist ein Chaos. Ein bunter Haufen, aus allem zusammen gewürfelt, das je auf diese Insel gespült wurde.

Bin ich nicht auch auf diese Insel gespült worden?

Wir passieren eine weitere Garage, gefüllt mit roten und goldenen Urnen, kitschigen Götterstatuen und Neonlampen. Auf der anderen Straßenseite zweigt die Fushin Road im spitzen Winkel ab. Ein ATM, ein Geldautomat duckt sich unauffällig im Mauerwerk. Wir bleiben vor der nächsten Straßenkreuzung stehen, mit einem Schuhgeschäft im Rücken und gleich daneben mit sortierter farbiger Damenunterwäsche.

Ich meine nicht die Damenunterwäsche! Das ist ein Himmelreich für alle Briefträger: „Lin-Lin, könntest du mir verraten, wie diese Straße heißt?"

„Der Name steht da vorne auf dem Straßenschild! Dongshan, die Straße heißt Dongshan Road." Lin-Lin zeigt stolz auf ein grünes Straßenschild, mit weißer Schrift, auf der gegenüberliegenden Häuserwand.

„Nein, das meine ich nicht." Mein Lächeln ist spitzbübisch und meine Augen funkeln listig.

„Ach, du meinst die Übersetzung", Lin-Lin sucht in meinem Gesicht. Wer wird diese Langnasen je verstehen können?

„>Dong< ist wie gehabt die Himmelsrichtung Osten, >shan< heißt so viel wie die Zahl drei. Also frei übersetzt für dich: Das ist die dritte Oststraße." Lin-Lin lächelt zufrieden und linst zu einem Schmuckgeschäft.

„Nein, das meine ich auch nicht." Ich lächle Lin-Lin weiter durchtrieben an: „Schau genau hin, die Straße besitzt zwei Namensschilder, rechts ist sie die Dongshan Road, links ist sie die Dongqian Street. Die Straße ist wirklich einzigartig, sie besitzt zwei Namen. Erinnere mich, in meinem nächsten Leben möchte ich Postbote in Hsin-Chu werden." Ich bedecke meinen Mund mit einer Hand und imitiere ein geräuschloses hämisches Kichern nach.

„Ha, ha, ha, du musst nicht alles wissen", wiegelt Lin-Lin lachend ab und überquert vor mir die Dongshan-Dongqian Kombination.

„Weißt du zufällig, was eigentlich >qian< heißt?" Ich bleibe mit einem Schlag stehen!

Was sagst du, lau-sche, da vorne ist die "Dark Street", die Dunkle Straße? Das ist die älteste bekannte Straße dieser Stadt. Richtig, knapp im Eck, an der Kreuzung, zweigt ein kleiner verborgener Weg in die Dunkelheit. Mir gähnt der Eingang wie ein schwarzes Loch, wie ein finsterer Schlund entgegen.

Das ist doch keine Straße! Das ist eine Gasse, gerade einmal breit genug für einen eurer Motorroller!

Lau-sche, bist du sicher? Wie sollte eine der ältesten Straßen Hsin-Chus denn aussehen? Das ist ein enger, schmaler Tunnel, erdrückt von den Häusern zu seinen beiden Seiten. Ein Spalt, gerade einmal so breit, das du zwischen den Bambusstämmen hindurchschlüpfen kannst.

Du schlängelst und quetscht dich durch den finsteren Häuserschlund, du quälst dich durch den Bambuswald, du hellst einzig

Ausschau nach dem Ende, dem Licht am anderen Ende dieses Tunnels.

Viele Städte beschreiben die Stunde ihrer Geburt, ihren Gründungsmythos im lichten Glanz und Gloria. Hsin-Chu hingegen erwacht nicht nur bescheiden, sondern ganz und gar selbsterniedrigend, im Brackwasser der Gosse!

Ich wage mich die ersten Meter hinein, in dieses heruntergekommene Loch. Kleine rote Laternen, kleine Lampions verströmen den Charme eines anrüchigen Bordsteingewerbes, einer sündigen Meile, die doch nur fünfzig Meter misst. Eine Katze entschwindet mit einem eleganten Sprung in eine höher gelegene Luke, knapp unter einem Dachansatz.

Nein, hier wohnt niemand mehr. Ich sehe zu beiden Seiten flache Hauseingänge mit wenigen Fenstern, alles im Stadium des Verfalls.

Ja, lau-sche, du hast ganz recht! Ich weiß nicht was ich will; und den Weg, den kenne ich auch nicht.

Was suche ich hier überhaupt?

Erwarte ich allen Ernstes Du-Jan anzutreffen?

Ja, Bin-Ching, ich sehe euch beide vor mir, wie du dich über ihn beugst, des Opiums böses Ende!

Welche Rolle ist dein Part? Die der gutmütigen, der barmherzigen Göttin, die einen gefallen Engel zurück auf den wahrhaftigen, den rechtschaffenen Weg führt?

Oder die des niederträchtigen Teufels, der weitere Dämonenschergen für seine immer bösen Pläne anwirbt und unter Vertrag nimmt!

Ich höre Lin-Lin mit giftiger Stimme hinter mir: „Du kommst zu spät. Deine Königinnen der Nacht wirst du hier nicht mehr finden."

„Die Gasse war also genau das, wonach sie jetzt aussieht, eine Bordellstraße!" Nein, Du-Jan, ich bin nicht hier, um deine Hausnummer aufzusuchen, deinen geheiligten Platz der Wiederauferstehung.

Und doch, ich tappe hinein in diese Kloake, dem Urschlamm Hsin-Chus!

„Sag mir die Wahrheit!" Lin-Lin schmiegt sich an mir. Ihre Lippen küssen meinen Hals. Ihr Atem ist ein heißer Hauch, der meinen Nacken umspielt: „Deine Göttin, deine süße kleine Göttin, deine Bin-Ching, ihr hattet euch hier verabredet!"

Ich weiß Bescheid!

Mir sprengen die Alarmsirenen fast das Hirn.

Lin-Lins Lunte knistert und sprüht. Ihre Zündschnur brennt lichter-loh.

Ich muss das Ruder herumwerfen.

Aber wie?

Wie viel Zeit bleibt mir?

Ich muss gegensteuern.

Welchen Kurs kann ich nehmen?

Peter, nicht bitten, du bist kein Hanswurst, sag die Wahrheit.

Lau-sche, du hast mir jetzt gerade noch gefehlt.

Sag die Wahrheit.

Ja, ich habe verstanden.

Was für eine Wahrheit?

Die Wahrheit.

Ich habe verstanden.

„Die Wahrheit und nichts als die Wahrheit!" Ein Schmunzeln umspielt meine Lippen.

„Ich folge dir, egal wohin du gehst!" Lin-Lin hält sich an mir fest, die Kleine klammert sich geradezu an mir.

„Meine kleine, tapfere Freibeuterin ist also bereit!" Lin-Lin gewährt mir eine weitere Gnadenfrist. Nein, Lin-Lin gewährt mir keine Gnadenfrist.

Lin-Lin tickt anders! Aus welchem Blickwinkel betrachtet mich meine kleine Taiwanerin? Ich hole tief Luft, ich sollte mein Glück nicht überstrapazieren. Habe ich noch immer nicht gemerkt, was ich an Lin-Lin wirklich habe?

„Wie lautet deine zweite Prüfung?" Ihre Frage ist flüsternd und zaghaft, fast so, als sollte sie nicht ausgesprochen werden.

„Also", krächze ich und fasse neuen Mut: „Ich habe gestern Abend von dieser Straße geträumt. Der >Dark Street<, eine der ersten Straßen Hsin-Chus."

Ein eisiger Schauer läuft mir über den Rücken, die gestrige Nacht steckt mir augenblicklich wieder in den Knochen: „Ich bin einer unheilvollen Person begegnet, die mich auf diese Straße aufmerksam gemacht hat."

„Du meinst diesen tätowierten Heini!" Lin-Lin schließt enger zu mir auf und schaut ebenso, mit angsterfüllten Augen, in den dunklen Straßentunnel der Dark Street.

„Genau, er nannte sich selber >Du-Jan<." Ich nehme Lin-Lin in meine Arme: „Lin-Lin, was heißt Du-Jan übersetzt?"

„Nein, das weiß ich nicht." Lin-Lin schüttelt, mit einem enttäuschten Gesichtsausdruck, ihr kleines Köpfchen: „In welchem Zusammenhang standen diese Worte, hast du auf die Betonung geachtet, besteht der Name wirklich aus zwei Wörtern oder hast du eine Silbe verschluckt?" Lin-Lin hat sich gefasst, sie hat ihr überschäumendes Temperament gezähmt und wieder im Griff.

Weiß ich wirklich nicht, was ich an ihr habe?

„>DU < und >JAN<, ich bin mir ganz sicher!" Ich spreche die einzelnen Wörter, die Silben langsam aus.

„Du-Jan, Du-Jan", Lin-Lin legt ihre Stirn in Falten und schaut mich fragend an: „Bist du dir sicher, dass das sein Name ist!"

„Ich sehe brennende Stadttore im glühenden Abendrot, was glaubst du, wie ich die Welt mittlerweile wahrnehme?" Doch, ich sehe endlich wieder klar! Lin-Lin ist auf meiner Seite, sie hält zu mir.

Zumindest, solange dieser Du-Jan unser Ziel ist. Wird sie bei Bin-Ching mir ebenso die Flagge halten?

Wieso bin ich Lin-Lin gegenüber eigentlich so misstrauisch? Sollte ich diese Frage nicht mir selber stellen! Werde ich meiner Freundin treu die Flagge halten können, wenn Bin-Ching vor mir steht?

„Ist Du-Jan wirklich sein Name. Könnte er dich nicht angeschwindelt haben. Wie würdest du ihn beschreiben? Was ist dir an ihm besonders aufgefallen? Hat er irgendwelche Merkmale?"

„Du-Jan hat eindeutige Merkmale: Er ist ein richtiges Schwein, ein Lügner und Betrüger. Kurz gesagt, er hat so seine Probleme mit der Wahrheit." Mein Gesicht verzieht sich angewidert: „Ich würde ihm alle Gaunereien und selbst die miesesten und ekligsten Verbrechen zutrauen."

„Du erwähntest vorhin, dass er eventuell ein Drogensüchtiger, ein Opiumabhängiger wäre!" Lin-Lins Antlitz hellt sich auf und sie pustet sich einen Strang Haare aus dem Gesicht. Sie hat eine Lösung anzubieten.

„Ja!"

„>Du< heißt in seiner direkten Übersetzung >Gift<! Wir benutzen aber das Wort >du<, im Umgangssprachlichen ebenso für die Bezeichnung für Drogen, insbesondere für die Droge Opium. Bei dem Wort >Jan< tippe ich eher auf ein sprachliches Missverständnis. Verstehe mich bitte nicht falsch. Ich meine, das könnte ein entfernter, vielleicht ein uralter Dialekt sein, oder die faserige Aussprache dieser dubiosen Gestalt, oder deine tadellosen Chinesischkenntnisse. Bist du dir einhundert Prozent sicher, das >jan< tatsächlich >jan< ist, oder doch ein >fang< oder >hang< oder ein ähnliches, ausgesprochenes Wort. Wie dem auch immer sei, wir hätten in den letzteren Fällen die Bezeichnung für kleine Händler, genauer gesagt, die Händler im kriminellen Milieu." Lin-Lin räuspert sich: „Na, mein Lieber, geht dir jetzt ein Lichtlein auf!"

Du-Jan, du warst ein Drogenhändler, ein Drogenhändler auf der Dark Street, du warst Zuhälter, du warst Drogenhändler und Zuhälter!

Auf den simpelsten Nenner gebracht, du warst ein Schwein, ein richtiges mieses Schwein!

Ich halte die Luft an. Ich darf meine Gedanken, die nächsten Schritte gar nicht weiter gehen.

Bin-Ching, was hat diese Ausgeburt der Hölle, in deiner Mannschaft zu suchen gehabt?

Bin-Ching, du stellst mich mit dieser Kreatur auf einer Stufe!

Bin-Ching, das Maß ist voll!

Mir schwillt der Hals!

Von wegen, er sei ein unschuldiger Bub vom Lande, der in den Lichtern der großen Stadt, vom rechten Wege abgekommen ist. Von wegen, er sei ein abenteuerlustiger Pirat, der auf dieser wundervollen Insel gestrandet ist, der *Ilha formosa*, wie der erste Europäer, ein Portugiese, sie taufte.

„Peter, was regst du dich so auf", höre ich Lin-Lin, wie aus weiter Ferne.

Was rege ich mich denn so auf?

Das habe ich doch schon gestern Abend gewusst.

Das habe ich gewusst, als ich Du-Jan das erste Mal sah.

„Peter, lass uns gehen." Lin-Lin zupft mich am T-Shirt.

„Du hast recht, gehen wir", höre ich mich sagen. Ich drehe auf dem Absatz herum und schreite los, ich schreite, als ob mir der Teufel persönlich auf den Fersen wäre.

Bin-Ching, das haben deine Träume gut hinbekommen. Mir springt der Schädel in tausend Stücke!

„Jetzt bleib doch einmal stehen", Lin-Lin hält mich am Arm zurück: „So weit musst du für mich nicht gehen!"

„Was sagst du?" Wir stehen wieder auf der Dongmen Street, in dem überbauten Fußgängerweg vor dem Schaufenster eines Gürtelgeschäfts.

„Du musst wissen, ich finde die Idee mit dem brennenden Nordtor ganz toll. Dein Interesse für unsere Stadtgeschichte ist super. Ich kann dir sagen, Onkel Jo ist richtig begeistert von dir. Er hat mich gleich heute Morgen angerufen und gefragt, wann wir wieder das nächste Mal zum Garnelenfangen gehen?" Lin-Lin nimmt mich bei der Hand und wir schlendern langsam zur nächsten Kreuzung, der Gabelung Dongmen Street, Pinghe Street, die rechts im stumpfen Winkel parallel zur Dark Street verläuft: „Deine chinesischen Sprachkenntnisse sind phänomenal, ich scherze nicht, du kennst mit einem Mal so viel chinesische Wörter!"

Lin-Lin überlegt kurz, eine Träne rollt ihre Wange hinab: „Schau einmal, das ist die Pinghe Street! Weißt du, für was Pinghe steht? Der Name steht für Frieden, für Harmonie und für Ausgewogenheit!"

Wir überqueren die Straße und bleiben wieder stehen. Das spitze Straßeneck zeugt von der nimmermüden Aktivität dieser tropischen Insel. Farne und Sträucher, Moose und Dschungelgeflecht erobern sich unbeirrt, eine winzige Parzelle, einen Mikrokosmos in der Stadt zurück. Ziel dieser tropischen Aktivitäten ist ein weiß ummauerter, barocker Brunnen. Das Wasser, die Brühe ruht giftig grün, einen guten Meter unter dem Straßenniveau und starrt vor Dreck. Auf einem kleinen, marmornen Sockel steht ein pummeliger Rubensengel in bekannter, anstößiger Männeken-Piss-Stellung. Der weiße Rubensengel hält sich unbeirrt, inmitten des Kampfes zwischen Dschungel und Großstadt!

„Peter, aber langsam bin ich mir nicht mehr ganz so sicher. Verstehe mich bitte nicht falsch, aber schau, die Harmonie, die Ausgewogenheit, irgendwie, seit unserem Cheng-Huang Austern Omelett, bist du nicht mehr der Gleiche, nicht wie früher. Manchmal denke ich, du wärest ein anderer!" Lin-Lins Blick ist nicht gespielt, ihr Gesicht drückt wirklich Sorge aus. Ich bemerke eine Spur von Angst. Eine zweite Träne rollt und verschwindet unter ihrer abwischenden Hand.

Ich streiche ihr eine Strähne aus dem Gesicht und will etwas sagen, kann aber nicht. Wie könnte, wie sollte ich ihr begreiflich darlegen, was ich selber nicht auf einen Nenner zu bringen vermag?

„Onkel Jo hat recht, du streckst deine Fühler neu aus!" Ihre Brust bebt und sie schnäuzt in ein Taschentuch: „Bitte verlass mich nicht! Ich bleibe bei dir, egal wohin du gehst!"

„Versprochen ist versprochen", flüstere ich und kann den eigenen Worten kaum glauben.

„Geh bitte nicht zu dieser Bin-Ching, Peter", Lin-Lin schaut nicht zu mir auf.

Ich nicke und stammele ein kaum hörbares: „Ja."

Lin-Lin sucht meine Augen: „Ich habe noch einmal nachgedacht. Vielleicht ist der Name >Bin-Ching< unvollständig. Wir könnten ihn weiter beschreiben und ergänzen. Jeder Name steht in einem Zusammenhang. Zu unserem >eisigen Herzen<, fiele mir die Ergänzung >ü-tiä< ein, also zusammen ausgesprochen >Bin-Ching-ü-tiä<."

„Ja."

„Du musst verstehen, das >ü< steht für Jade, genauso wie unser höchster Berg in Taiwan, der Jade Berg, der >ü-shan<. Du kennst ihn wahrscheinlich unter dem englischen Namen Mount Morrison." Lin-Lin schnieft erneut in ihr Taschentuch: „Wir benutzen >tiä< in dem Gebrauch der Magie, des Zaubers. Kannst du mir folgen?"

„Ja."

204

„Jetzt bemühe einmal deine Phantasie, du bist ja erfahrungsgemäß damit gesegnet!" Lin-Lin entlockt sich ein Lächeln: „Du kannst dir denken, dass die direkte Übersetzung >Jade-Zauber< lautet. Jetzt gehe aber bitte einen Schritt weiter, wie würdest, könntest du diese Worte, ich weiß nicht, na sagen wir einmal weiterphantasieren?" Lin-Lin schaut mich jetzt eindringlich an.

Ich zucke nur fragend mit den Schultern. Schweigen ist bekanntlich Gold. Mein Instinkt sagt mir, ich sollte Lin-Lin gewähren und ausreden lassen.

„Was sagt du zu Eiskristall oder Diamantenrein, Glasklar oder Vollkommen." Lin-Lin hält inne und sammelt sich: „Ihr Name ist mir Unheimlich", sie küsst mich, „lass bitte die Finger von ihr, hörst du!"

„Versprochen ist versprochen!" Ich nicke ihr erneut zu.

„Bin-Chings Name ist mir nicht minder suspekt, wie der dieses Opiumsüchtigen Du-Jan, hörst du!"

„Ja."

Das Männeken-Piss strahlt und lacht mit vollen Backen. Mah-Jongg Steine werden irgendwo gemischt. Ihr helles, emsiges Klackern dringt bis auf die Straße. Motorroller fliegen vorbei, mal einzeln, mal im großen Pulk. Irgendwo surrt und fiept ein Handy, ein >dien-wa<.

Wir lösen uns voneinander. Lin-Lin kramt in ihrer LV Tasche nach dem mobilen Telefon. Ich gehe die Pinghe Street einige Meter aufwärts und bleibe vor einem dieser älteren Garagenhäuser stehen. Die Ziegelsteine sind weinrot, im oberen Drittel mit dickem Ruß bedeckt, ganz so, als hätte die Bude einmal lichterloh in Flammen gestanden. Die Fenster sind schwarz getönt, die Tür ist aus morschem Holz, blaue Farbe blättert an ihr ab, sie ist nur leicht angelehnt.

Ich schaue zurück zu Lin-Lin. Sie schnattert aufgeregt ins Handy und blickt die Dongmen Road entlang.

Ein Friseurgeschäft, ich kann die schwarzen, die völlig verrußten Schriftzeichen entziffern! Mein Zeige -und Mittelfinger stoßen und schieben die knarrende und quietschende Tür, Spalt für Spalt, Zentimeter für Zentimeter weiter auf.

Bin-Ching, ich weiß, du erwartest uns bereits!

Kapitel X.

Tangramgestade

七巧板岸

„Bin-Ching, ich steige aus!" Hinter mir schlägt die morsche und klapprige Holztüre zurück gegen den Türrahmen. Sie schwingt und zittert, als wollte sie mir folgen, als wollte sie mich packen und auf die Straße hinauswerfen, aber ihre Gelenke sind vom Rost zerfressen und ihr Schloss vor Generationen zerbrochen. Sie winkt mir aus letzter Kraft hinterher, sie ruft heiser und schwach meinen Namen, ein klagender Laut, aus knarrenden und quietschenden Türangeln, aus schleifendem und faserigem Holz über modrigen Dielen.

Ihre Mühen sind nicht vergebens, ich habe die Botschaft empfangen. Wenn alle Fäden reißen würden, ich wäre mit zwei Schritten wieder draußen auf der Straße. Ein Spalt und ein Fluchtweg, ein Sprung zu dir und ich wäre zurück in deinen Armen, Lin-Lin!

Ich beiße stattdessen auf Staub, Glassplitter knirschen von irgendwoher zwischen meinen Zähnen. Mir läuft der Schweiß in klebrigen und öligen Tropfen am ganzen Körper herab. In meinen Ohren staut sich ein Druck. Ich komme mir vor, wie in einem Sturzflug, wie in einem tödlichen freien Fall.

Mir fällt auch das Atmen schwer. Ist das der Qualm aus tausenden von Räucherstäbchen, vom Wind angefachte, schwelende und kokelnde Glut oder von dutzenden, lichterloh brennenden Lagerfeuern?

Meine Nase rebelliert. Sind das die Ausdünstungen des Dschungels, der verwesende Gestank aus Dreck und Unrat einer Großstadtgosse, oder das Aroma hundertjähriger Nudelsuppen, gewürzt von Knoblauch und stinkendem Tofu?

Meine Augen blinzeln. Gleißendes Licht passiert die rissigen Fensterläden und die bröselnden Dachpfannen. Die Strahlen sind wie Messerschneiden, feine Skalpelle, die den Raum abtasten und sezieren. Die Wände sind nackt, der Raum ist verlassen, das ist eine Gruft, eine Höhle und ein Loch!

Dieser Ort ist eines Du-Jan würdig!

„Nette Bude hast du hier", stoße ich hervor.

„Ich weiß, du hast Skrupel!" Bin-Ching lehnt locker an dem einzigen Möbelstück des Raumes, einem vieleckigen Tisch. Sie schaut ungezwungen, wie sanft aus ihren Gedanken, aus ihren tiefsten Träumen erweckt.

Sie ist eine Göttin, eine Schönheit ganz in schwarz. Ihre Haare glänzen und funkeln im Kegel eines glitzernden Lichterschauers. Ihre Augen zwinkern bezaubernd und unwiderstehlich. Ihre engen schwarzen Jeans sind passgenau wie eine zweite Haut. Ihre gleichfalls schwarze Bluse könnte ihre Figur nicht deutlicher betonen. Der Ausschnitt ist aufgeknöpft und bildet ein tiefes Tal. Die Ärmel sind umgeschlagen und offenbaren ihre makellose weiße Haut. Reinstes weißes Elfenbein kommt zum Vorschein, das Zeichen einer guten Chinesin von höherem Stand, keiner Landarbeiterin, keiner Fischfarmerfrau.

Ja, Bin-Ching, du bist die vollendete Perfektion, du bist der reinste Diamant. Ein Engel aus einer anderen Welt, du bist herabgestiegen aus einer jenseitigen Dimension, du hast das fünfte Tor passiert!

Lin-Lin, du hattest recht. Deine Übersetzung trifft den Nagel auf den Kopf!

Ich muss für einen Moment wegschauen, ich muss mich ablenken und zur Vernunft kommen!

Das einzige Möbelstück diese Raumes ist ein Kunstwerk aus Mahagoni, ich vermag nicht, seine Ecken und seine Beine zu zählen. Der Tisch steht mittig zwischen Bin-Ching und mir, er ist unser Abstandshalter und wahrt die Distanz, meine Sicherheit. Ich fange mich langsam wieder.

„Ganz genau, ich bin keine von deinen Marionetten, irgendein Zirkusclown, mit dem du deine Spielchen treiben kannst." Jawohl, ich habe eine Entscheidung getroffen. Ich werde keinen Schritt mehr weichen.

„Ach du Ärmster, habe ich dir denn so böse mitgespielt?" Ihre Hüften streichen in einem rhythmischen Takt an der braunroten Tischkante hin und her. Die schwarze Jeans löst sich langsam von der Mahagoniplatte. Bin-Ching schaut mich keck an.

„Ich reise nicht für dich in der Weltgeschichte herum. Du kannst deine roten Kuverts für andere Leute im Cheng-Huang Tempel feilbieten!" Hat sich der Tisch bewegt? Er stand doch nicht so da! Seine Beine, können sie laufen? Seine Tischplatte, das ist nicht ein Tisch, das sind ganz viele, kleine Tischchen. Ich zähle Dreiecke, Vierecke und Rauten, was ist das?

„Ich will aber dich!" Bin-Ching streicht sich mit beiden Händen über ihre hüftlangen Haare. Ihre Brust wölbt sich leicht nach vorne. Ihre schwarze Bluse offenbart, wonach sich ein jeder Mann sehnen würde.

„Das ist mir egal, ich gehe jetzt und wir werden uns nie wieder sehen. Habe ich mich klar genug ausgedrückt? Hast du das verstanden?" Der Tisch, ich bin mir ganz sicher, er ändert seine Lage, sein Aussehen! Ein Wesen aus Holz, lebendig wie Pinocchio, immer wieder präsentiert er mir eine andere Form, eine andere Kombination seiner Tischplatten.

„Wo willst du denn hin? Verheimlichst du mir einen Ort, an den ich dir nicht zu folgen vermag? Eine Schlupfloch, ein Versteck oder gar ein sechstes Stadttor, das dich jenseits meines Zugriffs hält?" Bin-Ching hat sich seitwärts gedreht, ihre Hand, die Finger tänzeln über die Tischplatte. Sie beginnt langsam den Tisch entlang zu schlendern, sie wird ihn umrunden und auf mich zukommen. Ihr Blick ist herausfordernd und verführerisch, ihre Zunge benetzt ihre Lippen und die Silhouette ihrer Brust zeichnet sich vorteilhaft von der helleren Wand hinter ihr ab.

„Ich will mein eigenes Leben führen. Ich will weder eine Zecke, noch einen Poltergeist im Genick sitzen haben! Bist du zu feige oder bist du dir zu fein, selber einen Schritt vor die Tür zu setzten? Wenn die Stadtmauern Hsin-Chus für dich zu klein sind, steig einfach in das nächste Taxi, Schmetterlinge sind an keine Stadtgrenzen gebunden!" Nein, ich wähle die andere Richtung. Sollen wir doch um diesen Tisch kreisen. Er ist mir allemal lieber und willkommener, als ihr Dekolleté!

Wie gestern Nacht unter den Betelnussbäumen, wie im gestrigen Traum, mit diesem Du-Jan, wir lassen uns nicht aus den Augen.

Was hat sie bloß vor?

Das hat sie vor. Wir haben die Positionen gewechselt. Sie hat mich hereingelegt, sie steht jetzt an der Tür und ich sitze in der Falle!

„Gib dir keine Mühe, ich bin nur auf einen Sprung vorbeigekommen." Der Tisch, dieser >dschang-dschurtze<, ich muss mich auf ihn abstützen, festhalten und festkrallen. Ich bin dieser Teufelin in die Falle gegangen!

„Der Tisch ist ein Tangram", erklärt Bin-Ching fröhlich: „Auch Siebenblättertisch, Sieben-Varianten-Tisch genannt. >Ch'i Chiao Chao<, Siebenschlau oder Siebenbrett, ihm wurden mit den Jahrhunderten viele Namen gegeben."

„Sieben auf einem Streich! Wie viele hast du dir schon genommen? Lass mich ziehen. Ich bin keiner für deine Mannschaft. Ich bin keine deiner Ausnahmen", schnauze ich sie im aggressiven Ton an.

„Natürlich, du bist frei zu gehen, wohin du willst“, kichert sie, „du hast auf all deinen Wegen meine vollste Unterstützung.“

Das Tangram ruht, alle sieben geometrischen Tischplatten haben zu ihrer Ausgangsform zurückgefunden. Seine Seitenlängen sind wieder gleich, das Bild der Symmetrie stimmt, das Quadrat ist perfekt.

„Nein, nein und nochmals nein, ich bin keiner deiner Laufburschen“, ich haue voller Zorn auf das Mahagoni, das einer der Tische von dem Schlag nach oben springt.

„Was willst du tun?“

„Dich in Stücke hacken!“

„Damit wärest du nicht der Erste.“

„Ach nein.“

„Unser Portugiese, Jerónime de Umbria, der hat mir mit seiner Machete den Schädel gespalten.“

„Ach nein.“

„Jerónime hatte richtig Übung, er war mit Hernán Cortés in Mexiko gewesen.“

„Ach nein.“

„Er sprach die Sprache der Azteken, ganz ohne meine Hilfe.“

„Ach nein.“

„Er träumt immerzu von El Dorado, den sieben Städten aus purem Gold. Wie sagtest du? Das wären sieben Städte auf einen Streich! Wäre für dich die Suche nach El Dorado nicht ein lohnendes Ziel?“

„Was hat er falsch gemacht?“

„Ich bin eine Göttin, wie wolltest du mich töten?“

Sie wirft mir einen neckischen Augenaufschlag zu. Langsam wiegen sich ihre Hüften, die Göttin des Reisens setzt ihren Gang um das Tangram fort.

Ich kann meine Augen nicht von ihrem Körper lösen. Nein, die Falle, in die ich getappt bin, die ist anderer Natur!

Ich antworte Bin-Ching in entgegengesetzter Richtung, wir bleiben auf Abstand und vollenden unsere erste Umkreisung des Tisches.

Hinter mir quietscht die offene Tür. Der Rückweg, der Fluchtweg stände mir offen!

Lin-Lin, ich kann nicht!

„Sieben Städte aus purem Gold", haucht mir Bin-Ching über dem Tangram zu. Sie lehnt sich über den Tisch und ich sehe nur noch ihren Ausschnitt, den Bund ihres schwarzen BH`s, die feinen, gestrickten Maschen: „Eisblütenmuster, siehst du die Verzierungen an den Beinen unseres Tisches, unseres Tangrams?"

„Die Stange in der Mitte des Tisches fehlt! Bin-Ching, du wärest der Star einer jeden Striptease Bar", blaffe ich sie an.

„Nackt um eine Stange kreisen, wir werden so viel Spaß miteinander haben!" Bin-Ching kniet mit einem beherzten Schwung auf dem Tisch und kommt auf mich zugekrochen. Eine ihrer Hände gleitet auf und ab, an einer imaginären, einer dieser vertikalen Metallstangen aus den Bars. Ihre Augen haben mich fest im Griff. Sie gleicht mehr und mehr einer schleichenden Raubkatze. Sie ist eine Jägerin, die sich ihres Opfers sicher ist! Ihre Hüften wiegen sich über dem Tisch, über einer der Rauten oder eines der kleineren Dreiecke des Tangrams. Ich weiche einen Schritt zurück.

Wo bleibt Lin-Lin? Was täte ich, wenn sie nun hereinkommen würde? Wie könnte ich ihr diese Situation plausibel erläutern?

Bin-Ching, wie weit wirst du gehen, in deiner Mischung aus Gewalt und Erotik, aus Adrenalin und Angst, aus Instinkten und Urtrieben?

Ich stoße hinter mir mit dem Rücken gegen die Wand. Bin-Chings T-Shirt ist enger geworden und enthüllt mehr, als gut für mich wäre.

Ich kann weder vor noch zurück. Bin-Ching kniet vor mir auf dem Tisch und baut ihren Oberkörper vor mir auf. Sie öffnet ihren

212

Schoss und wiegt ihr Gesäß verführerisch. Ihre Arme und Hände recken sich weit über ihren Kopf, um sich hinter ihren Nacken zu verschränken. Ihre schwarzen Haare umwehen mein Gesichtsfeld und spinnen mich ein, wie in einem Kokon.

Ich verliere mich in diesen langen schwarzen Haaren. Ich suche verzweifelt nach einem Ausweg und verschaue mich in den großen Brüsten unter ihrem schwarzen T-Shirt. Ich giere und will nach ihnen grapschen, mit beiden Händen, und halte mich an den Tischkanten fest. Ich zwinge meinen Blick tiefer und verharre in der Symmetrie des Dreiecks ihrer geöffneten Beine.

Bin-Ching thront vor mir, ihre Bühne ist ein Quadrat, ein quadratischer Tisch des magischen Tangrams. Ich sehe die quadratische Tischlatte und das Dreieck ihrer Beine!

Wie komme ich auf die Zahl sieben?

Sieben, da war doch was!

Peter, zieh deinen Kopf aus der Schlinge!

„Er hat El Dorado nie gefunden."

„Was sagst du?" haucht Bin-Ching in mein Ohr.

„Er hat die sieben Städte aus purem Gold nie gefunden."

„Von wem sprichst du?" Ihre Hände suchen meine Haare.

„Jerónime, der Portugiese war niemals in El Dorado."

„Wen interessiert das?" Sie beugt sich über mir und bedeckt mich mit ihren Haaren.

Unsere Gesichter nähern sich.

„Wenn El Dorado kein Märchen ist, wenn die sieben Städte aus purem Gold keine Phantasieprodukte sind", ich ringe nach Atem, „wenn selbst deine besten Handlanger diese verborgenen Orte nicht finden können, dann würden das bedeuten", ich bekomme keine Luft mehr, „das es Orte gibt, die selbst für dich unerreichbar sind!"

Ich japse nach Atem: „Bin-Ching, hörst du, lägen diese versteckten und geheimen Orte jenseits eines, deines sechsten Tores?"

Bin-Ching stoppt abrupt und wirft ihre Haare zurück. Die Göttin des Reisens richtet ihren Oberkörper wieder auf. Sie zupft an ihrer Bluse und ordnet ihre Haare. Sie betrachtet mich amüsiert und abschätzend.

Die Situation hat sich gewandelt. Der magische Tisch strebt in eine neue Gestalt. Das Tangram legt sich neu und positioniert sich wieder zwischen uns.

Schatten huschen über die Wände. Die Tür klappert hinter mir gegen den Rahmen.

Halte ich den Schlüssel zu ihrem sechsten Tor in den Händen? Was hatte ich gerade eben gesagt? Wieso hat sie mich mit einem Male freigegeben?

Ich weiß die Antwort!

„Wieso gerade ich?"

„Eine Laune der Natur!"

„Nein, bitte keine billigen Floskeln. Wieso gerade ich?"

„Weil du in mein neues Schema passt!"

„Ein portugiesischer Konquistador, ein japanischer Soldat, ein taiwanesischer Drogen -und Frauenhändler, was für ein Schema soll das sein?"

„Du bist süß!"

„Was bin ich? Bitte hilf mir auf die Sprünge. Was habe ich verpasst?" Meine Hände zittern und meine Fingernägel schneiden ins Mahagoni, ich verkrampfe an diesem elenden Tangram.

Das sechste Tor, die Diplomatie, die Kunst der schönen Worte, sie halten mir diese Bestie nur auf Abstand. Ich kann Bin-Ching Verbal nicht beikommen.

„Willst du denn nicht verstehen?" Ihr Blick hat eine Spur von Mitleid, den sie mit einem kecken Augenaufschlag fortwischt. Mäd-
214

chen, ich habe kapiert, du bist mir wieder einmal eine Nasenlänge voraus.

„Lin-Lin, deine süße kleine Freundin Lin-Lin, sie würde dir überallhin folgen." Die Schatten an der Wand hinter ihr werden hektischer. Ein Sturm von Personen, Gestalten und Gesichtern stieben und brausen vorbei.

„Lass Lin-Lin aus dem Spiel", meine Worte sind leer und hohl, ohne Form und Kraft, als ob sie nie ausgesprochen wurden.

„Ihr beide seid ein klasse Team", Bin-Ching umrundet erneut den Tisch, das zur Ruhe gekommene Tangram, und kommt langsam auf mich zu, „wie ihr dagesessen seid, über eurem Austernomelett im Chang-Huang Tempel."

Ich verharre auf meiner Seite des Tisches.

Bin-Chings Augen fesseln mich, sie üben eine hypnotische Wirkung auf mich aus: „Ihr beide habt mir völlig neue Wege offenbart, ihr beide seid meine neue Generation."

„Wieso gerade ich?" Steif und festgefroren rühre ich mich nicht von der Stelle.

„Nicht du, Peter! Lin-Lin und du, ihr seid mein neues Steckenpferd!" Bin-Ching bleibt eine Handbreit vor mir stehen.

Die Schatten an den Wänden toben und wirbeln um uns, die Geschichte der Stadt Hsin-Chu wird reflektiert wie auf einer alten Dia-Show. Ich erkenne die ersten Bambuswälle, die sandigen Pfade durch die Reisfelder vor der Stadt. Reiche chinesische Kaufleute diskutieren vor den steinernen Mauern, ein Heer von Kulis hebt tiefe Gräben aus. Migita und Du-Jan flimmern über die Wände, das muss der Tempel von Chang-Huang sein. Dort sitzt Lin-Lin mit mir.

„Lin-Lin und ich sind die neue Generation. Ich kann dir nicht ganz folgen", stammele ich.

„Verstehe doch, Migita, Jerónime und Du-Jan sind allesamt Individualisten." Bin-Ching schiebt ihre Brust langsam an mich heran. Ihr

Hände tasten sich vorsichtig vor und umschließen mich an den Hüften: „Die Sucht treibt die drei, das Gold und der Ruhm, das Geld und die Gier. Alle drei sind auf ihrer Weise besessen, alle drei sind Einzelkämpfer."

„Wieso sollte ich anders sein?" Ihre Augen verschwimmen und verschmelzen vor mir zu einem einzigen.

„Nicht du, nicht du, höre mir doch einmal zu! Ihr beide seid mein Schlüssel, mein sechstes Tor, mein Tangram, Lin-Lin und du." Ihre Lippen öffnen sich, mit dem hellen Schimmer ihrer Zunge in der Mitte.

„Lass endlich Lin-Lin aus dem Spiel", meine Hände tasten an ihrem Körper, an ihrer Taille entlang.

„Lin-Lin wird auf dich aufpassen. Du wirst auf deinen Reisen niemals alleine sein." Ihr Kuss trifft meinen Hals, ihr zweiter ebenso, die Beute ist ihr sicher.

„Ich habe verstanden", keuche ich. Wenn jetzt Lin-Lin kommt? Wo bleibt meine letzte Rettung nur?

Bin-Chings Zunge fährt an meinem Hals und meinem Kinn entlang: „Migita, Jerónime und Du-Jan sind Kinder ihrer Zeit, genauso wie Lin-Lin und du."

Ihr Mund haucht heiß auf die befeuchteten Stellen meines Halses: „Jerónime war der erste, der die Welt umsegelt hatte. Er stach in See mit Ferdinand Magellan, immer Richtung Westen, die Erde war plötzlich eine Kugel. Zwei Jahre später war er in Mexiko, in ihrer Hauptstadt Tenochtitlán, getrieben von der Gier nach Gold. Ihm war kein Weg zu weit, kein Ziel zu fern. Wie hätte ich ihm widerstehen können?"

Ihre Fingerspitzen gleiten über meinen Oberkörper: „Du-Jan war skrupelloser wie seine Zeit. Dem Kaiser war der Auftrag des Himmels entzogen worden, der oberste Herrscher des großen chinesischen Reiches hatte sich selber auf dem Kohlehügel vor den Toren
216

der verbotenen Stadt gerichtet. Das Ende der chinesischen Dynastie wurde eingeläutet und die neuen Herren waren europäische Kolonialmächte und das Opium, Aufstände und Rebellionen. Du-Jan war der richtige Mann zur richtigen Zeit und am richtigen Ort. Kein Geschäft, aus dem er nicht einen Gewinn schlagen konnte. Ihm standen wirklich alle Türen und Tore offen."

Unsere Wangen streifen aneinander und ich spüre ihren heißen Atem an meinem Ohr: „Migita ist ein Träumer, ihm waren eigentlich alle Wege versperrt. Seine Vorgesetzten haben ihn solange abgeschoben, bis er nun sein Leben ungestört im Schlaf verbringen kann. Seine Träume sind andere Welten, mein kleiner Offizier öffnet Horizonte, ohne je dort gewesen zu sein. Wusstest du, das Robinson Cruseo auf Taiwan war? Migita ist überzeugt davon!" Sie lächelt mich an und ich sehe nur ihre Lippen: „Genauso wie Lin-Lin und du mein Tangram seid, so waren und sind sie alle ebenso mein Tangram."

„Eine auserlesene Schar!" Ich spüre, wie sich ihr Oberschenkel zwischen meine Beine schiebt.

„Ja und ihr seid nun ebenso ein Teil von mir!" Ihr Griff wird fester und unnachgiebiger.

„Wieso gerade wir?" Ich stolpere zurück. Wir taumeln aber fangen uns wieder. Ich bin eingekeilt, Bin-Ching hält mich im festen Klammergriff, hinter mir drückt dieses verwunschene Tangram.

Die Falle hat zugeschnappt!

Wieso kann ich ihr nicht entfliehen?

Was hatte ich vorhin gesagt?

Was hatte ich vorhin gefragt?

Wieso gerade wir?

Ich halte die Luft an, habe ich nicht noch ein Aas im Ärmel!

Ihr Oberschenkel findet erneut seinen Weg: „Wir werden die Welt erkunden, wir drei, Lin-Lin, du und ich!"

„Du glaubst doch nicht allen Ernstes, das Lin-Lin bei deinem Spiel mit einsteigen wird! Du bist eine Nebenbuhlerin und Konkurrentin!"

„Und wenn schon", kichert sie selbstzufrieden, „ich werde immer mit euch reisen."

„Bis wir das sechste Tor gefunden haben! Mädchen, willst du dir Sklaven halten, oder eine Mannschaft zusammenstellen?" Ich presse meine Arme zwischen uns und drücke sie mit sanfter Gewalt von mir.

„Peter, sei doch nicht so starköpfig und höre mir doch bitte einmal zu!" Ich höre den Lockruf der Zikaden, irgendwo werden Mah-Joong Steine gemischt. Bin-Ching gleitet langsam von mir ab. Das Tangram nimmt die Figur eines Sportlers, eines Läufers an. Der Schatten eines Reiters galoppiert auf einer der Wände.

„Ich sehe, du fängst an zu verstehen." Ich atme erleichtert auf: „Wenn ich das nicht will, dann will ich das nicht, kapiert!"

„Du sollst kein Sklave sein!" Das Tangram ist wieder zwischen uns und verwandelt sich in die Gestalt einer Blume oder eines Baumes.

„Du sollst verstehen!"

„Nein, du sollst verstehen!"

„Was ist dein Problem?" Das Tangram ordnet sich neu, der Raum ordnet sich neu. „Ich schenke dir ewiges Leben. Ich heile dich von allen Krankheiten. Ich löse alle deine Geldprobleme. Keine Sprache, kein Wissen, was dir nicht zugänglich wäre. Die Welt steht dir offen. Was ist dein Problem?"

Ja, was geht hier vor sich?

Die Beleuchtung wird hell und freundlich. Die Wände verändern sich, das lose und bröckelnde Mauergestein verjüngt sich und wirkt wieder frisch und sauber verputz. Verschiedenste Bilder, im mediaterem Stil, schmücken die vier Wände. Akkurat in farbigen Rahmen verpackt, erstrahlen der Vesuv, kleine Fischerboote, ein römischer Tempel und eine idyllische Villa unter blauem Himmel.

Das Tangram verbirgt sich unter einer Tischdecke mit grünweißen Karomuster. Auf der sauber und glatt gestrichen Decke stehen mittig ausgerichtet zwei bunte Vasen. Auf der einen probt ein aufgemalter griechischer Diskuswerfer, auf der anderen lacht ein Nilpferd im Walt-Disney-Design. Kleine Blümchen stecken in den Vasen.

Eine kleine Vitrine lehnt an der Wand, nicht alt, nicht antik, sondern selbst gezimmert und kurios. Eine Sammlung bunter Bücher schaut aus ihr hervor, ihre Rücken sind abgegriffen und fleckig, ihre Werke wurden oft und viel gelesen und bisweilen verschlungen. Obenauf steht ein nagelneuer Plattenspieler, er ist aus chinesischer Produktion, mit einer Holzmaserung aus Plastik.

Eine kleine Bar wartet auf Kundschaft, mit einer überdimensionalen Kaffeemaschine, ein Ungeheuer aus glänzenden golden Rohren und Armaturen. Daneben liegen Zeitschriften, Prospekte und lose Zettelsammlungen.

Die Fenster sind wieder verglast. Gefaltete Papiertierchen, Fabelwesen in allen Farben hängen vor ihnen und schauen hinaus auf die Straße. Hellblaue Gardinen mit eingestickten Tierchen schmücken zu beiden Seiten.

Graubraunes Laminat mit Holzmuster glänzt blitzblank und sauber unter unseren Schuhen. Das alte morsche Holz der Tür schwingt nicht mehr quietschend in ihren verrosteten Angeln, ihre modernere Version ist jetzt aus Sicherheitsglas und summt still und leise zur Seite.

Lin-Lin steht draußen auf der Straße und schaut sich fragend um.

„Sie wird nicht mitspielen, dein fesches Trio ist eine Seifenblase." Ich schaue fragend zu Bin-Ching, sie stellt mir eine dampfende

Tasse Milchkaffee auf den Tisch, ein Pinguin grüßt von der Unter-
tasse.

„Nette Bude, du hattest ganz recht." Bin-Ching hat selber einen
Becher heißer Sojamilch gewählt: „Die Bühne kann nach Herzens-
wunsch bequem und schnell neu entworfen werden."

„Lenk nicht vom Thema ab. Lin-Lin wird nicht mitmachen, sie wird
draußen bleiben."

„Wir können sie doch selber fragen", kichert Bin-Ching: „Deine
bessere Hälfte kommt gerade herein."

Ich zucke zusammen, die Zeit ist gekommen, das Unvermeidliche
trifft ein!

Wie wird Lin-Lin reagieren und die Situation auffassen?

Wieso muss gerade mir so etwas passieren?

„Darf ich vorstellen!" Was bliebe mir noch zu tun? „Lin-Lin, Bin-
Ching, Bin-Ching, Lin-Lin!"

„>Ni-hau!< (Begrüßung: (1)Hallo, (2)Wie geht es)."

„>Ni-hau!<"

„>Tscha-ba-wäi< (taiwanesisch: Bist du satt? (Alte taiwanesische
Begrüßung.))"

„>Sche-sche, sche-sche< (Danke, Danke)."

Die Klimaanlage springt über ihren eigenen Schatten, das von göttlicher Hand herbeigezauberte Aggregat hat sich auf den nur denk-
bar angenehmsten Wohlfühlgrad eingependelt. Leises Flötenspiel,
beruhigende Trommel -und Gongschläge, sowie rauschendes Schilf
und Vogelgezwitscher erfüllen angenehm den Äther und unterma-
len die Atmosphäre unseres Stelldicheins. Einzig das Tangram verharrt in aller Unschuld in seinem Blumengewand.

„Eine heiße Sojamilch gefällig?" Eine weitere Tasse, mit dem rein
pflanzlichen Trinkprodukt aus der Sojabohne, wird über den Tisch
gereicht.

„Oh, danke, mein Lieblingsgetränk!" Lin-Lin nimmt das Glas mit beiden Händen entgegen.

„Setzt euch doch." Bin-Ching deutet auf die zwei Barhocker neben uns. Ich weiß, die beiden Sitzgelegenheiten sind ihr gerade eben aus der Hosentasche gefallen.

„Oh, natürlich!" Lin-Lin muss kichern. Ihr Verhalten ist keine Albernheit, es ist eher das Bedürfnis, einer nicht einschätzbaren Lage mit positiven Wellen zu begegnen.

Wir nehmen Platz. Ein Wackelbuddha grüßt uns von einem Regalbrett aus der gegenüberliegenden Ecke. Seine Ohren sind langgezogen bis zu den Schultern, was Glück verspricht. Seine Lippen sind eklig rot und prall aufgedunsen, was immer das auch soll?

„Ich nehme an, Peter hat dich bereits in alles eingeweiht!" Bin-Ching kichert nun ebenfalls.

„Du bist die Göttin des Reisens! Bist du wirklich eine Göttin?" Lin-Lin strahlt wie ein Wonneproppen: „Ich bin noch niemals einer Göttin begegnet, schon gar nicht zum Anfassen. Darf ich einmal?"

„Und du bist Peters bessere Hälfte!" Bin-Ching hält Lin-Lin ihren Arm über den Tisch entgegen und Lin-Lin knufft ungeniert hinein.

Hatte ich allen ernstes erwartet, die beiden würden wie die Furien übereinander herfallen, ein Wrestling Kampf, the death match? Habe ich ernsthaft geglaubt, dass sie sich an den Haaren reißen und die Augen auskratzen, das sie sich ankeifen und mit Tassen und Tellern aufeinander werfen würden!

Die beiden Frauen kichern wie die kleinen Mädchen auf dem Schulhof, albern und verspielt, als ob sie ihre ersten Abenteuer mit den Jungs nachspielen wollten.

Natürlich, die Kekse fehlen! Der nachmittägliche Teeklatsch, ich meine der nachmittägliche Sojabohnenklatsch wäre perfekt. Es gibt zum Knabbern, im tranigen Öl gebratene Tintenfische. Du-Jan hätte eine Tüte Betelnüsse beigesteuert.

„Du bist also eine richtige Göttin!" Lin-Lin unterbricht sich selber, überlegt und setzt erneut an: „Bist du unsere neue Göttin, die neue Göttin des Reisens? Oder bist du unser neuer Chef, unsere neue Firma, die uns beauftragt, in die weite Welt hinaus zu gehen?"

Ich horche auf. Das Tangram dreht sich.

Die beiden palavern nicht der guten Sitten und des Anstandes wegen, so fröhlich und höflich miteinander. Sie wickeln ein Geschäft ab, eine Vereinbarung zwischen zwei Menschen und einer Göttin.

Sie besprechen ein Geschäft wie in der griechischen Mythologie, ein Pakt zwischen den Menschen und den Göttern!

Der Umgang mit den Göttern ist immer ein Geschäft! Waren das nicht selbst Lin-Lins eigene Worte?

„Ein jeder ist seines Glückes Schmied", werde ich von Bin-Ching mit einem Seitenblick zitiert: „Welche Variante wäre dir denn am liebsten?"

„Ich wähle immer die an Peters Seite, die einzige Variante, die für mich in Frage kommt!" Lin-Lin pariert, sie hat den Seitenblick wohl registriert: „Wie verstehst du deine Rolle?"

„Du brauchst keine Angst zu haben." Wieder ein Seitenblick: „Ich bin keine Nebenbuhlerin oder Konkurrentin. Peter gehört dir ganz alleine!"

Ich halte die Luft an. Allein die letzte Stunde strafen ihre Worte Lügen. Oder messen Götter in anderen Maßstäben?

„Ich bin doch nur ein kleiner Mensch, wie könnte ich mir deiner Worte sicher sein?" Lin-Lin rührt in ihrer Sojamilch. So wie sie dort sitzt, ist sie die Verkörperung der Unschuld selbst.

Ich weiß Bescheid. Ich sollte wieder anfangen zu atmen, die Luft werde ich gleich bitter nötig haben.

Lin-Lin staut Dampf an!

Bin-Ching kramt in ihrem Prada Handtäschchen: „Ich bin eine Göttin, hätte ich Peter auf diese Art gewollt, ich hätte ihn schon lange vernascht."

Danke, das saß! Der Zeitpunkt ist gekommen. Ich sollte mir Lin-Lin schnappen und schleunigst das Weite suchen. Mit keiner Reisegöttin, sondern einer Rachegöttin im Genick, das dürfte das kleinere Übel abgeben.

Lin-Lin wird puterrot und öffnet ihren Mund. Sie schließt ihn wieder, nimmt einen neuen Anlauf und bricht erneut ab.

Ein Blitzen huscht über ihre Augen: „Tun und lassen zu können, was einem beliebt, ist das mit der Zeit nicht reizlos und langweilig?" Irgendwo tickt ein Sekundenzeiger, der Löffel verharrt in der Sojamilch.

„Ich kann mich nicht beklagen." Bin-Ching zögert, das Gespräch hat sich gewendet, eindeutig nicht in ihrem Sinne: „Nein, entschuldige, das wollte ich nicht sagen."

Ich traue meinen Ohren nicht, Bin-Ching lenkt ein. Unsere holde Göttin gibt nach!

Meine Schläfen fangen an zu pochen und meine Kiefer verbeißen sich ineinander. Das ist bei Lin-Lin der falsche Weg. Jetzt wird sie erst recht draufschlagen.

Aber Lin-Lin rührt sich nicht. Sie schweigt, ihr Blick ist fest auf ihre Tasse gerichtet.

Auf dem Wandgemälde hinter Bin-Ching thronen pechschwarze Sung Berge über langgezogene Wolkenbänder; und Ming Flüsse münden als hohe, säulenartige Wasserfälle in einen stillen, spiegelglatten See. Das Gewässer ist umgeben von violetten Wasserrosen und dunkelgrünen Tannengehölz. Ein Schwarm Vögel setzt zur Landung im See an und zwei Fischer stehen in einer kleinen Barke, ihre Netze sind straff gespannt. Am oberen Eck des Gemäldes ist eine Spalte chinesischer Schriftzeichen aufgetragen worden, die komplexen Zeichen fügen sich harmonisch zum gesamten Werk.

„Ich habe verstanden", beginnt Bin-Ching langsam und flüsternd: „Ich bin dir eine Garantie oder einen Beweis schuldig!"

Bin-Ching muss husten, die menschlichen Züge stehen ihr gut: „Ich möchte euch beide haben! Ich habe euch beide immer noch vor mir, ganz so, wie ich euch im Cheng-Huang Tempel angetroffen habe."

Sie wendet sich mir zu: „Zusammen seid ihr stark, zusammen seid ihr meine neue Generation. Einzelkämpfer habe ich genug, ich brauche die Gruppe, die feste und geschlossene Mannschaft!"

Der Schatten eines Reiters huscht über das Wandgemälde. Die kleine Barke im See schlingert und einige der Vögel landen mit schlagenden Flügeln.

„Lin-Lin, verstehst du? Wenn ich einen von euch beiden verliere, dann geht der andere automatisch!"

„Denk an deine eigenen Worte!" Lin-Lins Augen funkeln: „Wieso gerade wir? Wir waren nicht das einzige Pärchen im Cheng-Huang Tempel, das Austernomelette verspeiste! Wieso hast du gerade uns von all den Hunderten herausgepickt?"

„Richtig, richtig, richtig", Bin-Chings Auftritt verändert sich, ihre Stimme wird wieder fester: „Sieh mal, der Cheng-Huang Tempel steht seit dreihundert Jahren. Jeden Tag gehen dort dutzende von Pärchen ein und aus. Meine Auswahl benötigen ihre Zeit. Meine Auserwählten benötigen ihre Zeit sich zu bewähren." Sie legt gezielt eine kurze, eine bestimmende Pause ein: „Ich kann warten!"

Das Gespräch hat sich erneut gedreht. Bin-Ching hat das Ruder kurz und knapp herumgeworfen. So einfach geht das.

Wie konnte ich glauben, dass sie einlenkt. Unsere Göttin des Reisens hat sich im äußersten Fall, nicht einmal ein eigenes, ein minimales Zugeständnis abgerungen. Bin-Chings Position ist nach wie vor unverändert und unangefochten.

Feilschen die beiden überhaupt noch über ein Geschäft?

>Jä-schü<, vielleicht!

Lin-Lins neue Idee klingt eher plausibel: Eine jede prüft die Eignung, die Fähigkeiten der anderen. Sie ergründen die Wesenszüge, die Wünsche und Ziele ihres Gegenübers.

Die beiden Frauen präsentieren sich, sie stellen sich vor. Zwischen Lin-Lin und Bin-Ching findet gerade ein erstes Kennenlernen, ein Vorstellungsgespräch statt!

„Entschuldige, das meinte ich gar nicht!" Lin-Lin hebt abwehrend ihre Hände: „Ich dachte, wieso nimmst du gerade uns Menschen? Zum Beispiel unsere große Göttin Mazu, unsere große Beschützerin aller Seefahrer, unsere Mazu verfügt über ihre eigenen Hilfsgötter!"

„Du dachtest an Cianli-Yan, dem eintausend Kilometer Auge und an Shunfeng-Er, das Ohr des Windes. Mazus edle Generäle, der General des Wassers und der General des Goldes, dass ich nicht lache!" Bin-Ching schlägt sich auf den Oberschenkel und stimmt ein stilles hämisches Spottgelächter an, den Mund selbstverständlich mit einer Hand bedeckt.

Sie wendet sich zu mir: „Du kannst sie an jedem Tempeleingang sehen. Shunfeng-Er ist der Wächter mit dem rot angelaufenen Gesicht, Cianli-Yan ist der riesige Hüne mit dem grünen Antlitz. Die beiden Versager waren von Anfang an mit von der Partie. Als unsere liebe Mazu, mit ihren blutjungen dreiundzwanzig Jahren, in den Gottesstand berufen wurde, da sind ihr diese beiden Spitzbuben zugeteilt worden."

Ich schweige! Höre ich Neid und Missgunst aus ihrer Stimme?

Bin-Ching rümpft ihre Nase: „Mazu hatte einen Gegenspieler, einen gewissen König Wu. Dieser wollte die Fähigkeiten unserer beiden Generäle auf die Probe stellen und forderte ihr Heere zur offenen Feldschlacht heraus.

Ich möchte nicht zu sehr ins Detail gehen, unser Superohr wurde mit dröhnenden Trommelwirbeln taub gestellt und unser Adlerauge bekam nur himmelhohe Fahnen und Standarten zu sehen.

Einmal ihren Bonus eingebüßt, da wussten unsere Generäle nicht mehr weiter. Beide haben ihre einzige Feldschlacht verloren, buchstäblich mit Pauken und Trompeten. Wenn ihr mich fragt, zwei ausrangierte Nieten, die froh sein konnten, noch irgendwo eine Anstellung zu bekommen. Aber beide haben unter Mazus Kommando ja noch einmal die Kurve zum Guten bekommen. Auf jeden Fall, das muss betont werden, kein Seefahrer auf der Welt würde sie missen wollen."

Bin-Ching, deine Stimme ist Schrill geworden. Sei ehrlich, du wärest liebend gerne an ihrer Stelle!

„Ja, ganz genau", pflichtet Lin-Lin ihr bei, „wieso scharst du dir nicht ebensolche Hilfsgötter um dich?"

„Das geht leider nicht", frustriert stützt Bin-Ching ihr Kinn mit einer Hand ab und schaut verdrießlich zur Decke.

Sie presst vor unseren Gesichtern Zeigefinger und Daumen ihrer anderen Hand recht anschaulich zusammen: „Ich bin doch nur ein kleiner Gott, so winzig klein, mit Hut. Um meinen Zustand in eure Welt zu übertragen, ich bin noch im Ausbildungsstatus, ich bin ein Pimpf in der Grundschule. Ich muss bei jedem dahergelaufenen Heinzelmännchengott stramm stehen und einen Bückling hinlegen. Ich kann euch sagen, das nervt wirklich!"

„Deshalb bist du durch das fünfte Tor, in unsere Welt ausgebüchst!" Lin-Lin hält ergriffen die Hände von Bin-Ching.

Ja, fallt euch nur in die Arme Mädels.

Was hatte ich bloß erwartet!

Eine Träne kullert, Bin-Ching schaut beschämt zum wulstigen Buddha. Der besagte Glatzkopf legt eine neue Scheibe auf. Die Musik wechselt, lustige Karaoke Musik trudelt und torkelt durch den

Raum. Ein alter Greis, dessen einziges Vergnügen darin besteht, liebende Eichhörnchen im Wald zu beobachten, bevor er eine Dorfschönheit umgarnt. Nein, lieber lau-sche, ich habe die Übersetzung jetzt nicht gewollt!

„Nein, ich kann mir keine Hilfsgötter leisten. Ich besitze ja nicht einmal einen eigenen Tempel!" schluchzt Bin-Ching.

„Aber der Cheng-Huang Tempel, der Cheng-Huang Tempel, du darfst einen ganzen Tempel dein eigen nennen", versucht Lin-Lin die Ärmste zu beruhigen.

„Nein, nein und immer wieder nein", schimpft und heult Bin-Ching los: „Das ist nicht mein Tempel, der gehört diesem geizigen und biestigen Cheng-Huang und dieser eingeschnappten und hochnäsigen Mazu! Ich bin nur ein geduldeter Untermieter; und das seit über dreihundert Jahren!"

„Dann geh doch einfach. Wenn die dich hier nicht haben wollen, such dir eine andere Bleibe." schlägt Lin-Lin verständnisvoll vor.

„Pustekuchen, ich darf die Stadtgrenze nicht verlassen!" Mit tränenverhangenen Augen schaut Bin-Ching zu mir: „Ihr hattet die dritte Mauer gefunden. Bravo, schau noch einmal auf die alte Stadtkarte, die vierte Mauer ist nicht weit, die Mauern meines Gefängnisses!"

Ich kann nicht umhin, Bin-Ching sieht gut aus, die menschlichen Züge stehen ihr!

Was hatte ich erwartet?

Die Musik wechselt und erzählt nun von einer Wanderin, einer Streunerin, so weit sie kam, sie fand niemals ihren Traum.

Bin-Ching steht abrupt auf: „Genug, ich muss gehen. Ich bin mir sicher, wir werden uns heute Abend wiedersehen!"

Keine Tränen mehr, die Zeit der Schwäche ist vorbei. Das ist unsere Bin-Ching, wie sie leibt und lebt. Ihr Aussehen ist wieder makellos und perfekt. Sie wischt sich eine Strähne aus dem Gesicht.

Lin-Lin und ich stehen unversehens wieder draußen auf der Straße. Ich schaue rüber zum Männeken-Piss.

„Hat sie uns hinausgeworfen?"

„Ich befürchte, nein!"

„Hat sie ihr Ziel erreicht?"

„>Jä-schü<, vielleicht, ich weiß nicht!"

„Hat sie die Wahrheit gesagt, oder nur geschauspielert?"

„Du meinst, ob sie launisch oder berechnend ist?"

„Du denkst das Gleiche! Ihr Gefühlsausbruch, diente er einem speziellen Zweck, oder musste sie sich nur einmal so richtig ausheulen?"

„Ich habe das Gefühl, sie braucht uns dringender, als wir sie!"

„Ich befürchte, ja!"

„Was meinte sie damit, wir werden uns heute Abend wiedersehen?"

„Warts ab, ich brauche jetzt erst einmal eine Tüte Schlaf!"

Kapitel XI.

Tofupalaver

胡扯豆腐

Die Seiten eines Fotoalbums blättern im Wind. Vergilbte Fotographien gleiten durch meine Hände. Sie schweben vor meinen Augen dahin. Ihre Konturen verschwimmen ins Unscharfe. Gelbliche braune Momentaufnahmen, die zu den Rändern hin überbelichtet sind. Ich blicke auf, lasse mich von ihren Bildern tragen und spüre festen Boden unter meinen Füßen. Ich bleibe stehen und sehe durch eine Kamera. Ich verfolge durch das Objektiv die Bewegung, den Augenblick, festgehalten und doch aktiv. Ein Sandwirbel fegt an mir vorbei. Er saust über die Straße hinweg und tanzt dabei wie eine wild gewordene Chimäre. Eine Rikscha, eine Laufrikscha setzt dem kleinen Sandwirbel ein Ende. Er zerplatzt in den Speichen ihrer dünnen Räder.

Der Rikschalenker, ein knochendürrer, ein sehniger und drahtiger Chinese verlangsamt seinen Lauf und bleibt stehen. Seine knapp über den Knien ausgefranste Hose, seine zerrissene ärmelfreie Weste starrt und bröselt in einem ausgeblichenen blau. Einzig seine Haut ist ledern und sonnengegerbt, ölig und dunkelbraun.

Die Insassen, zwei ältere Damen entsteigen der wackligen, der klapprigen Rikscha. Die beiden lassen sich Zeit, sie tragen schwarze Baumwollschühchen mit Ledersohlen. Die beiden tragen keine Lotusschuhe, kein Korsett, sie beugen sich nicht den Gesetzen. Ihre winzigen Schritte werden begleitet, umnebelt von gelbgrauen Staubwölkchen.

Ihre Gewänder sind aus schwerer Baumwolle und nicht aus feiner Seide. Die eine trägt anthrazitschwarz, die andere hat sich in ein perlengrau gehüllt. Die beiden tuscheln kurz miteinander, bevor sie den Kutscher entlöhnen.

Das Damenduo schert sich nicht um die Windböen, sie trippeln zielstrebig los. Ihre Gesichter sind blass, mit einem bräunlichen Teint. Sie sind ungeschminkt, nicht den Masken einer Peking Oper nachempfunden, nicht dem Berufsstand der japanischen Geishas zugehörend.

Zwei Sonnenschirme werden schwungvoll aufgespannt, ihre Bezüge sind aus Papier gefertigt. Die Schirme schweben wie zwei knallrote Farbtupfer über den beiden Damen, wie zwei Sonnen über der Straße.

Die beiden Damen überqueren einen freien Platz und entschwinden im Eingang, im Schatten des einzigen, repräsentativen Gebäudes weit und breit. Das Bauwerk ist ein Konstrukt aus Lehm, Holz und Ziegeln, lediglich erhoben durch dutzende seiner geschwungenen Schwalbenschwanzdächer.

Die beiden Tempelbesucherinnen betreten den Cheng-Huang Tempel von Hsin-Chu. Das Herz dieser Stadt nimmt sie auf, das fünfte Tor empfängt seine Gäste!

Ich zähle die Schritte und muss einer weiteren Laufrikscha ausweichen. Ich gehe wie ferngesteuert, meine Schritte lenken sich selber, bis ich unerwartet stehenbleibe!

Ich drehe mich im Kreis, ausgehend von dem vor mir stehenden Cheng-Huang Tempel. Die >Beimenstreet<, die Nordtorstraße führt gleich rechts gerade durch das Gewirr der Gassen. Die >Dongmenstreet<, die Osttorstraße verläuft als nächste geradewegs hinaus aus der Stadt.

Ich stehe genau im Schnittpunkt!

Wir schreiben Anno Domini, im Jahre des Herrn 1835. Die hohen Mauern aus Stein stehen und ihre Stadttore dominieren. Sie fixieren die Fluchtpunkte der Hauptstraßen und beherrschen ihre Enden im Norden und im Osten.

Niedrige Lehmhäuser, Holzhütten und Baracken schauen zu beiden Seiten dieser staubigen und sandigen Straßen. Die Häuschen drängeln sich dicht, ihre Wände scheinen ineinander überzugehen. Ihre Dächer ducken sich unter der Hitze, der nimmermüden Sonnenglut.

Vor Schmutz starrende Leiber schleppen sich an mir vorbei, die Kulis tragen Lumpen und laufen Barfuß über den Platz. Sie lenken einen Ochsen, keinen Wasserbüffel, der einen schweren Holzkarren zieht. Sie balancieren auf ihren Schultern die Bambusstangen, an denen zu beiden Seiten schwere Körbe hängen.

Mir rinnen Schweißperlen die Stirn und an den Schläfen hinab. Ich wische mir das klebrige, das nasse Element vom Hals und beschirme meine Augen. Ich trete einige Meter zurück und verharre im Schatten eines Baumes, im Schutze einer Häuserwand und klappere erneut die einzelnen Zeilen, dieser armseligen Behausungen ab.

Bin-Ching, deine Träume sind mir gewiss!

Ja, aber wohin wird mich dieser neue Traum führen?

Bemühe deine Phantasie, ich erinnere mich an Lin-Lins Rat.

Dies ist mein dritter Traum. Migita hat mir in seiner Bergfestung Tapung die Spielregeln erklärt. Du-Jan hat mir in seinem Betelnusshain offenbart, das ein Ausstieg möglich ist!

Folgerichtig sollten also die nächsten Fragen lauten: Wen werde ich in diesem Traum antreffen und begegnen? Was wird er mir offenbaren und darlegen?

Die ersten Informationen sind mir bereits zugänglich!

Ich befinde mich im Jahre 1835 in der taiwanesischen Stadt Hsin-Chu, präziser gesagt, ich stehe vor dem Cheng-Huang Tempel, im Schnittpunkt der Beimen -und der Dongmen Street!

Moment mal!

Woher weiß ich das so genau? Wie kann ich mir dessen so sicher sein?

Ich stocke!

Weder in Migitas, noch in Du-Jans Traum war der Ort Real! Die Dimension des Ortes war lediglich eine eingespielte Fiktion. Von der Dimension der Zeit ganz zu schweigen!

Wenn ich etwas weiß, dann eben genau dieses!

Ich halte die Luft an, Bin-Ching, eiskaltes Herz! Mir wird kalt, eiskalt!

Das hier, das ist kein Traum!

Bin-Ching, was hast du vor?

Benommen löse ich mich von der Häuserwand. Meine Sinne sind benebelt, wie im Fieber. Meine Gedanken fallen, wie in ein Vakuum. Das ist kein Traum, das ist eine Zeitreise!

Ich wende mich der Beimen Street zu, dem Nordtor, das Ziel der vergangenen Tage. Wohin sollte ich sonst gehen?

Bin-Ching, was hast du vor?

Die Sonne brennt auf meiner Haut, Rauch liegt in der Luft. Irgendwo dröhnen unentwegt irgendwelche riesigen Gongs.

Bin-Ching, was hast du vor?

„Grüße dich, Peter, ich heiße Mäi-Fong", kichert eine heitere und fröhliche Frauenstimme hinter mir, ich fahre erschrocken herum.

Die junge Frau, die junge Chinesin vor mir reicht mir nicht einmal bis zu den Schultern. Das unvermeidliche schwarze Haar ist straff nach hinten, zu einem Zopf zusammengeflochten. Sie trägt eine hellbraune chinesische Blusenjacke. Der Stoff ist aus dünner Baumwolle, an der Taille mit Schlitz. Die Knebelknöpfe, die Froschknöpfe sind auf, verborgen unter einer verdeckenden Leiste. Der Kragen der Jacke ist aufgerichtet, ein Stehkragen, ein Mandarinkragen, gehalten im tiefsten kobaltblau. Ausgegriffene Seitentaschen beulen, sie geben der Jacke ein etwas pummeliges und abgetragenes Aussehen.

Mäi-Fong trägt darunter eine einfache beige Bluse älteren Datums, stumpf und porös, aber kein Flickwerk. Die Knopfreihe der Bluse befindet sich traditionell über der rechten Brust, jeder Knebel ist mehrfach ordentlich umgarnt.

Ihre Hose im dunklerem Blau ist ein deutlicher Neuerwerb. Sie ist eine dieser Pumphosen, oder doch gar dieser Ballonhosen, der hiesigen Pyjamatracht entliehen. Kein breiter Ledergürtel, eine Kordel führt um die Hose, er verleiht und gibt ihr den sicheren Halt.

Ihre Schuhe sind aus Stroh, Strohschuhe. Ich muss ein zweites Mal hinschauen, habe ich doch derartige nie zuvor gesehen.

Keine Stickereien schmücken ihre Kleidung. Keine exotischen Blumen wie Orchideen, oder Fabelwesen wie Drachen grüßen den Betrachter.

Mäi-Fong ist schlicht und einfach gekleidet. Sie hat die Farben Braun und Blau, die Farben der Landarbeiter, der einfachen Leute des normalen Volkes gewählt.

„Entschuldige, ich habe mich ein wenig verspätet", säuselt sie und entwaffnet mich mit einem offenen und ehrlichen Lächeln.

Mäi-Fong ist sympathisch, sie ist mir auf Anhieb sympathisch!

Wie viel wiegt der erste Augenblick, der erste Blickkontakt! Sie gewinnt mich mit einem Lächeln ihrer strahlenden und ehrlichen Augen. Sie fängt mich mit ihren ersten Worten, mit ihrer einnehmenden und freundlichen Stimme.

Welch ein Gegensatz zu diesem miesen, diesem hinterhältigen Du-Jan!

„Bin-Ching schickt dich?" Wie und wo sollte ich bei ihr starten? Woran bin ich bei ihr?

„Bingo", sie klatscht vergnügt in ihre Hände: „Willkommen daheim, ich soll dich die letzten Meter begleiten."

„Ach ne, damit ich mich nicht verlaufe! Die fünf Meter zum Cheng-Huang Tempel, ich wollte gerade eine Rikscha ordern", scherze ich und deute auf die Schwalbenschwanzdächer vor uns."

„Nein, nein, die andere Richtung, wir müssen zum Nordtor gehen." Sie schüttelt ihr kleines Köpfchen und zeigt in die entgegengesetzte Richtung.

„Bin-Ching wohnt im Cheng-Huang Tempel, bei der Göttin Mazu, das hat sie mir selber gesagt", widerspreche ich und nicke erneut zu dem alten Tempelgemäuer.

„Du bist ja ein ganz Hartnäckiger!" Die Kleine stampft belustigt mit einem ihrer Strohfüßchen in den gelben Sand der Straße: „Aua, ich habe dich also richtig eingeschätzt!"

„Dann kläre mich bitte auf." Ich schaue sie herausfordernd an.

„Das hier ist Mazus Tempel in Hsin-Chu. Mazus innerer Tempel in Hsin-Chu. Ja, der da, genau vor dir", referiert sie keck zurück: „Dort hinten, hinter dem großen Tor ist ebenfalls Mazus Tempel in Hsin-Chu, aber Mazus äußerer Tempel in Hsin-Chu. Nein, den kannst du von hier aus nicht sehen."

„Wieso zwei Tempel?" frage ich doch recht verdutzt zurück.

„Wieder Bingo!" Sie klatscht erneut in ihre Hände. Ich komme mir vor, wie in einer Talk Show.

„Onkel Jo hat dich doch aufgeklärt. Beim Garnelenfangen, kannst du dich denn nicht mehr erinnern?" Sie betrachtet mich amüsiert.

„Nein, doch, ich verstehe kein Wort!" Leugnen ist zwecklos, aus meinem Gesicht muss jegliches Verstehen gewichen sein.

„Die Stadt ist für die Sesshaften. Bin-Ching, unsere kleine Göttin des Reisens, würde sich niemals hier, zu diesen popeligen Sesselpupsern gesellen." Ihre Mundwinkel verziehen sich leicht, zu einem angedeuteten Missfallen.

„Ist das dort, am großen Nordtor anders?" Ich verharre in einer misstrauischen Haltung.

234

„Jenseits des Nordtores steht ein viel größeres Tor, viel größer und mächtiger", raunt sie mir zu: „Dort liegt der alte Hafen von Hsin-Chu, das Tor zur weiten Welt!"

„Davon sprach tatsächlich Onkel Jo", bestätige ich ihre Aussage und beginne, mich ein wenig zu lockern.

„Woran kannst du dich noch entsinnen? Ich hoffe, ich muss dir nicht alles aus der Nase ziehen", näselt sie gespielt genervt.

Ich nicke und finde einen weiteren, einen ganz anderen Anhaltspunkt: „Am ersten Tag, ich sah dort ein brennendes Tor."

„Bemühe dein Gedächtnis, das kannst du", ermuntert mich meine neue Traumbegleiterin.

„Hinter dem brennenden Tor stand ein Bambuswald!" Ich fasse mich und sehe langsam klarer.

„Sieh mal einer an, es geht doch", Mäi-Fongs Augen leuchten.

„Dieser Bambuswald, dieser neue Bambus, das ist ihr Zuhause. Der Mazu Tempel, der äußere Mazu Tempel, wie du sagtest, er ist ihr fünftes Tor in unsere Welt." Habe ich das nicht schon vorher gewusst! Und doch, ich fühle einen Knoten zerreißen, ich ahne die Fäden, die sich neu finden und ein neues Gewebe spinnen.

„Das war doch gar nicht so schwer oder?" kichert sie und schwingt mit einem Bein in Richtung Nordtor, bleibt jedoch stehen und wartet auf mich.

Mäi-Fong hat recht! Wieso hakelte und strauchelte ich bei diesen ersten, doch zu logischen Fakten? Hätte ich nicht schon viel früher das Rätsel des Nordtores lösen können?

Ich halte die Antworten all die Tage über in meinen Händen, so einfach und kinderleicht! Ist das der vielbeschworene Unterschied zwischen Verstehen und Begreifen?

Ich möchte lauthals loslachen!

Nein, nein, ich Narr, das sind doch alles nur schnöde und trockene Daten, manipulierte und zweifelhafte Informationen. Steckt nicht doch viel mehr hinter all dem, was ich in den letzten Tagen sah und hörte?

Unsere göttliche Bin-Ching, verbergen sich hinter ihrer Person nicht noch weitere, tiefere Geheimnisse? Ist sie nicht eine Reisende aus einer verbotenen, eine für uns Menschen tabubehafteten Dimension? Stammt sie nicht aus einem, für uns Menschen unergründlichen Universum?

Sie durchschritt das fünfte Tor, die unüberwindliche Barriere, die unsere menschliche Welt zeitlebens von der der Götter trennt!

Ich betrachte Mäi-Fong unschlüssig. Ist die Kleine meine neue Pfadfinderin, ist sie der entscheidende Schlüssel, der den zündenden Funken des Verstehens in mir ausgelöst. Hat sie nicht selber gesagt, sie würde mich die letzten Meter, die kurze Strecke bis zum Bambuswald begleiten und beistehen!

„Lass uns gehen, die anderen warten schon!" Mäi-Fong streckt mir ihre Hand entgegen, wie ein kleines Mädchen >i-ge-nü-hai-ze<, eine kleine Schwester >i-ge-mäi-mäi<, komm Bub, gehen wir zum Spielplatz.

„Wer wartet schon?" Was in drei Teufelsnamen sollte ich jetzt tun? Langsam setze ich mich in Bewegung und schlendere neben Mäi-Fong die sandige Straße entlang zwischen den lehmigen Hutzelhäuschen.

„Migita und Jerónime warten auf uns. Bin-Ching sollten wir natürlich ebenso nicht vergessen!" Mäi-Fong weicht zwei Rikschafahrern aus.

„Du bist der Steppenreiter aus dem Cheng-Huang Tempel, der luftige Bogenschütze aus Wasserdampf und Nebelschwaden!" Ich rücke meine Sonnenbrille zurecht, und wundere mich, nicht beachtet zu werden.

„Du hast mich erkannt." Mäi-Fong klatscht begeistert in ihre Hände.

236

„Bin ich dir auf die Schliche gekommen, oder habe ich aufs geradewohl geraten?" rätsle ich.

„Ach ne, was denn jetzt?" lacht Mäi-Fong und beginnt neben mir herzutänzeln.

„Die Auswahl ist nicht groß. Ich kenne in unserem auserwählten Club Migita und Du-Jan. Jerónime ist unser Portugiese. Dementsprechend kämst nur du für den Steppenreiter in Frage." Ich bleibe stehen und schaue durch die offene Tür in eine Nudelgarküche. Einen kleinen Imbiss einzulegen, fast zweihundert Jahre vor seiner Zeit, das kann nicht jeder von sich behaupten!

„Was willst du wissen?" Sie folgt meinen Blicken, betrachtet aber äußerst verhalten, das von mir auserkorene Restaurant.

„Du bist mir all die Tage gefolgt!" Meine Augen versuchen vergebens, die dunklen und verrauchten Lichtverhältnisse der vergangenen und doch gegenwärtigen Essstube zu durchdringen.

„Und wenn schon!" Sie schaut zwischen mir und dem Eingang der antiken Garküche hin und her.

„Warst du die letzten Tage mein Bodyguard, oder hast du dich für Spitzeldienste verkauft?" Hohe Flammen züngeln und lecken um den runden, schwarzen Eisentopf eines chinesischen Woks.

„Der Herr Ingenieur ist aber neugierig. Die Frage könntest du dir selber beantworten." Sie tippt mich an: „Wir haben keine Zeit, die anderen warten schon."

„Du bist über die Washi Wände in dem japanischen Restaurant geritten."

„Ich habe keine Hufspuren hinterlassen."

„Du hast uns am Garnelenpool belauscht."

„Ich habe nur von deinen Ködern genascht."

„Du hast mit Bin-Ching auf dem Tangram getanzt."

„Nein, das waren deine Hormone, die dort tanzten."

„Du wolltest wissen, wer ich wirklich bin?"

„Willst du das nicht auch?"

„O.K.", ich ducke mich unter der Eingangstür des Restaurants: „Nichts spräche gegen eine gute Mahlzeit, bevor wir Bin-Chings Bambuswald betreten."

Hoppla, was ist das denn?

Na bitte, ich habe mal wieder gekonnt und zielsicher den schäbigsten und widerlichsten Nudelladen der ganzen Stadt aufgetrieben!

Ich gehe leicht gebeugt, die Decke ist zu niedrig und zudem rußgeschwärzt. Dicke Fliegen kreisen träge in der muffigen und verbrauchten Luft herum. Nein, das stinkt hier ja zum Erbarmen. Das ist, das muss Zweifelsohne der gefürchtete, der geächtete "Stinkende Tofu" sein. Wir sind in einer Tofu-Bude gelandet. Das ist gar kein Nudelladen!

Mäi-Fong ist mir gefolgt und versperrt unbeabsichtigt hinter mir den Ausgang, den Fluchtweg. Die Kleine schiebt mich an den unzähligen Gästen vorbei und immer tiefer hinein ins Lokal.

Wir stolpern bis zu einem leeren Tisch mit einigen Hockern und setzen uns. So wie das Holz des Tisches und das der Schemel aussehen, dürften sie unter Archäologisch-Besonders-Wertvoll eingestuft werden. Wurden die Sitzgelegenheiten in der Song oder der Tang Dynastie eingeführt? Irgendetwas Warziges und Undefinierbares nähert sich dem Tisch und wischt mit einem tropfenden Lumpen die Reste unserer Vorgänger von den fettigen und schmierigen Holzplanken. Oh Gott, auf den Essstäbchen muss schon der erste chinesische Kaiser herumgelutscht haben!

Mäi-Fong ordert zwei Nudelsuppen mit Tofu bei der ältesten Kellnerin der Insel, die knapp vor der chinesischen Zeitenrechnung, vor den ersten Dynastien, das Licht der Welt erblickte. Die Suppen könnten demselben Datum entsprechen, bei dem Tofu bin ich mir dessen ganz sicher.

Unter dem Wok knackt ein Feuer. Das Küchenpersonal heizen mit Kohle. Was darf in keiner chinesischen Küche fehlen? Ich finde alle Utensilien, alle Zutaten mühelos, ob ich will oder nicht! Wir sitzen direkt neben der Küche.

Ein gut genährter Sohn des Landes zieht kunstvoll seine Nudelfäden und wirft sie schwungvoll ins kochende Wasser. Er wiederholt diese Prozedur, wie ein immerwährendes Sutra, immerfort und ohne Unterlass. Sein Bruder, die Ähnlichkeit ist verblüffend, schüttelt und rüttelt an dem Wok, daneben köchelt einer dieser einhundertjährigen Nudelsuppentöpfe, auf dass das Kohlefeuer niemals verlöschen werde. Ein dritter Bruder des Hauses zerschneidet münzengroße Würfel, wie Pudding zittern die Tofus, er wirft sie in den Suppentopf.

„Sie verwenden seit der Han Dynastie pflanzliches, kein tierisches Öl!" prahle ich, weil ich endlich auch einmal etwas weiß.

„Nun, Peter, nehmen wir uns die Zeit! Was möchtest du wissen?" Mäi-Fong rutscht direkt neben mir auf ihren Hocker. Das ist hier ja noch enger, noch gedrängelter, als im Cheng-Huang Tempel.

„Werde ich den Tofu überleben?" Ich nicke mit angsterfüllten Augen rüber zum großen Küchenbruder Nummer Drei.

„Gewonnen aus der Sojabohne." Mäi-Fong prüft mit geschulter, wissender Mine die Küche: „Der Chili basiert übrigens auch auf pflanzlicher Basis."

„1835 ist aber nicht das Jahr des Chili!" Unsere Suppen sind fertig. Das geht hier ja schneller, als in jedem Fastfood Restaurant.

„Aber das beste Jahr für die steinerne Mauer Hsin-Chus." Meine Begleiterin zeigt der Runzligen, wo die Tonschüsseln mit dem Tofus hingestellt werden sollen: „Die Mauer der Stadt hielt die Piraten von weiteren Abenteuern fern. Die Bürger Hsin-Chus hatten ihre letzte Kraftanstrengung mit Bravour gemeistert. Der Zenit war überschritten und der Niedergang kündigte sich unaufhaltsam an.

Im Schatten derselbigen steinernen Mauer begannen die ersten Süchtigen auf der Opium-Pfeife zu blasen."

„Du meinst, die Stunde Du-Jans schlug!" Ich ziehe vorsichtig eine der beiden Tonschüsseln zu mir.

„Ganz recht, die Bürger dieser Stadt gewöhnten sich an so manche illustren Blüten auf den Straßen." Das erste Stückchen Tofu schaukelt ängstlich und verloren zwischen Mäi-Fongs Essstäbchen: „Die neuen Akteure aller Gewerbe imponierten mit der Veredelung, der Tätowierung ihrer Haut. Eine nicht zu leugnende Lebenseinstellung, der Stolz eines lebendigen Werkes, die vollendete reine Kunst. So viel Mut und Willen, derartiges ist zu allen Zeiten und Orten rar."

„Du hast Du-Jan bewundert." Meine Essstäbchen kreisen zwischen fingerdicken Bandwurmnudeln und würfelgroßen Tofustücken.

„Willst du zum Bambuswald, oder auf der Opiumpfeife blasen? Vergiss nicht, du hast ihn in unser Gespräch mit aufgenommen!" Mäi-Fong schielt einen weiteren Tofubrocken knapp vor ihrer Nasenspitze an: „Soll ich einen Botenjungen schicken, ihn zu holen?"

„Das würdest du für mich tun?" Ich rühre unverdrossen weiter in meiner Suppe.

„Hättest du Bin-Ching nicht so tief in den Ausschnitt gegafft, unsere Göttin hätte dir das Tangram erklären können!" Mäi-Fong mimt einen tadelnden Gesichtsausdruck.

„Hätte Migita nicht so tief ins Sakeglas geguckt, der alte Soldat hätte mir das Tangram bereits in seiner Bergfestung erläutern können", gebe ich zurück.

„Würdest du nicht ständig über Du-Jans Tätowierungen schwadronieren, dann wäre dir aufgefallen, dass wir im Jahre 1835 sind", Mäi-Fongs Augen werden zu Schlitzen. Sie zeigt, ganz gegen die Etikette, mit ihren Essstäbchen auf mich: „Du aber nicht!"

„Würdest du nicht ständig Reitübungen abhalten, dann wäre dir aufgefallen, dass ich Tofu nicht ausstehen kann", meine Essstäbchen ergreifen eine Bandnudel, die Regenwurmdick und ebenso glitschig ist. Ich weiß, ich sollte mich nicht beschweren, wenigstens die Farbe entspricht meinem kulinarischen Empfinden.

„Wenn du nicht ständig am Rumnörgeln wärest, dann wäre dir aufgefallen, dass du selbst im Jahre 1835 niemanden auffällst!" Mäi-Fongs Augenschlitze werden noch schmaler.

„Du solltest toleranter mit deinem Lehrling umspringen", gebe ich spitz zurück und lasse den Megawurm zurück in die Schüssel platschen: „Mir ist die schmale Gradwanderung zwischen Traum und Wirklichkeit nicht gerade mit in die Wiege gelegt worden."

„Deshalb verhätscheln wir unsere frischgebackenen Greenhorns immer besonders liebevoll." Sie fängt an zu kichern und beschirmt dabei mit einer Hand ihren Mund.

„Dann, bitte, erleuchte mich!" Wieso halte ich jetzt einen Tofu Riegel zwischen meinen Essstäbchen?

„Du stehst sportlich in der ersten Reihe, mit deinem modischen Funktions-T-Shirt und deiner, an den Waden korrekt gekürzten Sommerhose, mit ihren vielen Seitentaschen, mit deinen Strandsandalen, mit ihren Klettverschlüssen."

Mäi-Fong fischt selbstzufrieden einen weiteren Tofu-Würfel aus ihrer Schüssel. Das pflanzliche Produkt vibriert am ganzen Leibe ihrem geöffneten Mund entgegen: „Du gewinnst, auf den sandigen Straßen dieser Stadt, seltsamer Weise keine Aufmerksamkeit!"

„Was soll das! Du hast selber zugegeben, dass ich hier nicht einmal als Langnase auffalle", kontere ich und schnüffele an meinem Tofuglück.

„Die Erregung öffentlichen Ärgernisses hält sich tatsächlich in Grenzen!" Meine Begleiterin schaut gekünstelt neugierig in alle Richtungen: „Du-Jan sammelte die Opiumsüchtigen auf und saugte die Armen aus. Er gehörte zum Straßenbild, genauso wie Astronauten im bunten Mickymaus Dress, oder Langnasen aus dem 21 Jahrhundert." Ihre Augen beginnen verschwörerisch zu leuchten: „Niemand wird Notiz von dir nehmen!"

„Dann ist also alles in bester Ordnung." Ich lasse den Tofu in meiner Schüssel. Anstelle seiner ziehe und sauge, gurgele und schmatze ich mit ganzer Wonne eine dieser fingerdicken Regenwurmnudeln in mich rein.

„Du solltest jedoch nicht übertreiben!" Sie erhebt mahnend ihren Zeigefinger: „Wenn Bin-Ching nicht aufgepasst hätte, dann würden unsere Vorfahren deine Sonnenbrille für eine Blindenmaske, vielleicht sogar für eine Totenmaske halten!"

„Vor dem Betreten des frühen neunzehnten Jahrhunderts bitte Sonnenbrillen, Armbanduhren, Handys und iPhones ablegen!" tröte ich vergnügt und ahme mit meinen beiden Händen ein Megaphon vor dem Mund nach.

„Du siehst, bei uns kannst du noch so einiges lernen." Mäi-Fong zwinkert mir zu. Meine erfahrene Pfandfinderin hat durchaus mitbekommen, das ich mir ans freie linke Handgelenk gegriffen und die seitlichen Taschen meiner Hose abgeklopft habe.

Wie konnte mir entgehen, was doch für jeden Science-Fiktion-Liebhaber und jeden Kinoabenteurer Pflichtwissen ist?

„Meine Digital Kamera ist nicht so vorteilhaft."

„Du kannst deine scharf geschossenen Bilder beim Portrait oder Landschaftsmaler entwickeln lassen."

„Das Laptop bleibt zu Hause."

„Eine E-Mail aus dem Jahre 1835, jeder würde das lästige Spam-Mail löschen."

„Und der Laserpointer könnte ins Auge gehen."

Ich verschlucke mich und muss prusten. Chili steigt mir in die Nase und meine Augen tränen!

Um Gotteswillen, was ist das?

Ein Geripper, ein Todgeweihter steht an der Tür. Seine Knochen sind von straffer Haut umspannt und die Kleider sind nur noch Fetzen. Seine Augen liegen schwarz in ihren Höhlen und der Blick ist leer. Sein Gang ist schlurfend, des Opiums letztes Stadium, der böse Schluss, kein Amen.

Der Spuk ist vorbei, so schnell wie er gekommen war. Ich starre durch die offene Türe auf die Straße. Ich weiß, was ich gesehen habe.

„Keine Angst, er wird nicht hereinkommen", flüstert Mäi-Fong, der das Grauen nicht entgangen war.

„Kein Wunder, dass ich nicht auffalle", gebe ich von mir, nur um irgendetwas zu sagen: „Ich könnte eine Goofy Maske tragen, sie würden mich allenfalls für eine neue Tempel-Spezies halten."

„Ich sehe, du verstehst!" Meine neue Freundin breitet sieben kleine Puzzlescheiben zwischen uns auf dem Tisch aus.

„Warte mal", mich durchfährt ein klärender Gedanke, dem ich mich nur allzu gerne anschließe: „Das Tangram muss warten!"

„Wie immer der Herr befiehlt!" Mäi-Fong bedeckt mit beiden Händen die sieben Puzzleteile zwischen uns.

In ihrem Blick verblasst nur allmählich der Schrecken, der auch ihr, beim Anblick des Opiumsüchtigen, in die Glieder gefahren ist. Die grauenvolle Gestalt des Todgeweihten ließ ihre Maskerade der Aufgeklärt -und Abgebrühtheit sichtbar bröckeln. Der Opiumsüchtige ist ihr ebenso ins Mark gefahren wie mir.

Mäi-Fong ist aber, zu meiner großen Freude, durch die Zeit nicht abgestumpft worden. Trotz der Äonen von Jahren, ist meine Begleiterin ihrem Wesen treu geblieben. Mäi-Fong ist das Gegenteil, der Konterpart zu Du-Jan!

„Also, ich warte", ihre Hände mischen die Tangram Stücke, die aneinander klackern wie Mah-Jongg Steine. Der Schatten einer Laufrikscha durcheilt die Küche.

Ich atme tief durch und kratze das verbliebene Häufchen Konzentration in mir zusammen: „Migita erzählte mir von den Gaben, den Vorzügen, die uns Bin-Ching mit ins Reisegepäck aufgibt."

„Das sind weder Almosen, noch Bestechungsgelder!" Mäi-Fong gibt das Tangram zwischen uns frei, ein sauberes Quadrat liegt auf dem Tisch.

„Das meine ich nicht", beschwichtige ich sofort: „Schau, Migita raucht wie ein gut geölter Kaminschlot, unser Offizier hat ständig eine Zigarette im Mund. Oder könntest du dir Migita ohne Kippe vorstellen? Na also, unser alter japanischer Offizier, er hat halt so seine Macken! Und doch, der Bursche flitzt den Berg zu seiner Festung Tapung hoch, wie ein junger Hirsch. Der muss nicht einmal hüsteln! Verstehst du, der raucht seit über hundert Jahren jeden Tag mehrere Schachteln und erfreut sich dennoch bester Kondition und Ausdauer, kein Lungenkrebs, kein Raucherbein!"

„Bin-Ching sorgt sich um ihre Kinder." Mäi-Fong hat ihre Arme über ihrer Brust verschränkt und betrachtet mich mit aufkommender Sorge.

„Nehmen wir ein anderes Beispiel. Migita trinkt Sake wie Wasser, er schüttet die Prozentzahlen einfach so in sich hinein. Ich wiederhole mich, unser Offizier schluckt und säuft seit einhundert Jahren, seit ehedem und immer! Der Kerl müsste eine Leber haben wie ein Ochse. Abgesehen davon, dass mittlerweile sein kompletter Gehirnschmalz weggeätzt sein sollte." Ich schiebe meine Suppenschüssel zur Seite, eine weitere Chiliprise will ich nicht riskieren.

„Bin-Ching erlaubt uns alle Freiheiten", Mäi-Fong zuckt verständnislos mit ihren Schultern, die Gute ahnt nicht, worauf ich hinaus will!

„Bingo", diesmal klatsche ich in die Hände, „das hast du schön gesagt. Aber was ist mit Du-Jan?"

„Denk nicht an ihn."

„Er raucht Opium."

„Das ist allein seine Angelegenheit."

„Er genießt das Opium jeden Tag, als ob er das erste Mal Opium blasen würde."

„Jeder kann tun, was er für richtig hält."

„Aber nicht, wenn er der Opiumsucht verfallen ist!"

„Worauf willst du hinaus?" Meine Steppenreiterin beginnt, unbehaglich auf ihrem Hocker herumzurutschen. Ihr Gesicht wird eine Spur misstrauischer.

„Er wollte sein Leben nicht aushauchen, wie der arme Wicht dort draußen", ich deute zur offenen Küchentür.

„Wer will das schon?" Mäi-Fong beginnt, leise mit ihren Fingern auf der Tischplatte zu trommeln. Ich sollte auf den Punkt kommen!

„Entschuldige", ich suche in der Nudelsuppe zwischen den Tofu und den dicken Bandnuddeln nach einer Lösung. Ich muss die Wahrheit wissen! Was treibt mich an?

„In Ordnung, ich kann natürlich nur vermuten. Dass heißt, ich habe einen Verdacht. Verstehst du, ich habe ein Gefühl, das mich beschleicht." Ich sehe den Bambuswald ganz deutlich vor mir!

„Nicht Bin-Ching brauchte Du-Jan. Du-Jan benötigte Bin-Ching!" Ich stoppe und sehe die dünnen Stämme des Bambus im Wind sich wiegen und zusammenschlagen.

„Nicht Bin-Ching hat Du-Jan auserwählt! Du-Jan hat sich bei Bin-Ching eingeschlichen, das ist die richtige Reihenfolge. Nur mit ihrer Hilfe war er in der Lage, sich jeden Tag ein Pfeifchen zu gönnen." Ich schüttele unwirsch den Kopf. Ich habe mich in Rage geredet: „Der Kerl ist doch nie und nimmer einer von uns, der passt doch gar nicht in unsere Mannschaft!"

„Glaubst du denn, dass du zu unserer Mannschaft passt?" Mäi-Fongs einfache Konterfrage bringt mich beinahe ins Trudeln.
„Natürlich gehöre ich", ich korrigiere mich augenblicklich, „natürlich gehören wir zur Mannschaft."
„Du-Jan ist nicht mehr an Bord, nicht mehr im Geschäft und nicht mehr in unserer Mannschaft. Er jagt nicht mehr mit Jerónime die sieben Städte aus purem Gold, er ist nicht mehr Stammgast auf Migitas Bergpartys und er wird nicht mehr neben mir durch die endlosen Steppen reiten. Peter, du verschleuderst nicht nur deine Kraft, sondern vor allem auch unsere Zeit." Sie rümpft ihre Nase: „Ich dachte, du wolltest noch einige Fragen klären. Wechseln wir also lieber das Thema!"
Sie hat recht! Ich war völlig abgeglitten. „Ja, wechseln wir das Thema." Ich trete lieber einen Schritt zurück und kühle mich wieder ab. Mäi-Fong ist nicht Lin-Lin, sie wird mich nicht gleich in Stücke hacken.
Moment mal, sollte ich mir dessen so sicher sein! Was geschieht hier? Was, um Gottes Willen, ist jetzt schon wieder los?
Ich registriere und nehme erst jetzt wahr, dass die dunkle und muffige Suppenküche schwindet und dem leuchtenden und strahlenden Bambuswald weicht! Ich wage nicht, mich zu bewegen. Ich gleite in Zeitlupe an den schimmernden hellgrauen Stämmen seiner Bäume entlang. Die Blätter rascheln zur Begrüßung, ein freundliches, ein junges Grün empfängt mich. Ich lande sanft auf dem weichen Waldboden und sehe Mäi-Fong vor mir, im Lotussitz vor einem kniehohen Tisch. Ich sitze ihr gegenüber, meine Beine im Schneidersitz. Ich spüre eine kühle Brise, einen Lufthauch, die Natur des Waldes nimmt mich in ihrem Schosse auf. Ich höre Vögel über mir und das Rauschen der Kronendächer im leichten Wind. Orchideenblüten ringeln sich entlang der Tischbeine, kunstvoll geschnitzt aus dem Holz der roten Zypresse. Das Tangram spielt

246

mit seinen Formen und verharrt kurz. Auf seinen glatt polierten Oberflächen spiegeln sich die Farben der Natur. Ich erkenne ein Tor, ein altes Stadttor.

Ich schaue zu meiner Begleiterin, ein Teeservice mit zwei dampfenden Tassen steht zwischen uns. Die Tassen, mit dem heißen grünem Oolong Tee, sind aus Porzellan, mit aufgemalten Kranichen.

Ich bediene mich und nippe, wie in Zeitlupe, kleine winzige Schlückchen des heißen Oolong Tees: „Ortswechsel?"

„Der fliegende Wechsel war nötig!" Mein Schutzengel zaubert eine kleine Schale mit Nüssen unter dem Tisch hervor: „Das war in dem Lehmverschlag, kaum noch auszuhalten gewesen. Mir war der Laden einfach zu eng und zu düster. Ich hoffe, du hast nichts dagegen einzuwenden, das wir die Lokalität gewechselt haben?"

„Mit unserem Hsin-Chu des Jahres 1835 bin ich nicht ganz so vertraut", ich wähle weniger, ich stibitze eher das Studentenfutter aus der Schale mit den Nüssen. Das Schälchen ist gleich den Tassen aus Porzellan und ebenso kunstvoll bemalt. Auf seiner Oberfläche tanzen braunrote Ureinwohner im grünen Lendenschurz und gelben Kopfschmuck. Taiwans Kopfjäger schwingen im wilden Reigen ihre Speere und Pfeile.

„Müssen wir mit ihnen rechnen?" Ich deute mit meinen Essstäbchen auf die wilde Kriegerschar.

„Das ließe sich arrangieren!" Mäi-Fong ahmt mit der Hand einen sauberen Schnitt in Kehlenhöhe nach: „Bei denen sind selbst Bin-Chings Heilpraktiken Grenzen gesetzt."

„Ich liebe Bin-Chings XY-Reisen!" Ich stütze mich auf dem Tisch ab, spüre das kühle Holz an meinen Unterarmen und schaue nervös ins dichte Bambusgehölz: „Würdest du die Freundlichkeit besitzen, mir zu verraten, wo wir hier sind?"

„Wir sind genau dort, wo wir hin wollten." Mäi-Fong reckt und streckt sich in ihrer neu gewonnenen Freiheit. Ich unsensibler Trottel, wie kam ich auf die Idee, meine holde Steppenreiterin in einen gefängnisartigen, klaustrophobischen Tofuladen zu zwingen?

„Bin-Chings Bambuswald ist unverkennbar", ich nicke ihr zu, „wie hat sie uns hierher teleportiert? Benutzt sie spezielle rote Tickets oder wedelt sie mit einem magischen Essstäbchen Zaubersprüche herbei?"

„Nein, ich war das!" Mäi-Fong muss kichern und stellt ihren Oolong Tee zurück.

„Werde ich das denn auch eines Tages können?" Meine Hände gleiten über das abgestorbene Laub auf den Boden. Ich ertaste die dürren, trockenen Blätter und knistere an ihnen herum. Was wird noch alles zum Vorschein kommen?

„Das wirst du, aber alles zu seiner Zeit." Mäi-Fong mustert mich über ihre Oolong Tasse hinweg: „Wo waren wir stehengeblieben?"

„Nirgends", erwidere ich, „wir könnten aber bei unserem wundersamen >Tischleindeckdich<, ich meine >Tischleinwohindesweges< beginnen."

„Das Tangram?"

„Das Tangram!"

„Wie du willst", meine Lehrmeisterin wischt ein Bambusblatt vom Tisch: „Ich erlaube mir Lin-Lin zu zitieren: Deine Welt ist die der Phantasie! Was du nicht sehen willst, das existiert auch nicht!"

„Musst du unbedingt in Rätseln herumorakeln!" Natürlich, was hatte ich nach den letzten Tagen erwartet, eine klare und eindeutige Antwort? Mir schwant, ich werde vergebens auf ein JA oder ein NEIN, ein SCHWARZ oder ein WEISS hoffen!

„Nicht so voreilig, ich bin noch nicht fertig", meine große Lehrmeisterin hebt mahnend den Zeigefinger: „Das Tangram besteht aus sieben Steinchen, jede Kombination kannst du als einen Schlüs-

sel, eine Tür verstehen. Betrachte das Tangram als dein Reiseti-
cket."

„Langer Rede, kurzer Sinn, ich stehe also mit meinem Ticket auf
dem Bahnsteig. Was wird nun passieren?" Muss ich mich unbedingt diesem Ratespiel beugen?

„Nicht so schnell! Du sagtest vorhin XY-Reisen. Ich denke, mit dieser Behauptung tust du unserer Chefin Unrecht. Bin-Ching würde
dich niemals gegen deinen Willen irgendwohin schicken. Ganz im
Gegenteil, du suchst dir selber deine Ziele aus." Mäi-Fong nickt mir
zufrieden zu.

„Nein", ich schüttele verneinend meinen Kopf, „ich kapiere rein
gar nichts." Das darf doch nicht wahr sein. Ich bin freiwillig hier.

„Das Tangram ist ein Kinderspiel. Du legst die Steine und denkst
dir aus, was du siehst. Du entscheidest, was die Formen aussagen.
Du interpretierst und hauchst ihnen Leben ein." Mäi-Fong betrachtet mich forschend und versucht meine Gedanken zu ergründen.

„Du meinst, meine Phantasie bewegt das Tangram und öffnet die
Türen?" Bin ich auf der richtigen Spur?

„Nicht ganz, das Tangram ist ein Bildnis, eine Erklärungshilfe. Der
Tisch ist nichts weiter, als ein von Bin-Ching herangezogenes An-
schauungsobjekt", erklärt Mäi-Fong unbeirrt.

„Auf jedem Bahnsteig steht ein anderer Zug und ich alleine wähle
das Gleis!" Ich proste ihr zufrieden zu mit meinem Tee.

„Nein, genau umgekehrt." Mäi-Fong schüttelt bedauernd ihren
Kopf: „Du wählst, wie der Zug aussieht. Du bestimmst, wer deine
Mitreisenden sind. Du beschließt das Ziel der Reise und so weiter
und so weiter."

„Und Bin-Ching stellt daraufhin den passenden Zug auf das Gleis!"

„Bingo!" rufen wir beide gleichzeitig und beglückwünschen uns
gegenseitig mit artigem Händeklatschen.

Mäi-Fong strahlt über das ganze Gesicht. Ich lächle, dass die Backen blähen. Habe ich etwas verstanden!

Muss ich etwas verstehen!

„Du kannst dich natürlich weiterhin in Taxis und Flugzeugen fortbewegen und von einem Hotel ins nächste vagabundieren."

„Mein göttlicher Sponsor lässt sich nicht lumpen!"

„Du könntest aber ebenso auf ein flinkes Pferd umsatteln, nachts an Lagerfeuern sitzen und in Zelten aus Yakfellen campieren."

„Du meinst, mit Winnetou und Old Shatterhand im Yakland!"

„Du könntest die Gefahr suchen, den Nervenkitzel. Der menschlichen Natur werden auf dem Weg zum Gold, jegliche Schranken genommen."

„Die dunkle Seite der Macht, komme sie über uns!"

„Du könntest deine Träume in Büchern lesen, sie erleben und wahrhaftig werden lassen."

„Ja, Mäi-Fong, wir sind eine illustre kleine Reisegemeinde." Ich hebe meine Hand, um ihren Redefluss zu bremsen: „Deine Aufzählung in Ehren, wer kann da schon nein sagen?"

„Siehst du! Alles ist möglich!" Mäi-Fong ignoriert mein Zeichen. Meine persönliche Beraterin ist nicht mehr zu bremsen und steigert sich in euphorische Laune hinein: „Du kannst nicht nur durch die Zeit reisen. Geschichten und Märchen, Träume und Gedanken stehen dir ebenso offen. Ob du als Mensch oder als Tier unterwegs bist, die tiefsten Schluchten der Meere aufsuchst oder auf den höchsten Gipfeln unserer Berge stehst, das alles ist möglich!"

„Genau", unterbreche ich sie: „Das meine ich! Wer kann denn da schon nein sagen?"

Endlich, mein Gegenüber stutzt und schaut mich fragend an.

„Wenn das alles so toll ist, wieso tritt unsere holde Göttin, Bin-Ching, nicht selber an? Warum schickt sie uns hinaus? Warum benötigt sie menschliche Dummys für ihr Fernweh?"

250

Mäi-Fong schaut mich irritiert an. Eine Zikade zirpt und trommelt. Ein roter Schmetterling verweilt kurz über dem Tangram. Er fliegt weiter und nimmt keine Passagiere auf. Hummerscheren schneiden, die grünen Bambusblätter schnappen zu, aber sie wollen nicht greifen, sie wollen nicht verletzen. Die großen grünen Scheren streichen ungefährlich übereinander, um sich im nächsten Augenblicklich wieder zu öffnen.

„Bin-Ching kann doch selber Hsin-Chu nicht verlassen", beendet Mäi-Fong unser Schweigen.

„Womit sie zum Club der Sesselpupser Hsin-Chus gehört", ergänze ich: „Damit wären wir bei der vierten Mauer! Sie ist den städtebaulichen Planungen der letzten einhundert Jahre komplett und auf ganzer Länge zum Opfer gefallen."

„Eine Barrikade aus Lehm und Sand", Mäi-Fong schüttelt verständnislos ihren Kopf: „Bin-Ching kann Hsin-Chu nicht verlassen, sie hat nur hier in Hsin-Chu ein Zuhause."

„Was soll das heißen?" Ich bohre nach, ich will endlich Klarheit!

„Nur in Hsin-Chu hat Bin-Ching einen Tempel. Du hast ja vorhin selber gehört, sie wohnt zur Untermiete." Mäi-Fong behält mir nichts vor, sie schweigt mich nicht an, sie windet sich nicht aus den Fragen heraus und sie erfindet keine Ausreden. Ihre Gedanken sind frei von Trug und Lügen, keine Täuschung und kein Schwindel. Ich glaube und akzeptiere alle ihrer Antworten. Aber dennoch, oder gerade deshalb, wieso finde ich immer wieder spielend einen wunden Punkt in ihren Aussagen?

„Sie muss Miete zahlen, obwohl Geld keine Rolle spielt. Das musst du mir genauer erklären", drängele ich weiter: „Gib mir eine Millionen Dollar und ich baue dir innerhalb kürzester Zeit dutzende Tempel, nach Wunsch nur auf Taiwan, oder gleichmäßig auf unserem gesamten Erdenball verteilt!"

„Das will sie doch gar nicht!"

„Ach ne, was will sie denn?“

„Das, was alle haben wollen!“

„Geht das noch etwas genauer?“

„Sie ist zwar ein Gott, aber tief in ihr, da hat sie sich ihre menschlichen Züge bewahrt.“

„Bin-Ching hat menschliche Züge?“

„Sie will keine Anhänger, keine Gläubigen, sie will Freunde!“

„Freunde?“

„Bin-Ching will nicht so viele Freunde, sie will nur eine Handvoll Freunde haben. Bin-Ching ist eine bescheidene Göttin.“

Sind wir jetzt soweit? Ich starre Mäi-Fong ungläubig an. Das klingt wie ein irrwitziger Schalk in meinen Ohren, wie gedroschener Narrenhohn und vakuumierter Vernunftsgulasch im entgleistem Eichhörnchenalphabet!

Wo waren wir stehen geblieben?

„Eine Göttin, die Freunde haben möchte.“ Mäi-Fong betrachtet mich abschätzend: „Diese Möglichkeit stand nicht gerade auf deiner Top Ten Liste.“

„Nein!“ Ich lehne mich zurück: „Mit dieser Variante habe ich nicht gerechnet.“

„So geht das allen.“ Mäi-Fong lächelt mir zu: „Komm lass uns gehen. Die anderen warten schon!“

„Warte!“ Ein Gedanke schießt mir durch den Kopf: „Warte, ich muss noch einmal zurück. Ich muss noch einmal durch die Straßen unserer Stadt, ich muss noch einmal durch Hsin-Chu streifen!“

Ich weiß was ich will!

„Ich muss noch Lin-Lin abholen.“

童話花朵

Kapitel XII.

Märchenblüten

童話花朵

„Willkommen in unserem auserlesenen Club!" Jacky, Gerd und ich erheben die Gläser.

„>Gan-bäi< (gan=trocken, bäi=Glas)", ertönt der allerorts bekannte und beliebte chinesische Trinkspruch aus unseren Kehlen.

Während ich trinke, glitzert mir das Licht der Straßenbeleuchtung in den Augen. Die einzelnen Laternen schwingen und tanzen, wie eine aufgereihte Kette goldener Perlen.

Ich senke meinen Blick auf die Straße, etliche Motorroller brausen an unserem Tisch vorbei. Ihre Scheinwerfer erzeugen einen ovalen Leuchtkegel vor sich auf dem Asphalt, dem die schnellen dunklen Maschinen zu folgen scheinen. Sie jagen wie die rastlosen Seelen der späten Stunde, in wilder Hast durch die Nacht.

Wir sitzen am Straßenrand, eingeklemmt zwischen einer Garagengarküche und einem Bordstein. Unsere heutige Restaurantauswahl entbehrt jeglichen Komforts, und ist eindeutig das Produkt, in aus der Not getroffener Entscheidungen.

„Autsch! Verdammter Moskito", ich schlage tollpatschig nach dem lästigen Plagegeist. Er tanzt siegestrunken vor meinem Gesicht und legt bühnenreif eine Handvoll Kapriolen auf das Parkett, bevor er im Schutze der Nacht entschwindet.

„>I-tsche-wen-tze< (ein Moskito)", gluckst Jacky hell kichernd auf und reicht mir das nächste Glas Taiwan Bier: „Während du, in den letzten beiden Tagen, deinen Blitzurlaub mit Lin-Lin abgeturtelt hast, haben wir über deine Zukunft abgestimmt!"

„Die Geschäftsleitung hat gestern deinem Antrag stattgegeben", ergänzt Gerd und betrachtet belustigt sein winziges Bierglas (Taiwan Bierglas = 0,12 l.).

Der Abend fängt ja gut an! Wovon reden die beiden? Ich nehme ihre Worte auf, nicke wissend und stochere in der Nebelbrühe meines Gehirns.

Eine dickliche, pummelige Kellnerin ist aus dem Garagenverschlag getreten und wirft nun ihren Schatten über uns. Sie knallt unsanft etliche kleinere Plastikschälchen und Tellerchen auf unseren sonnenverblichenen, hellblauen Klapptisch.

„Du hast gleich für zwei Jahre hier auf Taiwan gezeichnet", weiht mich Jacky weiter ein: „Mutig, mutig, du hast dich also doch zu diesem Schritt hinreißen lassen!"

„Ich konnte deiner Botschaft, im japanischen Restaurant, nicht widerstehen." Ich beginne zu begreifen: „Deine Arbeit trägt Früchte, sein Leben und Dasein als Ausnahme zu fristen, das war einfach zu verlockend."

„Unsere Damen und Herren, von der Geschäftsleitung, haben für ihre Entscheidung keine vierundzwanzig Stunden benötigt", gibt Gerd zu bedenken: „Das ist Rekordverdächtig!"

„>Thank you for your cooperation< (Vielen Dank für ihre Zusammenarbeit, vielen Dank für ihr Verständnis)." Jackys Worte erreichen mich, wie ein hallendes Echo, aus weiter Ferne.

Wann und wo hatte ich diesen englischen Satz, wann und wo hatte ich das taiwanesische Wort für Moskito, in den letzten Tagen gehört? Ich stehe ja völlig neben mir.

„>Gan-bäi, gan-bäi<", die Gläser klieren.

Ich benötige einige Sekunden, bis mir die Tragweiten, die Schlussfolgerungen aus Jackys und Gerds Informationen, so allmählich dämmern. Nicht ich habe gezeichnet, Bin-Ching, du Biest, du hast meinen Vertrag, meinen Aufenthalt auf Taiwan um zwei Jahre verlängert.

Du hast mich hintergangen!

Das ist nicht zu fassen!

„Sage mal Jacky", ich muss mich ablenken und das Thema wechseln: „Wieso sind wir nicht, in unserem japanischen Restaurant?

Was soll dieser Nudelladen hier, aus Wellblech und Pressspanplatten, müssen wir Kosten sparen?“

„Die Mülltonnen mit eingeschlossen“, fällt Gerd lästernd mit ein: „Sage mal, Jacky, so zwischen Straße und Bauzaun, wie viele Wochen musstest du im Voraus reservieren?“

„Ihr seht, ich passe die Örtlichkeiten nur eurem Auftreten und Benehmen an“, kontert Jacky mühelos und beäugt prüfend die Gerichte, bevor er jedem von uns eines der kleinen Plastikschüsselchen zuteilt. Fettige armlange Nudeln stehen auf der Speisekarte. Sie sind verflochten und eingebettet in einem tennisballgroßen Gemenge, durchmischt mit Rindfleisch und übergossen mit einer feuerroten ketchupähnlichen Soße: „Das Essen hier ist wirklich gut! Gebt dem Laden einfach eine Chance!“

Ich vermag Jackys Meinung nicht zu teilen. Wie kann ich bloß diesen Nudelknoten entwirren? Ich drehe verzweifelt, mit den Essstäbchen in diesem Wollknäuel, in dieser roten Ketchupsoße herum, finde aber keinen Startpunkt, nicht einmal einen Ansatz.

„Ja, Jacky, du meinst es gut mit uns“, seufzt Gerd, der ebenso mit seinem Essen ringt und kämpft.

Die Kellnerin platziert drei weitere, flache Teller mittig zwischen uns. Auf dem ersten Teller türmen sich ölige, salzige Erdnüsse. Auf dem zweiten Teller reihen sich millimeterdicke, käseartige Tofuscheiben, die mit winzigen, dunkelgrünen Seetangkringeln garniert sind. Auf dem letzten Teller dampft heißer, grüner Salat: „Also guten Appetit und >gan-bäi<.“

„>Gan-bäi, gan-bäi<.“

Die Gläser werden wieder abgesetzt und eine neue Flasche Taiwan Bier wird geöffnet. Sechs Essstäbchen langen emsig über den Tisch.

„Ob das Essen gut oder schlecht ist“, überlegt Gerd laut, „deine innere Einstellung entscheidet im Wesentlichen mit!“

„Ganz genau, erst einmal positive Wellen verbreiten", säuselt Jacky
vergnügt: „Nur Mut, ihr solltet nicht murren, bevor ihr nicht pro-
biert habt."

„Was für eine innere Einstellung?" Ich schaue fragend zu Gerd.
Nicht, dass ich ihn missverstanden hätte. Vielmehr, soweit kenne
ich ihn, was für ein neues Gesprächsthema will er ansteuern?

„Ich meinte eher so etwas, wie die eigene Gesinnung, das eigene
Bewusstsein." Gerd zündet sich eine taiwanesische ONER Zigarette
an. Nein, sein Bewusstsein hatte noch nie Probleme, gleichzeitig zu
rauchen und zu essen. Er folgt ungezwungen seinem inneren Verlangen, alles, was in der alten Welt auf Ablehnung treffen würde,
hier umso intensiver auszukosten: „Was sage ich da, das ist wie die
eigene Lebenseinstellung."

Gerd grübelt sichtbar, über eine einigermaßen taugliche Beschreibung: „Was ich meine, das spielt sich ausschließlich im Hirn ab!"

„Einverstanden", endlich kann ich einige Nudeln von dem Rest der
Menge trennen und den blutroten Tennisball in seine Schranken
weisen: „Du legst die Krankheitsgeschichte deiner persönlichen
physiologischen Probleme bei uns stets in vertrauensvolle Hände."

„Wir, die anonymen Ausnahmen, müssen zusammenhalten",
stimmt Jacky mitfühlend bei und schenkt wieder Bier nach.

„Also", hebt Gerd ungeachtet unserer Blödeleien an, „stellt euch
vor: Es war einmal ein kleiner Ingenieur. Der ging in ein fernes
Land, um dort zu schaffen. Die neue Arbeit ging ihm leicht von der
Hand und es freute ihn, bei seinen neuen Kollegen sehr beliebt zu
sein. Er bezog eine kleine Wohnung, in der er sich sehr wohlfühlte
und er fand rasch einige Freunde, mit denen er außerhalb der Firma, seine Freizeit gestaltete. Könnt ihr mir folgen?"

Jacky und ich nicken zustimmend. Worauf auch immer Gerd hinaus will, wer würde sich einem modernen Märchen verschließen
wollen? Gibt er mir nicht die Ablenkung, um die ich gebeten hatte?

„Eines Tages kam ein alter Freund aus der Heimat zu Besuch", erzählt Gerd weiter: „Dieser wollte sehen, wie sich unser Ingenieur so in der Fremde eingelebt hatte. Selbstverständlich war er zu Gast in der Wohnung unseres kleinen Helden. Er lernte seine neuen Freunde kennen und besuchte ihn ebenso an seinem Arbeitsplatz. Soweit noch alles klar?"

Jacky und ich nicken erneut zustimmend, Gerds Geschichte nimmt Gestalt an, zielt sie doch auf uns ab!

„Kommen wir zum bitteren Schluss unserer kleinen Geschichte." Gerd rührt in seinen restlichen, verbliebenen Nudeln herum: „Unser werter Freund ist natürlich nicht ein Irgendwer, unsere Story stattet ihn mit einigen Besonderheiten aus."

„Du meinst, er besitzt Tischmanieren, im Gegensatz zu dir!" Jacky wedelt kopfschüttelnd, in einer von Gerds Rauchwolken über uns herum: „Zumindest sollte er seine Nahrung mit Essstäbchen zu sich nehmen können."

„Besonderheiten?" Aus der Traum, die beschauliche kurze Unterbrechung des Alltags ist vorbei. Bei mir läuten wieder einmal nicht die Alarmglocken, sie kreischen in gewohnter Manier schrill und laut auf. Ich stelle mein Glas ab, Taiwan Glück "Since 1919", (das Jahr, als Migita nach Fort Tapung versetzt wurde, um das Bergvolk der Atayal niederzuschlagen) in goldenen Lettern auf grünem Hintergrund.

Ich lege mein hölzernes Essbesteck unauffällig zur Seite.

Die Besonderheiten der letzten Tage sind ihrer zu viele, als das ich sie alle verkraften könnte. Nicht die Vernunft gewinnt die Oberhand, sondern meine Instinkte als Höhlenmensch trollen sich so allmählich an die Oberfläche. Nicht Nüchternheit, vielmehr Katerstimmung durchfährt mich. Ich kann nicht mehr! Gerd, deine Anekdote, deine Märchenstunde, trennt sie sich noch von der meinen?

„Ohne Besonderheiten funktioniert kein Märchen", faselt Gerd durch Nudeln und Zigarettenqualm hindurch: „Der Freund unseres jungen Helden entpuppt sich als wahres Genie und Wunderkind. Er versteht nicht nur die Sprache und all deren auftretenden Dialekte und Mundarten. Er ist ebenso ein alter Kenner des fremden Landes und seiner Bewohner. Er ist mustergültig informiert über deren Kunst und Kultur, deren Politik und Wirtschaft, sowie deren Geschichte und Sportevents und ach was weiß ich. Er kennt natürlich die verschiedensten Stadtviertel und deren Eigenheiten. Habe ich eine Kleinigkeit ausgelassen?"

„Er trägt, deinen Informationsquellen nach zu urteilen, entweder einen Heiligenschein oder zwei Teufelshörnchen", kommentiere ich und nehme die Essstäbchen wieder auf. Ich kann und will nicht weiter zuhören. Was bleibt mir, als die Unlösbarkeit eines gordischen Knotens, eingebettet in tomatenroten Ketchup, zu entwirren? „>Gan-bäi, gan-bäi<."

„Unser begabter Freund lüftet den Schleier und sein Fazit ist vernichtend! Das Gehalt unseres jungen Ingenieurs ist beschämend unter dem Durchschnitt. Er steht bei seinen Kollegen nur deshalb hoch im Kurs, weil er für sie ein ungefährlicher Trottel ist. Einer, dem all die Arbeit aufs Auge gedrückt werden kann, die niemand sonst haben möchte. Seine Wohnung ist eine Katastrophe, kriminell überteuert und total verschimmelt, poplig klein und gelegen im Scherbenviertel der Stadt. Seine neuen Kumpels sind einzig an seiner Spendierfreudigkeit interessiert, usw, usw."

Gerd legt unvermittelt eine kleine Pause ein und schaut erwartungsvoll in unseren kleinen Kreis.

„Nichtwissen bewahrt und beschützt." Jacky flutschen zwei dieser öligen Salznüsse von den Essstäbchen. Die beiden Flüchtenden rollen und purzeln unter den Tisch und schrecken eine feuerzeuggroße Kakerlake auf.

„Du sprichst uns so direkt an", ich deute der Reihe nach auf uns drei: „Ich hoffe, du suchst keinen harmlosen Trottel?"

Gerds Gesicht blitzt dämonisch auf: „Nur das wirklich Böse teilt seine Pläne mit. Aber bleiben wir beim Thema. Woher können wir wissen, dass wir hier in der Fremde, nicht ins Bockshorn gejagt werden?"

„Zuhause wie auf Taiwan, sich selber zu veräppeln, das funktioniert allerorts." Die rote Ketchupsoße ist scharf, sie ist höllisch scharf.

„Wie Peter bereits sagte, wir bräuchten diesen Freund, mit seinen göttlichen oder galaktischen Fähigkeiten!" Jacky taktet eine nur ihm bekannte Melodie, mit den Essstäbchen gegen die Tischplatte.

„Was wäre, wenn uns dieser angebliche Superfreund ebenso in die Pfanne haut", werfe ich ein, den Mund voll von diesem heißen grünen Salat. Ich könnte schwören, dass dieser vermaledeite Ketchup mir mittlerweile aus den Ohren dampft. Mensch ist der scharf! Das rote Zeug wirft mir Blasen im Mund, auf der Zunge und im Rachen, Gott hilf mir.

Moment mal, Bin-Ching, du lässt gerade einen deiner Jünger jämmerlich im Stich, weißt du das!

„>Hen-la< (sehr scharf)!" Jacky schaut mich mit verschmitzten Augen an: „Hatte ich vergessen, das zu sagen?"

„Peter hat recht, was wäre, wenn wir unserer einzigen, unabhängigen Instanz nicht trauen könnten? Wenn diese Person ebenso mit uns ihren Schabernack treiben würde." Gerd deutet auf mein volles Glas, mit dem eiskalten Taiwan Bier: „Das hilft zwar nicht, aber es beruhigt."

„Nein, nicht einmal das tut das Bier, nimm weiter den heißen Salat", rät Jacky und schenkt trotzdem nach: „Wer oder was bliebe uns also?"

„>Gan-bäi, gan-bäi<."
260

Gerd schaut nachdenklich drein: „Tatsache ist aber doch, das wir uns dieses Umstands, eines Lebens in der Fremde, erst einmal bewusst werden müssen!"

„Hoch lebe unsere Bewusstseinserweiterung", jubelt Jacky, eine mundgerechte Portion mit seinen Essstäbchen haltend.

„Danke für den gelungenen Nachhilfeunterricht." Ich atme tief durch, schiebe die restlichen Nudeln endgültig zur Seite und greife zum Glas. Dicke klebrige Schweißperlen tropfen mir von den Ohren und laufen über den Nacken sowie am Hals herunter.

Sehe ich weiße Mäuse? Ist unser nächtliches Meeting nichts anderes, als eine Tuschelei, eine Kumpelei über die Biergläser hinweg, ein hinterhältiges alkoholisiertes Aushorchen? Sollte ich auf der Hut sein? „Setzen wir auf uns, setzten wir auf unsere Instinkte und unseren Verstand."

„Wenn das mal gut geht", höhnt Jacky und schenkt erneut Taiwan Bier, das gute >ching-pei-pitscho<, das Golden-Taiwan-Bier, in unsere leeren Gläser.

„Können wir uns denn selber trauen?" Gerd zögert einen Moment, bevor er zum Glas greift.

„Können wir unserer inneren Einstellung, unseren eigenen Instinkten trauen?" falle ich mit ein.

„Zu viele Fragen." Jacky lacht: „Da erkundige ich mich lieber im nächsten Tempel. Irgendein Gott hat bestimmt ein Herz für meine kleinen irdischen Belange."

„Wenn das so ist!"

„>Gan-bäi, gan-bäi<", ertönen unsere Stimmen über den Tisch. Wir trinken in einem Zug aus. Jacky füllt die Gläser gleich nach.

Die Nacht auf Hsin-Chus Straßen kennt keine Dunkelheit. Nicht nur in der Stunde eines Geschichtenerzählers unterstützt der alkoholische Rausch die Phantasie. Ob die Welt wahrhaftig existiert, oder ersonnen wurde, in den Blättern, den Scherenhänden des

Bambus, in diesen Momenten wird alles Real. Ich frage nicht, ich gleite über den Wipfel, den lebensbejahenden hellgrünen Kronen des Bambuswaldes. Bin-Ching, du hast nicht nur einmal für mich, am Zeitenlauf gedreht!

Jacky hat nicht vorreservieren müssen, die Nudelgarküche im Schlamm und Bordsteindreck, die Ambiente wie am Schweinetrog, war bereits vorherbestimmt. Bin-Ching, du hast uns heute Abend eingeladen, du bist unser Gastgeber!

Ich verliere mich kurz in den eigenen Gedanken. Ich fliege wieder mit dem roten Schmetterling und folge seinem Flügelschlag. Das brennende Tor grüßt mich von Weitem. Der äußere Mazu Tempel bleibt zur linken Seite liegen und ich folge weiter der Beimen Street, der Nordtor Straße. Das Ende der Fahrt kommt in Sicht und ich steige aus. Der alte Hafen von Hsin-Chu empfängt mich, er hält sich im Verborgenen, er ist von der Stadt Hsin-Chu, seinen Häusern und der Zeit längst verdrängt worden. Ich stehe an der vierten Mauer, das Provisorium aus Lehm und Sand, das kaum seine eigene Bauzeit überdauert hat. Die vierte Mauer ist dein Tor, Bin-Ching, das du selber niemals durchschritten hast, das deine Grenzen markiert. Wie oft, wie häufig bist du, musst du an dieser Stelle stehen geblieben sein? Wie viele sind an deiner Stelle, hast du für dich, in die Ferne, in deine fernsten Träume entsandt, auf die weite Reise geschickt? Du hast sie alle begleitet, als blinder Passagier, als Voyeur oder als Schutzengel. Du bist immer an unserer Seite!

Das ist also das vierte Tor! Eine heruntergekommene Garküche auf der einen, eine Bushaltestelle auf der anderen Seite. Bin-Ching, hier endet dein Reich!

„Nein, so endet unsere heutige Nachhilfestunde nicht", reißt mich Gerd aus den Gedanken.

„Lauschen wir gespannt einer neuen Interpretation, ein Hoch auf Gerds Märchenstunde." Jacky stellt die Bierflasche ab und rückt das Schälchen mit dem Tofu näher zu sich.

„Die Hilfe zur Selbsthilfe", überlege ich laut, „ein jeder sollte seines eigenen Glückes Schmied sein."

„Und wenn er nichts zum Schmieden hat", ulkt Jacky.

„Dann hat er eben Pech gehabt", vollende ich unwirsch seinen Witz und muss unwillkürlich wieder an Bin-Ching denken, an den alten Stadtgraben neben dem steinernen Osttor. Wieso drängen sich, wiederholen sich hier und jetzt die Bilder der vergangenen Tage?

„Irrtum", unterbricht Gerd meine Gedanken: „Die Geschichte handelt einzig von uns! Berichtigt mich bitte, wenn ich falsch liege, wir stehen nicht so völlig mittellos da!"

Ich nicke ihm zustimmend zu: „Also, wie geht die Geschichte unseres jungen Ingenieurs weiter?"

„Es gibt tatsächlich eine Fortsetzung?" Jacky schiebt sich genießerisch die nächste Tofuscheibe in den Mund.

„>Once upon a time< Es war einmal", leite ich schon einmal für Gerd ein und erhebe mein Glas.

„Nochmals Irrtum", stoppt Gerd meine Euphorie: „Nicht mit >Es war einmal<, sondern mit >Er war einmal<, so beginnt unsere zweite Nachhilfestunde, für Unerfahrene Ingenieure in der Fremde."

„>Gan-bäi, gan-bäi<." Unsere Gläser schlagen aneinander, der enthemmten Stimmung folgend.

„Er war einmal", Gerd legt seine Stirn in Falten, er ringt sichtbar mit seiner Konzentration. Die ungezählten vielen kleinen Gläschen fordern ihren Tribut: „Was war aus unserem Helden der ersten Geschichte geworden? Unser Ingenieur war in die Jahre gekommen und hatte seinen wohlverdienten Ruhestand angetreten. Er lebte zurückgezogen und zufrieden und genoss seinen späten Lebensabend ohne Not und Kummer. Vielleicht wünschte er sich ab und

263

zu ein wenig mehr Unterhaltung und Gesellschaft, aber dieses Gefühl beschlich ihn nur manchmal und ohne Dauer. Ich hoffe, die neue Ausgangslage überfordert euch nicht!"

Jacky und ich verneinen wieder brav. Jacky putzt seine Brille und ich reihe eine kleine Schar der stark gesalzenen, öligen Nüsse vor mir auf dem Tisch auf. Meine Essstäbchen ergreifen sie der Reihe nach.

„Wie der Zufall so will", gewährt uns Gerd keine lange Atempause, „begegnet unser greiser Held zwei ehemaligen früheren Schulkameraden. Ihr könnt euch ja vorstellen, wie derartige unerwartete Treffen verlaufen. Sie tauschen längst vergessene Geschichten und Abenteuer aus. Sie erinnern sich an ihre Jugendzeit, als noch alles möglich war und alle Wege offen standen. Sie schwelgen in Erinnerungen und Phantasien."

Gerd legt eine gezielte, einkalkulierte Pause ein, um den nächsten Abschnitt seiner Erzählung deutlicher hervorzuheben.

„Er weiß selber nicht, wie es geschah! Als sie sich voneinander verabschieden, da konnte er nicht drum herum, seine beiden Schulkameraden zu sich nach Hause einzuladen." Gerd seufzt, das drohende, das sichere Unheil kündigt sich vorweg ab.

„Eine Binsenweisheit, dass nicht alles Gold ist, was glänzt. Unsere beiden ehemaligen Schulkameraden wissen natürlich, dass unser Ingenieur nicht nur in Europa unterwegs war. Er war ebenso in Asien und Afrika, sowie in Süd -und Nordamerika tätig. Ein Mann, der die weite Welt bereist und gesehen hat. Die beiden malen sich in ihren Gedanken die Wohnung ihres, unseres Helden aus. Sie sehen die Löwenfelle und afrikanischen Totenmasken an den Wänden. Sie bestaunen die ausgestopften exotischen Vögel und betasten die unvermeidlichen Blasrohrwaffen der Ureinwohner des Amazonas. Sie atmen den Asphalt der amerikanischen Highways und sie zeichnen in Gedanken, die Tuschegemälde der talentiertesten chi-

nesischen Kaligraphen nach, gleich daneben die rasiermesserscharfen Schwerter der japanischen Samurai. Kurz gesagt, sie werden
Zeugen eines ereignisreichen, eines erfolgreichen und langen Lebens.“

Jacky und ich nicken auf Kommando, das bitterböse Ende ahnend.

„Ja, viel Vorstellungsvermögen wird nicht verlangt. Die Wohnung
unseres Helden ist spartanisch und nüchtern eingerichtet. Nicht ein
einziges Souvenir ziert die einzig praktisch orientierte Modellierung. Seine Geschichten von der Fremde, entbehren jeglichen
Abenteuers und sind fern jeglicher Reiseromantik.

Die beiden Schulfreunde stöbern letztendlich ein Foto unseres
Weltreisenden auf, wie er da steht, auf dem Frankfurter Flughafen.
Wen interessiert die Wahrheit? Unser alter Ingenieur, er hat nicht
einmal Lügengeschichten von seinen Weltreisen auf Lager.“

„Ein Foto vom Frankfurter Flughafen!“ Das ist neu! Eingestandenermaßen, ich bin erleichtert, das die beiden Schulfreunde kein
Foto, aus dem Bambuswald von Hsin-Chu, hinter dem Kühlschrank gefunden haben. Das hätte mir jetzt den Rest gegeben!
Trotzdem, mir stehen die Nackenhaare zu Berge.

„>Gan-bäi, gan-bäi<.“

„Und die Moral von der Geschichte“, lacht Jacky neben mir am
Tisch: „So enden doch alle Märchen, oder?“

„So will niemand wirklich enden“, resümiert und urteilt Gerd
kopfschüttelnd über seine eigene Geschichte: „Er ist sein ganzes
Leben lang gereist, er hat sein ganzes Leben zu einer einzigen Reise
gestaltet. Am Ende ist nichts geblieben!“

„Vielleicht hätte er, von jeder seiner Fahrten, ein kleines Souvenir
mit nach Hause bringen sollen“, schlägt Jacky als Lösung vor.

Ich lehne mich zurück und weiß, wir palavern hier nicht zu dritt!
Bin-Ching, du sitzt mit uns am Tisch, du bist der stille Teilhaber
unserer Runde! Der Bambuswald ist nicht fern. Wir sitzen in ihm,

dicht von seinen Stämmen umringt. Genau hier und über uns, zwischen Bushaltestelle und Garküche, dort rauschen und wogen deine Kronenblätter, zwicken und schützen deine Scherenhände.

Mäi-Fong, legt unser Steppenreiter eine kleine Rast ein! Du bist bestimmt von deinem Pferd abgestiegen und hast dich neben uns am Lagerfeuer bequem hingehockt.

Migita, ich sehe dich im Lotussitz, in der einen Hand einen heißen Sake, in der anderen eine Mild Seven Zigarette. Die Festung Tapung, deine Heimat, du hast sie heute Abend verlassen, du bist hinabgestiegen, um deinen Träumen eine kurze Rast zu gönnen.

Was ist mit dir, Jerónime? Wer immer du auch sein magst? Werden wir uns zusammen auf den unbekannten Pfad nach El Dorado begeben? Werden wir uns dem Ziel aller Ziele, uns der nimmermüden Jagd hingeben?

Ihr könnt mir nichts vormachen, ihr sitzt neben mir, hier auf dem Boden des Bambuswaldes. Ihr beobachtet mich und seht mich durch das große Nordtor schreiten.

Ich bin jetzt einer von euch!

„Andere schreiben Tagebücher oder schießen Fotos, speichern diese Bilder auf ihren Festplatten oder auf Facebook." Gerd zündet sich zufrieden seine nächste Zigarette an.

„In diesem besagten Fall, unserem Frankfurter Foto, bestünde das Problem allerdings nur darin, das unser Herr Ingenieur, in seinen alten Tagen sesshaft geworden ist. Unser Globetrotter schnürt sein Bündel nicht mehr." Jackys Essstäbchen trommeln wieder rhythmisch gegen den hellblauen Tisch.

„Das wäre aber eine Geschichte für einen anderen Abend", beendet Gerd das Gespräch zu meiner großen Erleichterung.

„>Gan-bäi, gan-bäi<."

„Wird Zeit, das wir nach Hause gehen!" Gerd winkt der beleibten Bedienung in ihrem Kochverschlag.

266

Wir leeren unsere Gläser und schauen, wie die übergewichtige Kellnerin auf uns zugewatschelt kommt.

„>Mai-dann< (Zahlen bitte)." Das Kommando zum Aufbruch ist gesprochen. Gerd begleicht die gesamte Zeche des Abends bei der übergewichtigen Bedienung. Jacky und ich stehen hinter ihm und warten geduldig, ein jeder hängt seinen eigenen Gedanken nach. Wir klopfen uns den Schweiß und die Luft aus den Kleidern und recken und strecken uns. Ich gehe die Straße einige Meter auf und ab und weiche dem ovalen Licht eines Motorrollers aus.

Jacky winkt einem Taxi: „Du nimmst das nächste Taxi", er zeigt auf ein weiteren roten Schmetterling.

„Wir sehen uns am Montag", höre ich Gerd rufen, der mit Jacky ins erste Taxi steigt.

Ich sehe ihnen nach, sie fahren in Richtung des alten Tofu-Restaurants an der Beimen Street, sie werden das alte Restaurant achtlos passieren und die Jahrhunderte nicht wahrnehmen!

Ich nehme das zweite Taxi.

Ich sehe das alte Nordtor hinter mir an der nächsten Kurve entschwinden. Ovale Lichter kreuzen meinen Weg, die Straßen sind voller Nachtschwärmer. Die späte Stunde verlangt noch einmal nach seinem Gast.

>Die eigene Einstellung<, von den Seitenfenstern des Taxis grüßen mich die Bambusbäume.

>Nein, so soll die Geschichte nicht enden<, die Wipfel der Bambusbäume scheinen sich vor meinem Flug zu verbeugen.

>Ich bin einer von euch<, ich schließe die Augen, Bin-Ching, du kennst den Weg, zeige mir deine Träume.

>And if you believe in this, than you will believe in everything<. Golden-Taiwan-Bier, seit 1919, goldgelb auf moosgrünem Hintergrund.

>Wie wird es weiter gehen, Herr Ingenieur? Willst du nicht schmieden?< Ein Ruck, ich schrecke im Rücksitz des Taxis auf und sehe in die Augen des Fahrers. Er lacht mich an und telefoniert, sein Handy ist mattschwarz.

Ich falle dösend zurück.

>Weitere zwei Jahre auf dieser Insel! Wer will denn schon auf immer und ewig seine Koffer packen!< Die anderen warten bestimmt schon!

Ja, sie warten, sie sitzen jetzt alle vereint im Bambushain und spielen vergnügt Mah-Jongg. Drei Chinesen spielen immer mit dem Kontrabass, vier Chinesen spielen immer und ausschließlich Mah-Jongg, haben wir das jetzt endlich?

Wieso summt mein Handy?

Lin-Lin hat mir eine, zwei, drei und jede Menge Nachrichten geschickt!

Wo ich bleibe?

Onkel Jo hat seinen Vorsprung bereits auf sieben Garnelen ausgebaut!

Kapitel XIII.

Paradiesleuchten

天堂之光

Der Name des erlauchten und gepriesenen Garnelenrestaurants, der Name der Arena lautet zwei, fünf und acht, >a, wu und ba<. Der Fang ist garantiert, der Gast kann eigenhändig die Speise der Natur entreißen.

Das Garnelenbecken ist der gekrönte Mittelpunkt, mit seinem smaragdgrünen und funkelnden Wellengang. Auf seiner Oberfläche spiegeln sich diamantene Lichtkügelchen, tänzelnde und blinkende

Sternschnuppen, die allesamt blenden und locken, die ein Paradies vorgaukeln und den Alltag vergessen lassen.

Am Rande sitzen die Angler, die Gäste und die Jäger in einem sind. Die Uhr schlägt bereits zur späten Stunde und ich bin erstaunt über ihre hohe Zahl.

Auf dem Grund des Beckens schlummern ahnungslos die Garnelen. Angelrute an Angelrute schnurren in die Tiefe und locken die immer hungrigen Beutetiere in ihr Verderben. Die Opfer wissen nichts von ihrer Bestimmung, sie gehorchen einzig dem Ruf der Natur.

Ich steige die drei Stufen zur Terrasse hinauf und betrete die späten Hallen der schlaflosen und nächtlichen Jäger, die hier ohne Hast und Eile, die Zeit tot schlagen wollen.

Sollten meine Schritte nicht andere sein? Bin ich nicht Mitglied in Jackys Club der Ausnahmen? Hat mich nicht Bin-Ching auf ihr Schiff angeheuert? Habe ich nicht das alte chinesische Tor im Bambuswald passiert? Oder bin ich lediglich einer jener bemitleidenswerten Trottel aus Gerds Märchenstunde? Eine dieser armseligen Garnelenkreaturen im Pool, verdammt dazu, einer Laune hin zum nächtlichen Schmaus zu dienen? Ziehe ich das unsägliche Garnelenlos?

Welche Rolle wurde mir zugewiesen? Wer ist wer in diesem undurchsichtigen Theaterstück? Wer ist auf dieser Bühne der Herr der Puppen? Wer trägt seine Haut zu Markte und hängt an den Fäden der Marionette?

Meine Freunde winken mir vom rückseitigen Rand des Pools. Sie haben mir den Platz in ihrer Mitte freigehalten. Lin-Lins Äugelein strahlen und leuchten. Die Stunden des Wartens sind passé und die Sonne mag wieder scheinen. Ich werde heiß ersehnt. Onkel Jos Gesicht ist aufgedunsen, entstellt vom Bier und Betelnüssen. Wie eh und je, ein dünner Faden blutiger Spucke rinnt aus einem Mundwinkel über sein T-Shirt und hinterlässt rotbraune Flecken.

Ich umrunde das rechteckige Becken, die dicht an dicht sitzenden Reihen der Garnelenfänger. Lin-Lin empfängt mich mit Küsschen, Onkel Jo reicht mir ein kaltes Dosenbier. Der badewannengrüne Plastikstuhl biegt sich merklich unter meinem Gewicht. Ich kippele und rutsche mit ihm ein wenig zu Lin-Lin. Onkel Jo fixiert den Fang seines Nachbarn, den Gewinn der Konkurrenz neidend.

„Was denkst du?" flüstert mir Lin-Lin zu, mit einem flüchtigen Seitenblick zu Onkel Jo, der sich wieder genüsslich ein neues Bierchen gönnt.

„Hast du ihn etwa eingeweiht?" Mich durchfährt ein Schrecken, das auch noch. Bleibt mir denn wirklich gar nichts mehr erspart! Wahnwitzig, ich sehe Onkel Jo vor mir, wie er sternhagelvoll und Betelnüsse sabbernd durch den Bambushain hüpft. Ein taiwanesisches Michelinmännchen außer Rand und Band, enthoben aller Drogen und Zeit, immer eine volle Schüssel dieser dampfenden Krustentiere vor sich.

Die alkoholschwangere Vorstellung, die tolldumpfe Vermutung, dass Jacky und Gerd Eingeschworene des Bin-Chingschen Geheimnisses wären, die langt mir allemal für den heutigen Abend. Dass Onkel Jo ebenso mit im Boote säße, dass würde dem allen die Krone aufsetzen!

„Um Gotteswillen, nein", raunt mir Lin-Lin zu: „Du weißt, wen ich meine!"

„Bin-Ching, unser holdes Götterkind", erbose ich mich ungeniert: „Du meinst unsere launische und rotzfreche Chimäre aus dem Jenseits. Stets allgegenwärtig und unverschämt, neugierig und indiskret, in ihrem ganzen Dasein aufdringlich und bevormundend!"

„Pst", Lin-Lin beginnt zu kichern, „dir ist hoffentlich nicht entfallen, dass die Gute uns gerade eventuell belauschen könnte!"

„Das soll sie!" stoße ich hervor: „Genau das soll sie! Sie soll wissen, wen sie sich auf ihr Schiff geholt hat!"
270

„Jetzt fang dich wieder ein." Lin-Lin vermag nicht, ihr Kichern in den Griff zu bekommen. Sie reicht mir ihre Angelrute, um ihr kleines Mündchen mit beiden Händen besser verdecken zu können: „Von mir aus, lass einfach mal Dampf ab!"

„Ach, was denkst du denn so über Bin-Ching?" knurre ich, meine Stimme wieder mäßigend.

„Wir sollten abonnieren!" Ihre Antwort ist kurz und knapp.

„Bitte!" Der Schwimmer wird in die Tiefe gerissen, kaum dass ich meine Augen auf ihn fixieren konnte.

„Hast du denn alles vergessen?" Habe ich diesen Satz vorhin nicht schon einmal vernommen! „Was hatte ich dir über unsere taiwanesischen Götter erzählt?"

„Muss ich jetzt kräftig an der Angelrute ziehen?" Was kann ich jetzt tun? Was hatte da Lin-Lin gesagt?

„Jetzt", Onkel Jo knufft mich in die Seite. Ein Schwall Zigarettenqualm nimmt mir die Sicht und die Leine strafft sich. Mein Fang platscht ängstlich an der Wasseroberfläche und gleitet schnell auf mich zu. Lin-Lin packt und hebt zwei blaue, zwei riesige BCs über den Beckenrand.

„Acht zu zwei, Onkel Jo, wir holen auf", mit einer winzigen Zange zupft meine Freundin die Angelhaken aus den Garnelenmündern.

„Das wird auch langsam Zeit", gähnt dieser, „ohne einen richtigen Gegner fehlt dem Spiel doch der ganze Reiz. Der ganze Fang wäre nicht der Rede wert."

„Was verstehst du unter >Abonnieren<?" Ich beobachte völlig perplex, wie Onkel Jo das unglückliche BC-Duo in die Reuse platschen lässt, während Lin-Lin die beiden Angelhaken wieder mit frischen Ködern bestückt, kleine geschnittene Fischreste sollen das Siegertreppchen im Fluge nehmen. Nein, ich liege abseits jeglicher Spur und habe den Kurs des Schiffes aus den Augen verloren. Ich bin auf eine Sandbank aufgelaufen und von dichtem Nebel umhüllt.

„Was hattest du mir über eure Götter erzählt?" stammele ich hilflos.

„Da vorne musst du deinen Schwimmer platzieren, dort hast du die ersten beiden Garnelen erwischt." Lin-Lin zeigt auf die angegebene Stelle.

„Lass mich nicht zappeln." Ich werfe die Köder mit einem beherzten Schwung meiner Angelrute aus und treffe punktgenau: „Lektion eins, taiwanesische Götterwelt, was habe ich verpasst?"

„Du meinst den einen, den markantesten Punkt!" Lin-Lin hakt sich bei mir ein und schaut mich mit zusammengekniffenen, neckischen Augen an: „Ein jeder betet seinen Gott an, huldigt ihm, opfert ihm, feiert ihn und unterbreitet ihm seine Wünsche. Na, was meinst du?"

„Aufpassen ihr Turteltauben, jemand klopft an eure Tür", höre ich hinter mir Onkel Jo.

„Ich habe keinen blassen Schimmer!" Wo ist der Schwimmer geblieben? Wieso streckt mir Lin-Lin ihren Kussmund entgegen?

„Bitte, bitte", fleht sie: „Du musst bitte, bitte sagen."

„Ja, meine Göttin, bitte verrate mir, das große himmlische Geheimnis!" Ich beuge mich zu ihr.

„Aufpassen", ruft Onkel Jo und reißt meine Angelrute hoch: „Mensch Kinder, wenn ich auf euch nicht Acht gäbe."

„Was ist?" hauche ich.

„Zwei fette Brummer", jammert Onkel Jo hinter mir: „So einen Dusel müsste ich auch einmal haben."

„Ein Geschäft, wir schließen mit unseren Göttern Geschäfte ab", säuselt Lin-Lin mit zärtlicher und verführerischer Stimme: „Der zweckdienlichste Weg, mit unseren Göttern in Kontakt zu treten, der einzige wahre Weg zum Glück, das ist das Geschäft."

„Vier fette Garnelen innerhalb weniger Minuten", murmelt Onkel Jo und hört nicht auf, seinen schweren Kopf ungläubig zu schütteln: „So viel Glück möchte ich wirklich einmal haben."

„Acht zu vier", frohlockt Lin-Lin hingegen und setzt höhnisch einen drauf: „Na, liebster Onkel, hast du eine Pechsträhne?"
Dieser lacht und winkt ab: „Wer zuletzt lacht, der lacht am besten. So eine Glückssträhne versiegt, wie sie gekommen ist. Je höher ihr steigt, desto tiefer werdet ihr fallen!"
„Eine Prophezeiung", ergänze ich: „Ein Hoch auf unseren Aberglauben. Wir haben zum Glück weder einen Vertrag noch ein Geschäft mit Bin-Ching abgeschlossen!"
„Hast du mir gerade eben nicht zugehört! Du wirst doch wohl jetzt nicht auf der Ziellinie straucheln", nörgelt Lin-Lin enttäuscht und selektiert mit gesenktem Blick zwei neue Köder: „Der Matrose steht im Hafen, er sieht die Schiffe an den Piers. Nur wenige Schritte würden zu den ersten festen Planken langen. Er steht sehnsüchtig da, er rührt sich nicht, unserem Helden ist ganz flau im Magen, er wirft das Handtuch, noch ehe die ersten Segel gesetzt werden."
„Ja, ja, den Wagemutigen gehört die Welt", versuche ich einen bescheideneren und vorsichtigeren, ja kritischen Standpunkt einzunehmen: „Wenn wir auf die Jahre hin des Reisens nicht überdrüssig werden!"
Zu spät! Lin-Lins Temperament hat entschieden, ihrer Stimmung ist eindeutig und Zielgerichtet: „Was interessiert uns das Morgen? Heute spielt die Musik! Wo ist deine Abenteuerlust geblieben?" Na bitte, ihre Stimme wird lauter und schneidender: „Als du vor einem Jahr nach Taiwan wechseltest, haben damals deine Vorkenntnisse, deine Erwartungen und Aussichten besser gestanden!"
„Jetzt komm du mal runter. Das war damals etwas ganz anderes! Ich will doch nur nichts überstürzen." Die Angelschnur baumelt über der grünen Wasseroberfläche, ein kleiner Schwung und der Schwimmer findet seinen angegeben, seinen vorgesehenen Platz.
„Der Herr Ingenieur fürchtet sich. Er ist ein richtiger Waschlappen und Angsthase geworden. Gib zu, du hast allen Schneid verloren.

Du bist zu keinem Risiko mehr bereit! Wo ist dein Elan? Wohin ist die ganze Glut?"

Lin-Lin stoppt abrupt und schaut sich verlegen um, ihre Contenance ist sichtbar abhandengekommen: „Entschuldige mich." Sie steht auf und entschwindet in Richtung "The Ladies".

Ich bleibe zurück, leicht zerknirscht, denn tief in meinem Inneren weiß ich, sie hat recht!

Ich blicke leer und trübe auf die glänzende und leuchtende Wasseroberfläche, das meeresgrüne Paradies, das Ziel aller Sehnsüchte und Träume. Ich suche in meinen Erinnerungen, ich krame in den Registern und Schubläden. Wie war das damals, als ich vor einem Jahr nach Taiwan kam? Wie viel wusste ich von dieser kleinen tropischen Insel?

Wie viel wusste ich aus meiner längst vergangenen Schulzeit, aus den Unterrichtsstunden in Politik, Geschichte und Erdkunde? Wie viel offenbarten mir die modernen Medien? Ich googelte Wikipedia, ich scrollte die Internetseiten hoch und runter! Was erzählte mir die Mund zu Mund Propaganda? Das Seemannsgarn, gesponnen und wiedergegeben von denen, die Vorgaben, die kleine Insel in allen Himmelsrichtungen durchschritten zu haben, die aber bekanntermaßen niemals auch nur einen Fuß vor das Hotel gesetzt hatten!

Meine Gedanken geraten ins Stocken und ich verliere den Faden. >What ist the point?< Lin-Lin hat recht, als ich damals aus dem Flieger der Eva Air stieg, wusste ich rein gar nichts über die Insel. Ich hatte nicht die blasseste Ahnung, auf was ich mich da eingelassen hatte.

>Tai-wan<, die Terrassenküste, danke mein lieber lau-sche. Ich vernehme, du beehrst mich wieder mit deiner Anwesenheit.

>Tai-fun<, einen starken Wind bietest du mir als zweite Alternative. Wenn ich dich recht verstehe, dann bist du dir selber nicht sicher.

>*Ilha Formosa*<, die portugiesische Version ist mir durchaus bekannt. Sei doch einmal kreativ, zaubere dir eine schöne Geschichte aus dem Ärmel!

Die Geschichte der Siraya und der Holländer! Eine Anekdote von den ewigen Verständigungsschwierigkeiten und anderen Missgeschicken. Das hört sich doch schon viel besser an, ich lausche Herr lau-sche. Ah-ha, Die Siraya waren also ein stilles und friedliches Völklein südlich der Stadt Tainan, der damaligen Hauptstadt Taiwans. Ihre Frauen waren die Chefs, nicht nur im Haus, sondern prinzipiell in allen Lebensbereichen. Nun gut, Priesterinnen und Schamaninnen, Voodoohexenschwiegermüttern und den liebsten Ehefrauen wird nicht widersprochen. Die Holländer diesmal, nicht mehr die Portugiesen, sie wollten genauer wissen, wie die bezaubernde, die wunderschöne Insel denn so hieße. Sie bekamen ein >tai-an< oder ein >tay-an< als Antwort. Sie interpretierten die Worte in ein für sie besser verständlicheres >tai-oan< um. Sie verstanden nicht, sie missverstanden, dass die Siraya sie selber als >Besucher<, als >Vorüberziehende< bezeichneten. Womit die klugen und weisen Damen des Volkes der Siraya ganz recht hatten. Einige Jahre später wurden die Holländer von den Chinesen hinausgeworfen. Die Holländer verschwanden von der Insel und die Chinesen modelten nun ihrerseits das holländische >tai-oan<, in ein bis heute gültiges >tai-wan< um.

Nun gut, die Siraya sind von der geschichtlichen Bühne verschwunden, ausgestorben oder assimiliert. Die Informationsbeschaffung gestaltet sich zuweilen schwierig.

Was! Allein dem Internet zu trauen, ergäbe, das Taiwan irgendwann zwischen 1517 und 1590 von den Portugiesen gesichtet worden sein könnte! Ja, Großmutters Märchen, von irgendwelchen Eingeborenensagen, vermitteln mir einen höheren Genauigkeitsgrad!

Trotzdem vielen Dank.

Die Botschaft ist angekommen.

Ich habe verstanden. >That ist the point.<

Lin-Lin hat recht!

Um wie viel mehr, bzw. wie viel weniger bin ich in Kenntnis gesetzt worden, als ich damals, vor einem Jahr, nach Taiwan kam.

Lin-Lin hat recht!

Um wie viel mehr bin ich von unserer kleinen Göttin eingeweiht worden. Bin-Ching hat mich vorbildlich, geradezu mustergültig, in das neue und ungeschriebene Leben, das Leben als Reise eingewiesen und belehrt!

„He, du Traumtänzer, das ist deine Nacht. Der gesamte Pool liegt dir zu Füssen und du merkst das nicht einmal!" Onkel Jo peilt über Kimme und Korn, über die Glut seiner Zigarettenspitze, die Position meines, in die Tiefe ziehenden Schwimmers an.

„Machen wir uns den Pool untertan", witzele ich und räkele mich behäbig und selbstzufrieden auf meinem grünen Plastikstuhl. Ich schlage an, eher ein zaghaftes und schüchternes Zupfen, die Schnur strafft sich.

Das auch noch!

Wieso geht mir dieser Zusammenhang erst jetzt auf?

Mir bleibt heute wirklich nichts erspart.

Ich komme nicht drum herum, dem Einhalt zu gebieten.

Das heißt, ich sollte die hohe Schule der Diplomatie in Anspruch nehmen!

Ich räuspere mich:

Liebe Mäi-Fong, du darfst auftauchen! Verstehe mich bitte nicht falsch. Wir haben gerade eben zwei saubere Doppelpunkte auf das Parkett gelegt. Du hast Onkel Jos Vorsprung halbiert, das ist richtig. Ich bin dir dafür dankbar. Deine Anteilnahme an unserem Spiel ehrt dich ohne Zweifel.

Aber leider müssen wir auf Onkel Jos Einwände Rücksicht nehmen!

Ganz genau, wir erregen mit unseren exorbitanten Fangquoten eine allgemeine, negative Anteilnahme. Schau, wie die holde Garnelenfanggemeinde zu mir herüberlinst. Ihre Augenpaare sind kühl, ein Hauch kälter und der Pool würde gefrieren.

Was? Ich soll mir meine gekünstelten und geschwollenen Ausdruckweisen sparen. Die Art passt nicht zu mir!

Danke, also bitte, ein wenig bescheidener sollten unsere Fangergebnisse ausfallen.

Nein, von Fair Play ist nicht die Rede, natürlich will unsere Steppenreiterin gewinnen!

Bitte!

„Bier, Zigaretten und Betelnüsse, Peter, was willst du mehr? Willkommen in unserem Club!" Onkel Jos blutunterlaufene, dunkelrote Augen, die stecknadelgroßen, schwarzen Pünktchen der geschrumpften Pupillen, der getrocknete Betelnusschleim, der an seinen Zähnen klebt, die unheimliche Variante einer anderen, einer möglichen Realität schwebt bedrohlich nahe zu mir heran: „Lin-Lin meinte, du wärest bereits essen gewesen!"

„Abgelehnt, Onkel Jo, das Abendessen will redlich verdient werden!" Ich weiche diesem natürlich geborenen Zombie aus: „Wir sind hier nicht auf dem Basar, hier wird nicht gefeilscht und geschachert!"

„Eine Garnele in Ehren, kann niemand verwehren", brummt dieser und schiebt sich eine neue Zigarette ein.

„Du hast doch schon gestern dreiviertel unseres gesamten Fangs verspeist", ereifere ich mich: „Rechne nach, du schuldest uns mindestens noch einen ganzen Teller Garnelen!"

„Ich sehe, wir verstehen uns", Onkel Jo nickt mir zufrieden zu und klopft mir mit einer seiner riesigen Pranken auf die Schulter: „Ich vergaß zu fragen, hast du deine neue Mannschaft gefunden?"

Ich lupfe die Angel hoch, eine einsame winzige OC Garnele pendelt und baumelt über dem smaragdgrünen Paradies, ihre Scheren schlagen hilflos gegen die Angelschnur, der dämonischen Waffe aus einer anderen Galaxy.

„Das ist ein ganzer Kerl, ein richtiges Prachtexemplar", bewerte ich das Ergebnis großzügig und schwinge das Garnelchen zu Onkel Jo. Der schnappt sich wirsch das arme Krustentier und reißt ihr den Angelhaken brachial aus dem Kieferbereich.

„Unser neuer Tabellenstand lautet acht zu viereinhalb", lacht er: „Deine Glückssträhne währte nur kurz."

„Acht zu fünf, Onkel Jo, andernfalls zähle ich den Teller von gestern mit", kontere ich direkt, ihm ein wenig den Wind aus den Segeln nehmend.

„Das halbe Portiönchen!" Er lacht unbeeindruckt weiter und sucht meine Bierdose zum Anstoßen: „Also, was ist jetzt mit deiner Mannschaft? Hast du dich endlich entschieden?"

„Wir werden zusammen durch die Straßen Taiwans ziehen", antwortet Lin-Lin an meiner Stelle: „Ist das nicht so?"

Ich verschlucke mich, das Bier sabbert mir aus den Mundwinkeln über das Kinn und von dort auf mein T-Shirt. Ich schaue völlig verdattert rüber zu Lin-Lin, die sich anschickt, wieder neben mir Platz zu nehmen.

„Du bist doch meiner Meinung oder?" Ihr Blick ruht sanft auf mir. Die dunklen Wolken über ihrem Gemüt sind verflogen, wie abgetauter Schnee vergangener Tage.

Ich atme erleichtert auf und in meinem Bewusstsein löst sich ein Knoten. Ich erkenne langsam, nur allmählich, das wichtigste Mosaiksteinchen, wie Lin-Lin selber sagte, den markantesten Punkt.

„Du musst eines wissen", Onkel Jo drückt mir die Angelrute mit neuen Ködern bestückt in die Hand zurück: „Eine kleine Weisheit habe ich noch für dich!"

Ich reiche die Angelrute an Lin-Lin weiter und proste erneut Onkel Jo zu: „Ein kleiner Tipp kann nicht schaden. Also gut, du bekommst deine Garnelen!"

Onkel Jo grinst über beide Backen und streicht sich wissend, geradezu dramatisierend über sein Kinn: „Ihr beiden, ich spreche euch beide an, vergesst niemals: Ihr seid nur dort zu Hause, ihr fühlt euch nur dort wohl, wo ihr auch Freunde habt!"

„Eine alte Weisheit, die beherzigt werden will!" Lin-Lin und ich schauen uns an.

„Auf unsere neue Mannschaft", die Bierdosen, das gute >taiwan pit-schu<, segnet die Runde.

„Auf unsere Mannschaft!"

„Auf unsere Mannschaft!"

„Wie lange hat so eine Mannschaft bestand?" Ich bedeute Lin-Lin, die Angel anzuschlagen. Mäi-Fong hat ihre nächste Garnele platziert.

„Vielleicht >je-schü< ein ganzes Leben", orakelt Lin-Lin und stutzt. Sie holt kurz Luft und ergänzt: „Ein ganzes Leben, plus einer dargebotenen Ewigkeit."

„Vielleicht >je-schü< nicht einmal die heutige Nacht, alles verpatzt in einer exzentrischen Stunde bei Weib, Wein und na ja, Garnelen", poltert Onkel Jo von hinten und lacht laut: „Ich will euch aber nicht den Spaß verderben."

„So häufig, wie wir uns streiten", wiegele ich ab und sehe, wie Lin-Lin unsere sechste Garnele an Land zieht.

„Wir können immer und zu jeder Zeit aussteigen", lehrt Lin-Lin mit zögerlichem Unterton: „Ich sagte doch vorhin, wir abonnieren. Wir zeichnen nicht für immer und ewig."

„Wen kennst du von den anderen?" Ich halte ihr das kleine Pappquadrat mit den zerstückelten Fischködern hin.

„Du meinst Mäi-Fong, Migita und Jerónime!" Lin-Lins Finger sind geschickt, ich würde keinen Haken bestücken können.

„Du hast Bin-Ching schon vor unserem Besuch des Cheng-Huang Tempels gekannt!" Ich rate mehr, als dass ich kombiniere.

„Ich wusste nicht, dass göttliches Blut in ihren Adern fließt." Lin-Lin wirft die Angelrute aus, soweit sie kann.

„Hat dir Bin-Ching ebenso ein rotes Kuvert, ein rotes Ticket zugesteckt?" Ich konstruiere und versuche, die letzten Tage Revue passieren zu lassen.

„Nein, für mich hat sie ein kleines, goldenes Kaninchen hervorgezaubert. Einen neuen, modischen Handy-Anhänger, verstehst du?" Sie klimpert freudestrahlend mit ihren lustigen Äugelein und streicht über ihre LV Handtasche.

„Hast du manchmal eine Stimme im Kopf?" Ich zeige mir selber eine Meise, ein Vögelchen mit dem rechten Zeigefinger vor der Stirn.

„Ein schlaues Kerlchen", Lin-Lin verdreht die Augen: „Leider ein wenig zu aufdringlich mit seinen Superinfos. Aber wer weiß, wohin uns all die Reisen führen werden?"

„Ich wusste gar nicht, dass du gerne verreist", setze ich nach und beobachte sie genau.

„Das Reisen ist mir einerlei!" Ihre Stimme fällt ab ins Traurige, ins Gekränkte: „Hast du denn alles vergessen?"

Ich zucke unmerklich zusammen. Mein Hals ist trocken und meine Zunge klebt. Nur das smaragdgrüne Wasser vor meinen Augen bewahrt Ruhe.

Pause! Schweigen! Stille!

„Sag … ihn … endlich und erzähle mir nichts, von wegen ich liebe dich, >wor-hen-ei-ni<, oder so!" Lin-Lins Gesicht verhärtet sich. Meine Freundin bereitet sich sichtbar vor.

„Das wäre Garnele Nummer sieben", tippt mir Onkel Jo mit kindlicher Unschuld auf die Schulter.

„Wieder eine OC", höre ich seine enttäuschte Stimme hinter mir: „Die ist ja nicht einmal so groß, wie mein kleiner Finger. Für so einen mickrigen Würmlein verschleudere ich meine Lebensweisheiten."

„Ganz wie du willst!" Zwinge dich, Peter, gehe zum Gegenangriff über! Du Würmlein, verschleudere nicht Lin-Lin: „Wie ich sehe, hast du deine rosa Brille zurück in die Asservatenkammer gelegt."

Eine Pause! Sie schweigt! Ich beende die Stille!

„Wann ist dir klar geworden, dass der verträumte und verblümte Wunsch, dem Versprechen eines Matrosen, einzig ihm folgen zu wollen, in unserem Falle nicht ausreichen dürfte? Wann hast du gemerkt, dass die dir bekannten Pfade, das Heimspiel auf deinen taiwanesischen Straßen, diesmal nicht genügen wird?"

Wieder eine Pause! Ich lege sie ein, nicht um das Finale vorzubereiten, ich lege sie ein, diesmal blind den eigenen Instinkten vertrauend.

„Acht zu sieben, ihr seid fast gleich auf!" Onkel Jo wirft für uns die Angel aus: „Unsere Zeit läuft ab, der nächste Fang entscheidet!"

Ich zögere nicht, ich muss mich ermahnen und zwingen! Peter, bleib auf Angriff! Dem Kühnen und dem Verwegenen, für ihn schlägt Lin-Lins Herz einzig und allein!

>That ist the point<, Herr Ingenieur!

„Ich habe deine Worte nicht vergessen", ich halte die Angelrute mit einer Hand, Lin-Lin umklammert sie mit beiden Händen: „Du wirst mir folgen, das waren deine eigenen Worte. Du wirst mir folgen, egal wohin ich gehe!"

„Gleichauf, jetzt kommt die Entscheidung!" Onkel Jo hebt langsam seine Angelrute an, er ist zum Anschlag bereit. Unsere beiden Schwimmer sind in Bewegung. Sie sind knapp unter die Wasserlinie gezogen. Sie schwanken, wie von einem Strudel erfasst. Sie stoßen in ihrem Kampf immer wieder aneinander. Sie finden den Weg zurück an die Wasseroberfläche.

„Wieso ein Leben lang reisen? Das Leben ist eine Reise! Du hattest im Cheng-Huang Tempel ganz recht. Für den rastlosen Trieb, immer und fortwährend auf Achse und immerzu unterwegs zu sein, dem bedarf es nicht des Fluges in unendlichen Weiten. Dem genügt ein Gang, ein Spaziergang durch die Straßen, eine Runde um den Häuserblock.“

„Wo bleibt unser markanter Punkt?“ Lin-Lins Frage ist ein Flüstern, nicht mehr als ein schwacher Windhauch. Ich muss ihre Frage mehr erahnen, als das sie den Weg zu meinem Gehör findet.

„Schau, Migita reist in seinen Träumen. Jerónime reist, getrieben von seiner Gier nach dem edlen Metall. Mäi-Fong, unsere Steppenreiterin, sie reist ebenso. Wieso, weshalb, warum, die Zeit wird auch ihre Beweggründe zu Tage fördern.“

Ich schaue Lin-Lin eindringlich an, wir erwidern unsere Blicke!

„Kommen wir zu unserem markanten Punkt!“ Ich hole tief Luft: „Wir werden reisen, weil wir zusammen sind, weil wir zusammen eins sind. Wir bleiben zusammen, du und ich! Nur zusammen sind wir eins! Niemand kann uns trennen!“

„Nein, wir reisen, weil wir abonniert haben!“ Lin-Lins Stimme ist überlegt und nachdenklich: „Wir reisen nicht nur, weil wir abonniert haben, sondern vor allem, weil Bin-Ching uns abonniert hat.“

„Und wenn schon!“ Nein, Lin-Lin ist noch nicht überzeugt: „Mit oder ohne Bin-Ching, wir sind zusammen. Das ist das einzige, das zählt!“

„Das ist mein Fang! Das ist mein Fang!“ Onkel Jo ist außer sich. Eine große BC Garnele hat sich in unserer beiden Angelschnüre verheddert. Ein Knäuel aus Schnüren, Haken und zappelndem Scherentier spannt sich zwischen uns über dem Beckenrand.

„Haben wir nicht untereinander ebenso abonniert", wendet Lin-Lin schlussfolgernd und mathematisch unterkühlt ein.

„Wir abonnieren, jeden Tag aufs Neue", antworte ich verschmitzt, mit einem Augenzwinkern. Endspurt, Peter, du musst jetzt durchhalten! „Wir abonnieren ein ganzes Leben lang, plus eine dargebotene Ewigkeit."

„Wie meinst du das?" Lin-Lin schaut mich verdutzt an.

„Nun, ist meiner holden Abenteurerin der Schneid abhandengekommen? Wo ist die ganze Glut geblieben? Hier und jetzt spielt die Musik! Was interessiert uns der morgige Tag! Hast du denn ganz vergessen! Wie sagtest du im Cheng-Hang Tempel?"

Ich lasse eine weitere Atempause verstreichen und komme nun letztendlich auf den markanten Punkt. Ich lege alles in die Waagschale: „Die einzige wahre Reise, sie findet nur zwischen den Menschen statt!"

Die Kehrtwende, habe ich das Ruder herumwerfen können?

Lin-Lins Augenschlitze verengen sich. Ich kann die Gedanken, die Zahnräder hinter ihrer Stirn arbeiten hören.

Die Momente, die Augenblicke und die Zeitenläufe streichen dahin. Mein Herz bleibt stehen, mein Puls setzt aus und das Blut stockt. Das diamantene Spiel, über dem smaragdgrünen Paradies, das funkelnde Wasser und ihre Lichtblitze, sie allesamt gleichen Blitzeinschlägen, sie treffen wie Nadelstiche in mein Bewusstsein.

Wie wird Lin-Lin reagieren? Was geht in ihr vor? Wird sie mich verstehen? Wird sie mit mir gehen, mir folgen und mich begleiten? Werden wir zusammen durch das Bambustor schreiten?

„Das ist meine Garnele", jubelt Onkel Jo: „Das ist mein Haken in ihrem Maul!"

„Quatsch", faucht meine kleine taiwanesische Freundin plötzlich neben mir. Sie ist erwacht aus ihrer Starre und wie neu geboren: „Gibst du wohl das Viech her!"

Lin-Lin springt mit einem Satz auf und schneidet mit einem kleinen Messer das gefangene Tier aus den Wirrwarr der Schnüre: „Was sagt ihr dazu, Einstand und Unentschieden!"

Ohne Zweifel, die Kehrtwende ist gelungen und ich atme erleichtert auf!

„Prost!" „Prost!"

Die Bierdosen stoßen aneinander. Wild zappelnd fällt das Garnelentier in die Reuse.

„Wir sollten langsam gehen", Lin-Lin tippt auf ihre Uhr, die Zeit zum Aufbruch ist gekommen.

„Du hast recht, wir brechen jetzt auf", erwidere ich.

„Onkel Jo, ich glaube, die Garnelen müssen dir heute Abend genügen." Ich gähne sichtbar zufrieden: „Lin-Lin, dann lass uns mal aufbrechen."

„Ihr wollt mich mit all den leckeren Garnelen alleine zurücklassen", lacht Onkel Jo und zieht augenblicklich unsere Reuse zu sich heran. „Du schaffst das schon."

Lin-Lin und ich verlassen leicht beschwingt das "258" und steigen in ein wartendes Taxi. Lin-Lin gibt dem Fahrer die Adresse. Ich weiß, der Tag ist noch nicht zu Ende.

Wir passieren den silbernen Drachen und fahren am alten, zweihundert jährigen Tofuladen vorbei. Der rote Schmetterling entlässt uns am Cheng-Huang Tempel. Bin-Ching bezahlt die Rechnung, ganz ohne Quittung.

Unsere Schritte hallen leise auf dem Straßenpflaster und wir bleiben stehen. Die Beimen Street liegt leer und verlassen vor uns. Das alte Nordtor pellt sich Schemenhaft aus dem nächtlichen Dunstkreis. Das Tor steht nicht schlicht und unauffällig, vielmehr versteckt und gut getarnt am Rand des Bambuswaldes. Die Bäume sind dicht an seine Mauern herangerückt. Das Tor duckt sich geradezu klein und unbedeutend unter diesem grünen Dach. Die Mauern sind nicht aus solidem hartem Gestein, massiven schweren Quadern, sondern sie sind aus verwitterndem porösen Backstein. Die Ziegel sind vermodert und faul, schmutzig graugrün und von Moos, Flechten und Algen überlagert. Ranken schnüren und halten das Gemäuer, fest wie in einem Korsett. Über dem Eingang des Tores, einem gefährlich bröckelnden Rundbogen, wackelt windschief eine hölzerne Palisade. Ein flaches löchriges Schindeldach fault und schimmelt darüber, vergangener verlorener Schutz gegen Sturm und Regen.

Das ist das Tor im Bambuswald! Der Wald, der der hiesigen Stadt seinen Namen gab. Hsin-Chu, das ist der neue Bambus. Die Stadt ist zu einer Metropole angeschwollen. Sie hat ihre Umgebung verschlungen, vom Meer, der Taiwan Street, bis hin zu den Bergen, dem ursprünglichen Gebiet der Atayl.

Bin-Ching, einzig du hast diesen Wald erhalten und dir gesichert. Wenn nicht in unserer realen Welt, so denn in einer, deiner jenseitigen Kreationen. Der Eingang, das fünfte Tor ist passierbar, einzig nur für deine Schützlinge.

Bist du nun zufrieden? Du hast dir dein eigenes Reich geschaffen! War das nicht der Grund deiner Flucht aus der großen Geister -und Götterwelt? Du wolltest nie Anhänger, Gläubige und Untertanen dein eigen nennen. Du willst höher greifen, zu den Sternen. Eine Hand voll Freunde möchtest du um dich scharren. Das ist dein kleiner, dein ganz großer Traum!

Lin-Lin und ich werden in unseren Überlegungen unterbrochen. Gestalten treten uns aus dem dunklen Grüngrau des Eingangs entgegen, sie winken uns zu. Mäi-Fong, Migita und Jerónime, ihr musstet lange auf uns warten. Bin-Ching bleibt im Hintergrund.

„Jeder von ihnen hat sein Spezialgebiet, sein Steckenpferd", flüstert Lin-Lin leise neben mir: „Welches ist eigentlich unseres?"

„Weißt du das nicht?" Ich ziehe sie sacht zu mir heran und wir haken uns ein: „Wir sind die neue, die goldene Ausnahme in unserer Mannschaft."

„Wie meinst du das?"

„Nun, meine Liebe, lass uns doch erst einmal die neue Welt abonnieren!"

„Du meinst?"

„Wir buchen!"

„Erste Klasse?"

„All Inclusiv!"

„Haben wir unser Ziel erreicht?"

„Ein ganzes Leben lang!"

„Eine einzige Reise!"